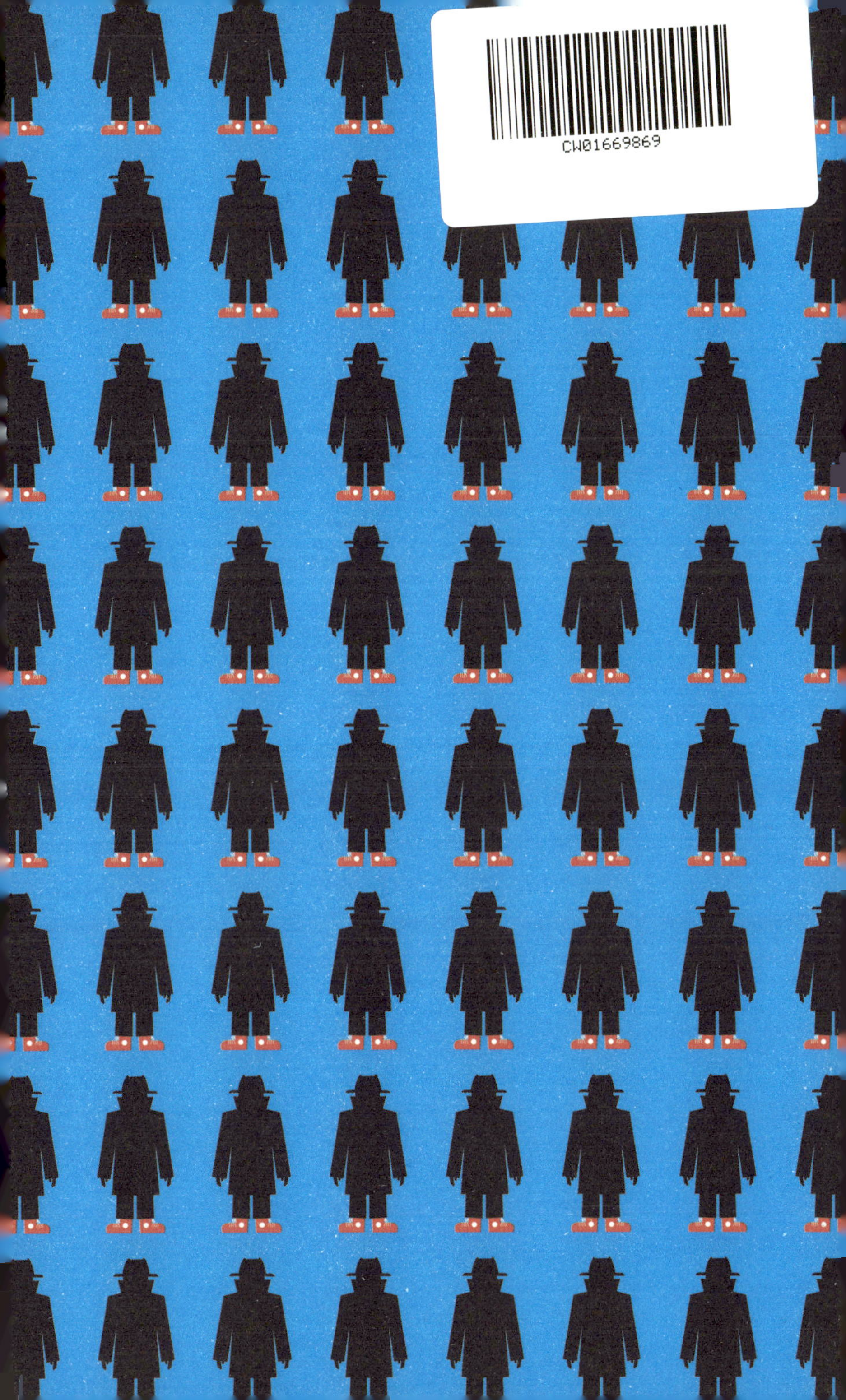

STUART GIBBS

spy school

scuola di spie

Nord-Sud
Edizioni

Ringraziamenti

Questa è una storia che volevo raccontare da moltissimo tempo. Quando mi è venuta per la prima volta l'idea di una scuola delle spie ero alle elementari, in cortile, e per quanto da allora la trama sia cambiata un bel po', non è cambiato il mio desiderio di condividerla. Quindi ho un profondo debito di riconoscenza verso la mia splendida agente, Jennifer Joel, e verso la mia altrettanto splendida editor, Courtney Bongiolatti, per averla realizzata. Grazie a tutte e due. Grazie, grazie, grazie.

Alla mia meravigliosa moglie Suzanne

Titolo originale: Spy School
Traduzione di Isabella Polli

Finito di stampare nel mese di marzo 2018 da Grafica Veneta
Stampato in Italia

indice

Da:
CIA - Ufficio Indagini Interne
Quartier Generale
Langley, Virginia

A:
Dexter L. Hudnutt
Direttore Affari Riservati
Casa Bianca
Washington, DC

Contiene Documentazione Confidenziale
Livello Sicurezza AA2
STRETTAMENTE RISERVATO

Le pagine seguenti contengono le trascrizioni delle 53 ore di testimonianza del signor Benjamin Ripley, nome in codice Cortina di fumo, di anni 12, studente del primo anno all'Accademia di Spionaggio, all'interno dell'indagine in corso sull'Operazione Tasso Strisciante.
L'ammissione del signor Ripley all'Accademia, anche se avvenuta con modalità inedite, è stata approvata [redacted] e da [redacted] Direttore della CIA, come parte dell'operazione.
Poiché l'Operazione Tasso Strisciante non si è svolta come previsto, in considerazione degli eventi del [redacted], è stata aperta questa indagine per determinare esattamente che cosa è andato storto, perché è accaduto e chi dovrà essere licenziato per questo.
Questi documenti dovranno essere distrutti immediatamente dopo la lettura, in ottemperanza alla Direttiva di Sicurezza CIA 163-12A. Non sarà tollerata alcuna discussione sul contenuto di queste pagine al di fuori dell'incontro di valutazione, che si [redacted]. La preghiamo di tenere presente che all'incontro suddetto non sarà consentito portare armi.
Sono ansioso di conoscere la sua opinione.

[redacted]
Responsabile Indagini Interne

Per conoscenza:
Alexander Hale
J. Worthington Tentpole
Desiree Krupp
Darrington Foxbender

RECLUTAMENTO

Casa Ripley

2107 Mockingbird Road

Vienna, Virginia

16 gennaio, ore 15.30

«Ciao, Ben» disse l'uomo nel mio salotto. «Il mio nome è Alexander Hale. Lavoro per la CIA.»

E così, in un attimo, la mia vita diventò interessante.

Fino ad allora non lo era stata. Neanche lontanamente. Quella giornata ne era un esempio lampante: la numero 4.583, nel settimo mese del dodicesimo anno della mia esistenza terrena. Mi ero trascinato fuori dal letto, avevo fatto colazione, ero andato alla scuola media, mi ero annoiato a morte in classe, avevo fissato ragazze a cui non avevo il coraggio di rivolgere la parola, avevo pranzato in mensa, mi ero sfiancato in palestra, mi ero appisolato nell'ora di matematica, ero stato preso di mira da Dirk il Bullo, avevo preso l'autobus per tornare a casa...

E avevo trovato un uomo in smoking seduto sul divano.

Neanche per un secondo avevo dubitato che fosse una vera spia. L'aspetto di Alexander Hale era esattamente quello che avevo sempre immaginato dovesse avere un agente segreto. Magari un pochino più vecchio – sembrava sulla cinquantina – ma pur sempre impeccabile, disinvolto e signorile. Sul mento aveva una piccola cicatrice – probabilmente causata da un proiettile, o magari da qualcosa di più esotico, come una balestra. Sembrava proprio come James Bond: possibilissimo che venendo a casa mia fosse stato coinvolto in un inseguimento automobilistico e avesse sconfitto i nemici senza versare una sola goccia di sudore.

I miei genitori non erano in casa. Non li trovavo mai, tornando da scuola. Alexander chiaramente «si era introdotto». Sul tavolino davanti a lui c'era l'album di fotografie della nostra vacanza a Virginia Beach, aperto.

«Sono nei guai?» gli chiesi.

Alexander si mise a ridere. «E per che cosa? Non hai mai fatto niente di sbagliato in vita tua. Tranne forse quando hai versato del lassativo nella bibita di Dirk Dennett – e francamente quel tipo se lo meritava.»

Spalancai gli occhi per la sorpresa. «Come fa a saperlo?»

«Sono una spia, sapere le cose è il mio mestiere. Hai qualcosa da bere?»

«Ehm, certo.» Feci una rapida ricognizione mentale di tutte le bevande che c'erano in casa. Pur non avendo idea di che cosa ci facesse quell'uomo lì, volevo disperatamente fare una buona impressione. «I miei hanno di tutto. Che cosa desidera? Un martini?»

Alexander rise di nuovo. «Questo non è un film, figliolo. Sono in servizio.»

Arrossii, sentendomi uno stupido. «Ah. Giusto. Acqua?»

«Pensavo più a una bibita energetica. Qualcosa con degli elettroliti, tanto per essere sempre pronto a scattare. Ho dovuto scaricare dei personaggi indesiderabili, venendo qui.»

«Indesiderabili?» Mi sforzai di sembrare disinvolto, come se quegli argomenti fossero il mio pane quotidiano. «Che tipo di...?»

«Temo che questa sia un'informazione confidenziale.»

«Certo, è logico. Gatorade?»

«Sarebbe fantastico.»

Andai in cucina.

Alexander mi seguì. «È da un po' che l'Agenzia ti tiene d'occhio», mi disse.

Mi bloccai, sorpreso, con la porta del frigo mezza aperta. «Perché?»

«Per prima cosa, perché ce lo hai chiesto tu.»

«Davvero? Quando?»

«Quante volte sei andato sul nostro sito?»

Feci una smorfia, sentendomi di nuovo stupido. «Settecentoventotto.»

Alexander sembrava leggerissimamente incuriosito. «Esatto. Di solito ti limiti a giocare nella sezione dedicata ai ragazzi – con ottimi risultati, fra l'altro – ma navighi anche con una certa regolarità sulle pagine dedicate alle offerte di lavoro e stage. Ergo, da grande ti piacerebbe fare la spia. E se tu ti interessi alla CIA, la CIA si interessa a te.» Alexander tirò fuori dallo smoking una busta piuttosto voluminosa e la posò sul ripiano della cucina. «Siamo rimasti colpiti.»

Sulla busta c'era scritto *Consegnare a mano – ESCLUSIVAMENTE al signor Benjamin Ripley*. Aveva tre sigilli diversi, uno dei quali richiedeva l'uso di un coltello da bistecca per aprirsi. Dentro c'era un voluminoso pacco di fogli. Sulla prima pagina c'era un'unica frase: *Distruggere immediatamente dopo la lettura.*

La seconda pagina cominciava così: *Gentile signor Ripley, è per me un autentico privilegio accoglierla all'Accademia di Spionaggio della Central Intelligence Agency, con effetto immediato…*

Misi giù la lettera sbalordito, esaltato e confuso allo stesso tempo. Sognavo da tutta la vita di essere una spia. Però…

«Pensi che si tratti di uno scherzo» disse Alexander, leggendomi nel pensiero.

«Be'... sì. Non ho mai sentito parlare dell'Accademia di Spionaggio della CIA.»

«Perché è top secret. Ma ti assicuro che esiste. Mi ci sono diplomato io stesso. Eccellente istituzione, che si dedica a formare oggi gli agenti di domani. Congratulazioni!» Alexander sollevò il suo bicchiere di Gatorade e si produsse in un sorriso accecante.

Brindai con lui. Prima di bere, aspettò che lo facessi io: facile prendere quell'abitudine, pensai, quando la gente tenta di avvelenarti da una vita.

Colsi la mia immagine riflessa nel microonde alle spalle di Alexander e mi feci di nuovo prendere dai dubbi. Non sembrava possibile che la stessa organizzazione che aveva selezionato lui potesse scegliere me. Alexander era bello, atletico, sofisticato e fighissimo. Io no. Come potevo essere qualificato per difendere il mondo e la democrazia quando, soltanto nell'ultima settimana, mi avevano già fregato tre volte i soldi del pranzo?

«Ma come...?» cominciai.

«...hai fatto a passare le selezioni senza neanche provare a iscriverti?»

«Ehm... già.»

«Le domande di iscrizione non sono altro che opportunità di presentarti all'istituzione in cui vorresti entrare. La CIA ha già tutte le informazioni necessarie.» Alexander prese dalla tasca un piccolo computer palmare e lo consultò. «Per esempio, a scuola hai una media impeccabile, parli tre lingue e le tue competenze matematiche raggiungono il livello 16.»

«Che cosa significa?»

«Quanto fa 98.261 per 147?»

«14.444.367.» Non ci avevo neanche pensato. Ho un talento per la matematica e, di conseguenza, la prodigiosa capacità di sapere sempre l'ora esatta – anche se per molto tempo non mi ero neanche accorto che fosse particolarmente speciale. Credevo che chiunque fosse in grado di risolvere equazioni complesse a mente... oppure di calcolare all'istante quanti giorni, settimane o minuti aveva vissuto. Ho capito che non era così nel mio tremilaottocentotrentaduesimo giorno.

«Questo è il livello 16» disse Alexander, tornando a guardare il palmare. «Secondo i nostri dati, hai anche ottenuto risultati strabilianti nei test DAVS, sei molto portato per l'elettronica e hai una grossa cotta per una certa signorina Elizabeth Pasternak – anche se, purtroppo, a quanto pare lei non sa nemmeno che esisti.»

Lo sospettavo anch'io, ma mi bruciava lo stesso quella conferma. Da parte della CIA, nientemeno. Provai a cambiare discorso. «Non ricordo di aver fatto quei test.»

«Non puoi. Non sapevi neanche che li stavi facendo. DAVS sta per Domande Attitudinali nelle Verifiche Standard. La CIA le inserisce in tutte le normali verifiche scolastiche, per valutare l'eventuale attitudine allo spionaggio. Tu le azzecchi tutte fin dalla terza elementare.»

«Inserite delle domande nelle verifiche scolastiche? Il Ministero dell'Istruzione è al corrente?»

«Ne dubito. All'Istruzione non sanno quasi niente.» Alexander posò il bicchiere vuoto nell'acquaio e si sfregò le mani con entusiasmo. «Be', bando alle ciance. Cominciamo a preparare i bagagli? Ti aspetta un pomeriggio intenso.»

«Vuol dire che dobbiamo andare *adesso*?»

Alexander, che si stava già avviando verso le scale, si girò verso di me. «Hai totalizzato 99,9% nella sezione Intuito dei DAVS. Quale parte di "effetto immediato" non ti è chiara?»

Cominciai a balbettare, nella mia testa rotolavano ancora centinaia di domande che si spingevano per uscire contemporaneamente.

«Io... ehm... be'... Perché devo fare i bagagli? Quanto è lontana questa accademia?»

«Oh, è vicinissima. Sull'altra riva del Potomac. Ma diventare una spia è un lavoro a tempo pieno, quindi tutti gli studenti devono alloggiare presso la scuola. L'addestramento dura sei anni, va dall'equivalente della terza media fino all'ultimo anno del liceo. Ovviamente tu entrerai al primo anno.» Con queste parole, Alexander superò gli ultimi gradini ed entrò nella mia stanza.

Quando ci entrai, venti secondi più tardi, aveva già aperto la mia valigia e guardava con un certo disgusto il contenuto del mio armadio. «Neanche un completo decente.» Sospirò. Scelse qualche felpa e buttò tutto sul letto.

«L'accademia segue un calendario diverso dalle altre scuole?» gli chiesi.

«No.»

«E allora perché mi ammettete adesso? Siamo a metà dell'anno scolastico.» Indicai i cinque centimetri di neve fresca sul davanzale.

Per la prima volta da quando lo conoscevo, Alexander Hale sembrò a corto di parole. Ma non per molto. Meno di un secondo. Come se avesse voluto dire qualcosa che invece non disse.

Quello che mi disse fu: «Si è liberato un posto all'improvviso».

«Qualcuno ha rinunciato?»

«Bocciato. Il tuo nome era il primo nella lista d'attesa. Possiedi armi?»

Ripensandoci, mi rendo conto che quella domanda doveva servire a distrarmi. Funzionò benissimo. «Uhm... ho una fionda.»

«Le fionde sono per gli scoiattoli. Alla CIA non combattiamo spesso contro gli scoiattoli. Intendo armi vere. Pistole, coltelli, magari un paio di nunchaku...»

«No.»

Alexander scosse leggermente la testa, forse un po' deluso. «Be', non importa. L'armeria della scuola ti presterà qualcosa. Nel frattempo, penso che questa potrà bastare.» Tirò fuori dal fondo dell'armadio la mia vecchia polverosa racchetta da tennis e la brandì come una spada. «Tanto per sicurezza, sai, in caso di problemi.»

Per la prima volta mi resi conto che Alexander poteva essere armato a sua volta. C'era un lieve rigonfiamento sul suo smoking, proprio sotto l'ascella sinistra, che probabilmente nascondeva una pistola. In quel momento il mio incontro con lui – che fino a quel punto era stato soltanto strano ed eccitante – divenne anche un pochino preoccupante.

«Forse prima di prendere una decisione così importante dovrei discuterne con i miei genitori» dissi.

Alexander si voltò verso di me. «Fuori questione. L'esistenza dell'accademia è un segreto. Nessuno deve sapere che la frequenti. Né i tuoi genitori, né i tuoi amici più cari, né Elizabeth Pasternak. Nessuno. Per quanto ne sapranno loro, tu andrai all'Accademia St. Smithen's per le Scienze Applicate.»

«Un'accademia scientifica?» dissi accigliandomi. «Mi addestrerò per salvare il mondo, ma tutti penseranno che sono uno sfigato.»

«Non è più o meno quello che pensano adesso?»

Feci una smorfia. Sapeva proprio tutto di me. «Penseranno che sono ancora più sfigato.»

Alexander si sedette sul mio letto e mi guardò dritto negli occhi. «Diventare un agente scelto richiede sacrifici», mi disse. «Questo è solo l'inizio. L'addestramento non sarà facile. E se ce la fai, neanche la tua vita sarà facile. Molti non resistono. Quindi se vuoi tirarti indietro... questo è il momento.»

Pensai che fosse la prova finale. L'ultima fase del reclutamento. La possibilità di dimostrare che non mi sarei tirato indietro di fronte alla prospettiva di lavorare sodo e affrontare momenti difficili.

In realtà non lo era. Alexander mi stava dicendo la verità, ma io ero troppo preso dall'eccitazione di essere stato scelto e non lo capii. Volevo diventare come Alexander Hale. Volevo essere impeccabile, disinvolto e signorile. Volevo «introdurmi» in casa della gente portando tranquillamente una pistola nello smoking. Volevo scaricare degli indesiderabili, proteggere il mondo e fare finalmente colpo su Elizabeth Pasternak. Non mi sarebbe dispiaciuta neanche un'elegante cicatrice da balestra sul mento.

Così sostenni il suo sguardo d'acciaio e presi la peggiore decisione della mia vita.

«Ci sto» dichiarai.

INIZIAZIONE

Accademia di Spionaggio della CIA

Washington, DC

16 gennaio, ore 17:00

L'accademia non assomigliava per niente all'idea che mi ero fatto di un'istituzione che insegnava spionaggio. Naturalmente, il punto era proprio quello. Sembrava più che altro un vecchio collegio trasandato, che poteva aver goduto di una certa fama intorno alla Seconda guerra mondiale ma aveva da tempo perso il suo smalto. Si trovava in un angolino altrettanto trasandato e dimenticato di Washington ed era nascosta da un alto muro di pietra. L'unico elemento vagamente sospetto era il drappello di guardiani al cancello d'ingresso, ma dato che la capitale della nazione è anche la capitale degli omicidi, qualche misura di sicurezza aggiuntiva intorno a una scuola privata non avrebbe destato particolare stupore.

Lo spazio all'interno era sorprendentemente ampio: vasti terreni che probabilmente sarebbero stati molto belli in primavera, coperti d'erba, ma al momento erano coperti da trenta centimetri di neve. E al di là degli edifici si vedeva una grande fascia di foresta immacolata, intatta fin dal giorno in cui i nostri antenati avevano stabilito che una fetida palude sul fiume Potomac, infestata dalla malaria, era il posto ideale per costruire la capitale del Paese.

Gli edifici erano brutti, in stile gotico: cercavano di imitare la maestà di luoghi come Oxford e Harvard, ma fallivano miseramente. Per quanto circondati di archi rampanti e punteggiati di gargoyle, restavano grigi e poco interessanti, studiati in modo che chiunque mettesse inavvertitamente piede all'Accademia St. Smithen's girasse subito i tacchi senza dedicarle un secondo pensiero.

Comunque, in confronto al tozzo cubo di cemento dove andavo a scuola io, era favolosa. Arrivai con Alexander nel momento meno propizio, appena prima del tramonto in pieno inverno. La luce era fioca, il cielo plumbeo e gli edifici immersi nell'ombra. Io però ero esaltatissimo. Probabilmente ero così entusiasta anche perché Alexander mi aveva accompagnato con la sua lussuosa berlina personalizzata, completa di vari pulsanti speciali sul cruscotto (mi aveva però avvertito di tenere giù le mani, per non rischiare di lanciare artiglieria pesante nel traffico dell'ora di punta).

I miei genitori non avevano protestato un granché per la mia partenza. Alexander li aveva ammaliati con la sua presentazione dell'accademia «scientifica» e aveva assicurato che si trovava a pochi chilometri di distanza. Mamma e papà erano molto orgogliosi che fossi stato accettato da un'istituzione così prestigiosa – e ben felici di non dover pagare la retta (Alexander aveva detto loro che avevo vinto una borsa di studio, e a me che i costi erano a carico del Governo degli Stati Uniti). Certo, erano un po' stupiti che dovessi partire così in fretta – e delusi perché la mamma non avrebbe nemmeno potuto cucinarmi una cena di addio. La mamma era fissata con le cene celebrative, le preparava con i pretesti più banali, come la mia elezione a capitano della squadra di scacchi della scuola, anche se ero l'unico membro della squadra. Alexander però aveva placato le loro ansie con la promessa che sarei presto tornato a trovarli (quando avevano chiesto se potevano venirmi a trovare loro, aveva assicurato di sì, evitando però abilmente di specificare quando).

Mike Brezinski invece non era stato così entusiasta della mia partenza. Mike era il mio migliore amico fin dalla prima elementare, anche se forse non saremmo stati così amici, se ci fossimo conosciuti più avanti. Mike era diventato uno di quei simpatici scansafatiche che avrebbero potuto accedere ai corsi avanzati in tutte le materie, ma preferivano i corsi di recupero per non doversi sforzare. Per lui le medie erano tutto uno scherzo. «Vai a un'accademia di scienze?» mi aveva chiesto quando l'avevo chiamato per dargli la notizia, senza neanche provare a nascondere il suo disgusto. «Non facevi prima a farti tatuare "sfigato" sulla fronte?»

Ci volle tutto il mio autocontrollo per non dirgli la verità. Mike sarebbe stato il primo a restare a bocca aperta all'idea che proprio io fossi stato scelto per un addestramento dalla CIA. Da piccoli avevamo passato innumerevoli ore a rivivere i film di James Bond al parco giochi. Ma non potevo fare nessuna rivelazione: Alexander era seduto in camera mia e ascoltava senza parere la mia telefonata. Ero riuscito a dire soltanto: «Non è così male come pensi».

«No, probabilmente è peggio», aveva risposto Mike.

Così, arrivando all'Accademia di Spionaggio accompagnato da un agente federale in carne e ossa, non riuscivo a togliermi dalla testa che, se ci fosse stato anche Mike, per la prima volta nella nostra vita sarebbe stato lui a invidiare me. La scuola sembrava piena di promesse, misteri ed eccitazione.

«Wow» dissi con il naso schiacciato contro il finestrino.

«Questo è niente», mi disse Alexander. «C'è molto più di quello che appare a prima vista.»

«Che cosa vuol dire?»

Alexander non rispose. Quando mi voltai a guardarlo, la sua abituale espressione sicura si era rannuvolata.

«C'è qualcosa che non va?» chiesi.

«Non vedo studenti in giro.»

«Non sono a cena?»

«La cena è fra un'ora. Questo orario è dedicato agli sport, agli allenamenti funzionali e ai corsi di autodifesa. In questo momento dovrebbe esserci un sacco di gente in giro.» Alexander frenò di colpo davanti a un edificio labirintico di quattro piani, con una targa che lo definiva Dormitorio Armistead. «Al mio segnale, corri verso quella porta. Io ti copro le spalle.» Alla fine aveva proprio una pistola, sotto l'ascella sinistra. La tirò fuori di scatto e allungò la mano verso la maniglia della mia portiera.

«Un attimo!» In un secondo ero passato da deliziato a terrorizzato. «Non è più sicuro restare in macchina?»

«Chi è l'agente qui? Tu o io?»

«Lei.»

«E allora corri!» Con una mossa fluida, Alexander fece scattare la serratura e mi spinse fuori dalla portiera aperta.

Partii a razzo. Il vialetto di pietra che portava al dormitorio era viscido per la neve calpestata da centinaia di scarpe. Sentivo i piedi scivolare e pattinare.

Ci fu uno schiocco in lontananza. Una piccola esplosione alzò la neve alla mia sinistra.

Qualcuno mi sparava!

Cominciai subito a pentirmi della decisione di iscrivermi all'accademia.

Un'altra serie di schiocchi echeggiò nell'aria gelida, stavolta alle mie spalle. Alexander rispondeva al fuoco. O almeno così presumevo: non osavo girarmi a guardare, per paura di sprecare preziosi millisecondi che potevo impiegare meglio a salvarmi la vita, correndo come un dannato.

Una pallottola rimbalzò sul terreno ai miei piedi.

Mi scaraventai verso la porta del dormitorio a tutta birra. I battenti si aprirono e rotolai in una piccola area di sicurezza. Davanti a me c'era una seconda porta più pesante, accanto a un gabbiotto a vetri, ma la porta era spalancata e il vetro era segnato da tre fori di proiettile, tondi e precisi. Mi trascinai oltre e mi ritrovai in un grande salone.

Era il genere di posto normalmente dedicato al tempo libero degli studenti. C'erano dei divani logori, un vecchio televisore, un biliardo sbilenco e dei videogiochi antiquati. Alle due estremità si aprivano dei corridoi e uno scalone rovinato conduceva verso –

All'improvviso, qualcosa mi fece mancare il terreno da sotto i piedi e mi schiantai a terra di schiena. Una frazione di secondo dopo, qualcuno mi cadde addosso, qualcuno completamente bardato di nero, tranne gli occhi. Con le ginocchia mi bloccava le braccia a terra. Prima che potessi gridare, mi schiaffò una mano sulla bocca.

«Chi se tu?», sibilò il mio aggressore.

«B-B-Benjamin Ripley» balbettai. «Studio qui.»

«Non ti ho mai visto.»

«Sono stato ammesso soltanto oggi pomeriggio» spiegai, e poi pensai di aggiungere: «Ti prego non uccidermi».

Il mio assalitore fece un gemito. «Una matricola? Adesso?! Questa giornata non fa che migliorare.» La voce si era fatta più sarcastica che aggressiva, ed era più acuta di quanto mi aspettassi. Guardai il corpo seduto sul mio petto e mi resi conto che era snello e curvilineo.

«Sei una ragazza», dissi.

«Wow», rispose lei. «Non c'è da stupirsi che ti abbiano ammesso. Hai delle incredibili capacità deduttive.» Si tirò indietro la maschera, scoprendo la faccia.

Non avrei mai creduto che il mio cuore potesse accelerare ancora, dopo aver corso per la mia vita sotto una grandinata di proiettili, ma all'improvviso il mio battito raggiunse un livello impensato.

Elizabeth Pasternak non era più la ragazza più bella che avessi mai visto.

La ragazza seduta sul mio petto sembrava un po' più grande di me, poteva avere forse quattordici o quindici anni, aveva folti capelli neri e gli occhi di un azzurro incredibile. E poi una pelle perfetta, zigomi scolpiti, labbra piene. Il corpo era magro, quasi esile, eppure aveva avuto la forza di buttarmi a terra in mezzo secondo. Anche il suo odore era incredibile, un'inebriante combinazione di gigli e polvere da sparo. Ma forse la caratteristica più affascinante era la sua capacità di restare calma e sicura di sé anche mentre si trovava in pericolo di vita. Sembrava molto più infastidita dalla mia goffa intromissione che dall'idea dei proiettili che rimbalzavano là fuori.

«Hai un'arma con te?» mi chiese.

«No.»

«Sai usare una pistola?»

«Maneggio piuttosto bene il fucile ad aria compressa di mio cugino...»

Lei sospirò rumorosamente, poi tirò giù la cerniera del giubbotto protettivo, scoprendo un'elegante bandoliera di cuoio a tracolla, luccicante di armi: pistole, coltelli, stelle da lancio cinesi, granate. Le passò in rassegna tutte e scelse per me un piccolo oggetto arrotondato. «Questo è un taser. Non è efficace sulla lunga distanza, ma il lato positivo è che non mi ci puoi uccidere accidentalmente.» Me lo sbatté in mano, mi diede qualche rapida istruzione – «Pulsante di accensione. Grilletto. Punti di contatto.» – poi si alzò in piedi e mi fece cenno di seguirla.

Ubbidii. Non è che avessi altre idee. Superammo lo scalone e imboccammo il corridoio sud del dormitorio. Quella ragazza sembrava sapere il fatto suo, insieme a lei mi sentivo un po' più sicuro. Imitai le sue movenze, camminando anch'io in punta di piedi e brandendo il taser come lei brandiva la pistola.

Dato che era la mia prima azione, non sapevo bene quali fossero i dettami dell'etichetta. Però mi sembrava giusto presentarmi. «A proposito, io sono Benjamin.»

«L'hai già detto. Facciamo un patto: se sopravviviamo a tutto questo, procederemo con le presentazioni.»

«Okay. Che cosa sta succedendo?»

«A quanto pare c'è stata un'intrusione. Oggi pomeriggio c'era un'assemblea sulla diplomazia, per tutti gli studenti. Il nemico si è infiltrato nella scuola durante la conferenza e ha circondato il salone. Tutti gli studenti e gli insegnanti sono stati presi in ostaggio.»

«E tu come hai fatto a liberarti?»

«Non mi sono liberata. Avevo bigiato la conferenza. Non me ne fregava nulla della diplomazia.»

«C'è qualcun altro con te?»

«Per quanto ne sono, ci siamo solo io e te. Ho cercato di chiamare rinforzi, ma il nemico sta disturbando le comunicazioni, non so come.»

«Quanti sono?»

«Ne ho contati quarantuno. Finora. Quelli che ho visto sono veri professionisti, armati fino ai denti e molto pericolosi.»

Deglutii a fatica. «Sono qui solo da cinque minuti e dovrei affrontare un plotone intero di soldati d'assalto, armato solo di un taser?»

Per la prima volta da quando l'avevo conosciuta, la ragazza sorrise. «Benvenuto alla scuola delle spie», mi disse.

COMBATTIMENTO

Padiglione centrale Nathan Hale

16 gennaio, ore 17:10

Aspettarsi da un momento all'altro un'imboscata da parte dei soldati nemici è un pessimo stato d'animo per fare il giro della scuola, il primo giorno. Seguendo la ragazza superai diversi posti che avrebbero potuto essermi utili, se fossi sopravvissuto, ma non riuscii a concentrarmi su nulla. Invece lei mantenne una calma incredibile, date le circostanze, arrivò perfino a indicarmi vari luoghi di interesse lungo il percorso, come se mi stesse passando le solite informazioni per le matricole.

«Questo è l'unico dormitorio della scuola», mi segnalò mentre procedevamo felpati lungo il corridoio del primo piano, con le armi spianate. «Ci vivono tutti i trecento studenti. È stato costruito più di un secolo fa e quindi, come probabilmente avrai notato, i sistemi difensivi fanno schifo. In più le tubature sono preistoriche.»

«Là c'è la mensa. I pasti si svolgono puntualmente alle 07, alle 13 e alle 18... ora siamo nel passaggio sud, che collega il dormitorio al padiglione principale, con gli uffici amministrativi. Di solito si fa prima a passare dall'esterno, ma questo è il percorso migliore quando c'è brutto tempo – o quando nella scuola ci sono dei cecchini nemici.»

Da fuori arrivò il rumore distante di una sparatoria. Anche se si svolgeva a più di cento metri di distanza, dall'altra parte di uno spesso muro di pietra, d'istinto mi abbassai. Questo provocò un altro sospiro da parte della ragazza.

«Aspetta!» esclamai. Nella confusione mi ero dimenticato una cosa. «Non siamo soli. Sono arrivato con Alexander Hale.»

Mi aspettavo che mostrasse sollievo, forse addirittura entusiasmo. Invece, con mia grande sorpresa, sembrava più che altro seccata. «Dove si trova?»

«Fuori. Ad affrontare quei cecchini. Credo che prima mi abbia salvato la vita.»

«Sono sicura che lo crederà anche lui», disse lei.

Raggiungemmo una biforcazione, con delle finestre che davano sui prati innevati. La ragazza mi fece cenno di stare giù, poi sbirciò dal vetro. Era diventato troppo buio perché io potessi vedere altro che le sagome degli edifici, ma lei sembrava aver notato qualcosa. «Hanno occupato tutto il perimetro esterno della scuola», disse accigliata. «Non riusciremo a uscire. Allora questo è il piano: c'è una radio trasmittente di emergenza all'ultimo livello del padiglione centrale.» Fece un cenno della testa verso una struttura gotica a cinque piani, che incombeva su di noi dal lato sud. «È un collegamento diretto con il quartier generale dell'Agenzia. È così antiquata che il nemico probabilmente non sospetta che ci sia ancora. Se riusciamo ad arrivare fin lì, probabilmente potremo chiedere rinforzi.»

«Mi sembra una buona idea.» Facevo del mio meglio per sembrare tranquillo, anche se mi sentivo sempre più terrorizzato.

«Stammi vicino e fai quello che ti dico.» La ragazza prese il corridoio a sinistra, ma poi si fermò per indicare verso destra. «A proposito, di là c'è la palestra. E il poligono di tiro, se dovesse servirti per il futuro.»

La seguii, tenendo la testa sotto le finestre, temendo un attacco imminente. Il mio primo scontro a fuoco non stava andando affatto come mi aspettavo. Dov'erano i nemici? mi chiedevo. Li stavamo astutamente aggirando, oppure ci aspettavano in agguato? Dov'era Alexander Hale, e perché la ragazza non era stata contenta di sentirlo nominare? E la cosa forse più importante...

«Ci sono dei servizi maschili nelle vicinanze?» chiesi. «Mi scappa tantissimo la pipì.» Per la prima volta mi trovavo a sperimentare quella che alla scuola delle spie viene generalmente definita «La teoria di Hogarth sulla minzione da spavento»: la grandezza del pericolo che corri è direttamente proporzionale al tuo bisogno di fare pipì. Abraham Hogarth era stato uno dei primi agenti operativi della CIA e, di conseguenza, uno dei professori originari alla scuola delle spie. Aveva scritto il manuale fondamentale di spionaggio basandosi sulle proprie esperienze (e si diceva che indossasse sempre un pannolone per adulti, in caso di problemi).

La ragazza sospirò di nuovo. «Perché non ci sei andato prima della sparatoria?»

«Non sapevo che ci sarebbe stata una sparatoria», le spiegai. «In realtà credo che mi scappi *a causa* della sparatoria.»

«Tienila, fiorellino. Non possiamo permetterci di abbassare la guardia.»

Feci del mio meglio per ubbidire.

In breve arrivammo al Padiglione Nathan Hale, che scoprii essere al centro del terreno della scuola. All'esterno tutti gli altri edifici si dipartivano da lì, come i raggi di una ruota. All'interno, il passaggio che avevamo seguito terminava in un immenso salone d'ingresso, circondato da grandi scalinate. Su un lato c'erano pesanti portali di quercia che davano sul cortile, sull'altro si aprivano due porte ancora più grandi, oltre le quali si vedeva la biblioteca della scuola.

La ragazza si avviò verso la scalinata più vicina, poi di colpo mi afferrò il braccio con una mano. Mi immobilizzai.

Portò le labbra a un millimetro dal mio orecchio e parlò così piano che quasi non riuscivo a sentirla. «Due agenti nemici. Di sopra.» Quelle erano fra le parole più terrificanti che avessi mai sentito, eppure il suo fiato caldo sull'orecchio mi fece quasi pensare che valesse la pena correre quel rischio. «Dovrò trattenerli. Taglia dalla biblioteca e sali dalle scale sul retro.»

«Per andare dove?» cercai di parlare piano quanto lei, ma non ci riuscii. Il mio sussurro sembrò echeggiare per la sala.

Al piano ammezzato una sagoma umana emerse dall'ombra.

«L'ufficio del preside!» sibilò lei, spingendomi avanti. «Corri!»

Forse non ero capace di sparare o combattere corpo a corpo, ma quanto a correre non avevo problemi. Avevo dovuto sfuggire a Dirk Dennett un sacco di volte. Però prima non avevo mai corso per la mia vita, con una scarica violenta di adrenalina in corpo. Era come avere il turbo. Superai i venti metri che mi separavano dalla biblioteca in un batter d'occhio.

Con un balzo mi misi al sicuro, mentre una pioggia di proiettili rastrellava la moquette alle mie spalle e scheggiava lo stipite della porta.

La biblioteca era immensa, quattro piani di grandi balconate che circondavano uno spazio centrale. Al piano terra c'era un labirinto di scaffali. In condizioni normali mi sarei entusiasmato per quella distesa di libri, ma in quel momento la biblioteca mi appariva soltanto come una gigantesca trappola esplosiva: c'erano migliaia di nascondigli per dei sicari nemici.

In ogni angolo c'era una scala che saliva. Mi spostai a zigzag fra gli scaffali verso la parete più lontana e mi lanciai sugli scalini, mentre il rumore di una sparatoria riecheggiava dal salone d'ingresso.

Un proiettile tintinnò sul parapetto proprio mentre arrivavo al terzo piano.

Mi buttai sul pavimento.

Al primo piano un uomo in nero con una mitragliatrice in mano sfrecciò verso la mia scala.

Il taser non mi sarebbe servito a un bel niente da quella distanza.

Ma lì vicino c'era uno scaffale pieno di enciclopedie.

Afferrai la più pesante che trovai – la *Guida illustrata di Cooper agli armamenti dell'era sovietica*, valutai rapidamente la velocità del mio aggressore in relazione alla forza di gravità e determinai il momento esatto in cui lasciar cadere il volume dal parapetto.

Dal basso arrivò il preciso rumore di un libro che impatta su un cranio umano, seguito da grugnito del sicario che si accasciava.

Smentendo tutto quello che aveva sempre affermato Mike Brezinski, avevo appena scoperto un'applicazione pratica dell'algebra.

Mi precipitai al quarto piano e trovai una porta che sembrava non essere stata aperta da anni. Portava a una scala polverosa. L'ultima rampa mi portò in un corridoio lungo e vasto, fiancheggiato da porte di uffici. Lo seguii di corsa, controllando tutte le targhette: Responsabile degli Studenti, Vice Responsabile della Sicurezza, Direttore del Controspionaggio. Finalmente, al centro, trovai una porta con la scritta «Preside».

Sentii dei passi pesanti sulle scale, provenienti dalla direzione da cui ero venuto anch'io. C'era più di una persona.

Mi buttai contro la porta del preside.

Era chiusa a chiave. Rimbalzai all'indietro e finii in corridoio, col culo per terra.

A destra della porta c'era un tastierino, con un piccolo display che diceva «INSERIRE CODICE DI ACCESSO».

Nessuno mi aveva parlato di codici di accesso.

Lanciai un'occhiata alla scala polverosa. Il rumore dei passi era più forte, i miei nemici erano quasi alla porta. Sarebbero spuntati in pochi secondi, troppo pochi per poter scappare verso la salvezza in fondo al corridoio.

L'unica via di fuga era la porta del preside e mi venne in mente un solo modo per riuscire a entrare.

Accesi il taser e lo appoggiai sul tastierino. Il display sfarfallò mentre friggevo il sistema. Poi ci fu un sovraccarico elettrico e tutte le luci si spensero, facendomi piombare nell'oscurità.

Non era quello il mio piano.

Sentii un tonfo in fondo al corridoio, mentre un agente nemico sbatteva contro la porta, seguito da quelle che immaginai essere parolacce in una lingua sconosciuta.

Due secondi più tardi, i raggi di tre torce ad alta potenza comparvero da quel punto in fondo al corridoio.

Dal lato opposto se ne accesero altre tre.

Il che significava che ero circondato da sei uomini armati fino ai denti, nel buio completo.

Quindi feci l'unica altra cosa che mi venne in mente: mi preparai ad arrendermi.

Portai le mani sopra la testa e arretrai contro la porta del preside, colpendo inavvertitamente la maniglia.

Si abbassò con un piccolo scatto.

A quanto pareva, l'avevo aperta.

I sei raggi di luce si girarono verso quel suono.

Scivolai nell'ufficio buio, chiudendo la porta con un colpo, e subito inciampai in un tavolino. Mi tagliò le ginocchia e atterrai di faccia sulla moquette.

Le luci si riaccesero all'improvviso.

Istintivamente, mi rannicchiai su me stesso e gridai: «Vi prego non uccidetemi! Non so niente! Sono arrivato qui soltanto oggi!»

«Chiedere pietà?» disse una voce dal tono deluso. «Senza dubbio una prestazione di livello insufficiente.»

Ci furono dei mormorii di assenso.

Lentamente, sollevai gli occhi dalla moquette in velluto. Invece di un'orda di sicari con le armi spianate, mi ritrovai davanti a un tavolo da conferenze. Sul lato più lontano erano seduti due uomini e una donna di mezza età, che scuotevano la testa e prendevano appunti su blocchi con i fogli gialli. Accanto a loro c'era Alexander Hale, in piedi.

Sentii un ronzio elettronico alle mie spalle e lanciai un'occhiata indietro. Vidi una fila di monitor che inquadravano tutti i punti della scuola dove ero passato.

Cominciavo a capire. Feci una smorfia. «Tutto questo era un test?»

«Per tua fortuna» disse l'uomo al centro del tavolo, quello con il tono deluso. Era un tipo tarchiato, che sembrava credersi più affascinante di quanto non fosse in realtà. Il suo completo era macchiato di cibo, la pancia minacciava di sfondare la cerniera dei pantaloni e per quanto i capelli fossero folti e perfettamente acconciati, erano anche chiaramente posticci. «Se fosse stato un autentico caso di azione offensiva dall'esterno, adesso dovremmo rimandare a casa i tuoi resti in una scatola di cartone.»

«Ma io non ho ancora imparato niente» ribattei. «Sono appena arrivato.»

«Lo so benissimo» rispose bruscamente l'uomo. «Tutti gli studenti appena ammessi vengono sottoposti all'EACS.»

Guardai Alexander in cerca di aiuto.

«Esame Attitudinale di Combattimento e Sopravvivenza», mi spiegò lui, poi si voltò verso i monitor. «Il giochetto con l'enciclopedia mi è sembrato piuttosto astuto.»

«Un colpo di fortuna», disse Capelli Posticci con aria di superiorità.

«E l'uso del taser sul tastierino?», chiese Alexander. «Questo non l'avevamo mai visto.»

«Per un buon motivo. Un trucco idiota.» Capelli Posticci si alzò e mi fissò con severità. Aveva un lieve tic – strizzava l'occhio sinistro – che sembrava peggiorare quando era arrabbiato. «Io sono il preside di questa accademia. Questi sono i miei vice, gli agenti Connor e Dixon. Hai già conosciuto Alexander Hale... e naturalmente Erica.»

Mi voltai. Dietro di me c'era la ragazza di prima. Era entrata senza fare il minimo rumore.

Accennai un gesto di saluto, senza ricevere risposta.

«Penso che siamo tutti d'accordo nel considerare la tua prestazione deplorevole», proseguì il preside. «Hai dimostrato capacità dilettantesche praticamente in ogni area: combattimento a mani nude, furtività, savoir faire...»

«Non c'è una parte scritta in questo esame?» chiesi speranzoso. «Di solito in quelle vado bene.»

Il preside mi guardò malissimo, strizzando selvaggiamente l'occhio sinistro. «E vedo che non sei neanche capace di tenere la bocca chiusa. Francamente, se non avessi ottenuto un punteggio così alto nei DAVS e dimostrato capacità straordinarie nella crittografia, ti rimanderei da mammina e paparino per direttissima. Ma vedremo che cosa potremo fare di te. Hai molto lavoro da fare, Ripley. E per adesso parti dalla media del cinque meno.»

Detto questo, mi congedò con un gesto della mano.

Lasciai l'ufficio con il morale a terra. Non avevo mai preso meno di nove in tutta la mia vita – e quel nove era stato in calligrafia, in terza elementare.

E poi una cosa detta dal preside mi aveva un po' confuso. Non sapevo di avere straordinarie capacità nella crittografia. In realtà, nonostante il mio talento matematico, avevo sempre trovato la crittografia piuttosto difficile. Per molti codici la matematica e la logica non bastano, bisogna essere anche bravi con i giochi di parole. Era il motivo per cui sapevo calcolare con esattezza da quanti secondi mi trovavo alla scuola delle spie (1.319), ma regolarmente mi incartavo sui giochini enigmistici del giornale del mattino.

Sul sito della CIA c'erano alcuni giochi di crittografia. Avevo l'impressione di averli sbagliati completamente, ma forse erano stati studiati per identificare qualche abilità latente che nemmeno io sapevo di avere.

Erica arrivò nel corridoio alle mie spalle.

«Non c'è niente da vergognarsi, vero?» le chiesi. «Voglio dire, non ho ancora ricevuto nessun addestramento. Scommetto che nessuno supera questo esame il giorno dell'arrivo.»

«Io ho preso il massimo dei voti», rispose lei. E poi se ne andò senza neanche un saluto.

Così, appena ventitré minuti dopo il mio arrivo alla scuola delle spie, avevo imparato una cosa molto importante: non sarebbe stato per niente facile.

INTIMIDAZIONE

Dormitorio Armistead

16 gennaio, ore 17:50

Trasferirsi in un collegio dove non conoscevo nessuno sarebbe stato difficile anche in circostanze normali. Dopo quell'iniziazione spaventosa e umiliante, però, fu traumatico. Ero tentato di andare dritto al telefono per chiamare i miei genitori e farmi venire a prendere, ma mi resi conto di alcune cose.

L'EACS probabilmente era studiato apposta per eliminare la zavorra. Fare la spia non sarebbe stato solo gloria e divertimento: se non riuscivo ad affrontare una finta situazione di pericolo mortale, come ci si poteva aspettare che ne affrontassi una vera?

Non avevo fatto una gran bella figura con Erica, ma se me ne andavo subito, quella sarebbe stata l'unica occasione che avrei mai avuto con lei. Se restavo, almeno potevo sperare di riuscire a rimediare.

Le cose non potevano certo peggiorare. Quindi, dovevano migliorare.

Così decisi di non mollare e rimanere alla scuola delle spie. Ancora per un po', comunque.

Subito dopo essermi preso la strigliata del preside e il due di picche di Erica, trovai la mia roba in un mucchio umidiccio, nel corridoio fuori dall'ufficio, con un kit di benvenuto appoggiato sopra. Dentro la cartelletta c'erano l'orario delle lezioni, una piantina della scuola con le indicazioni per raggiungere la mia stanza e un opuscolo con le procedure di emergenza per qualsiasi cosa, dall'avvelenamento agli attacchi con gas nervino.

La mia stanza era all'ultimo piano del Dormitorio Arimstead. Tutte le matricole erano segregate lassù. All'inizio pensai che potesse essere carino avere una camera con vista, ma come il 100 percento delle mie aspettative sulla scuola delle spie, anche questa si rivelò sbagliata. L'ultimo piano era in pratica una soffitta suddivisa a casaccio in tante stanzette anguste. Il nostro cane aveva più spazio, quando lo mandavamo in pensione durante le vacanze.

Le pareti erano sottilissime e quindi si sentiva tutto. Il soffitto, che era poi il tetto a punta dell'edificio, era così inclinato che riuscivo a stare in piedi solo in una metà della stanza. In alto c'era un piccolo abbaino, che faceva entrare pochissima luce e una quantità esagerata di aria fredda. A quanto pareva, l'ultima impermeabilizzazione risaliva all'amministrazione Kennedy. I mobili erano eccedenze militari, più o meno della Seconda guerra mondiale: una brandina stretta, dura come un sasso, un piccolo comodino di legno, un tavolo di ferro con gli spigoli così aguzzi da cavare un occhio, un baule e una sedia pieghevole.

Non c'era il bagno privato. C'erano i servizi comuni in fondo al corridoio, con tre vecchissimi gabinetti, che facevano rumori inquietanti quando si tirava lo sciacquone, e quattro docce che sembravano terreni di coltura per specie rare di funghi dei piedi.

In cima alle scale c'era una piccola sala comune – qualche divano logoro e un tavolino del mercatino delle pulci – ma dato che la temperatura al piano era glaciale non ci stava nessuno. Sentivo le voci dei miei compagni nelle loro camere, ma nessuno venne fuori a darmi il benvenuto, o anche solo a salutarmi.

Mentre disfavo i bagagli nella mia stanzetta, il cellulare trillò. Era un messaggio di Mike.

Com'è la scuola di scienze per sfigati?

Voleva essere una battuta, ma mi fece comunque sentire da schifo. E anche molto solo. Risposi:

Favolosa.

La cosa bella dei messaggi è che nessuno può capire quando menti.

Qualcuno bussò alla porta.

Sobbalzai per la sorpresa. Probabilmente in un giorno diverso non lo avrei fatto, ma dopo l'iniziazione ero un po' sulle spine. Mi avvicinai alla porta in punta di piedi e sbirciai dal minuscolo spioncino.

Il ragazzo in corridoio sembrava uscito dalla copertina di una rivista di moda. Era molto più grande di me, aveva superato da un pezzo la goffaggine dell'adolescenza. Aveva i capelli castani pettinati in modo perfetto, la mascella scolpita e le spalle larghe. Indossava un costoso giubbotto sportivo sopra una felpa ancora più costosa. Se mi avessero chiesto di progettare il perfetto agente segreto in erba, avrei disegnato lui. Salutò con aria spavalda verso lo spioncino. «Apri la porta, Ben. Lo so che sei lì.»

Allungai la mano verso la maniglia, poi mi bloccai, chiedendomi se non fosse un altro test.

«Non è un test», disse il tipo fuori dalla porta. «Se avessi voluto farti del male, avrei sfondato la porta trenta secondi fa. Sono soltanto il comitato di benvenuto.»

Aprii la porta.

Il tipo entrò allegramente, abbagliandomi con un sorriso a centodue denti. «Ancora un po' scosso dopo l'EACS, eh? Ti capisco. Anch'io lo ero. Ma non hai niente da temere da parte mia.» Mi tese amichevolmente la mano. «Chip Schacter. Piacere di conoscerti.»

La strinsi, felice di incontrare finalmente una persona gentile. «Ben Ripley. Ma immagino che tu lo sappia già.»

Chip rise. «Già. Ogni studente riceve un dossier completo sulle nuove reclute. Il tuo comunque era fra i migliori.»

«Davvero?»

«Assolutamente. Soprattutto quei punteggi in crittografia.» Chip fece un fischio di apprezzamento. «Non vedevo dei codici del genere dai tempi di Chandra Shiksavelli... e lei è passata direttamente da qui al Livello 6 della National Security Agency.»

«Wow» dissi, cercando di sembrare disinvolto, anche se in realtà ero eccitatissimo. Non avevo ancora ben capito come potevo essere così bravo in crittografia senza neanche saperlo, ma era bello ricevere finalmente una buona notizia. Per la prima volta da quando ero arrivato alla scuola delle spie, sentii che forse ero davvero nel posto giusto.

«Comunque» proseguì Chip, «i tuoi primi giorni qui potrebbero essere parecchio impegnativi. Ho pensato che potevi aver bisogno di un amico».

«È vero», ammisi. «Grazie.»

«Ti porterò in giro, ti darò qualche dritta, ti presenterò le persone giuste. In pochi giorni avrai questo posto ai tuoi piedi. E tutto quello che ti chiedo in cambio è un piccolo favore.»

«Sarebbe fantastico» risposi... e poi mi bloccai. «Che favore?»

Chip lanciò un'occhiata verso la porta, come per assicurarsi che nessuno potesse sentirci, poi la chiuse a chiave. «Niente di che. Solo un po' di innocuo spionaggio informatico. Cose che si fanno per gli amici ogni giorno.»

Tutto il mio entusiasmo scivolò via come l'aria da un palloncino bucato. «Uh... non sono un granché come hacker.»

«Non importa. Posso farti superare le parti più difficili. Ma l'accesso al sistema informatico è protetto da una password a rotazione di sedici caratteri basata su un codice seriale. Io non riesco a eluderla, ma dovrebbe essere una passeggiata per uno con le tue straordinarie capacità.» Chip mi batté sulla spalla con aria orgogliosa, nel tentativo di gratificare il mio ego.

La cosa triste è che in un certo senso ci riuscì. Avevo già capito che quel tipo portava guai, eppure in qualche modo cercavo comunque la sua approvazione. «Quale computer sarebbe?»

«Solo il sistema centrale della scuola. Ci sono delle informazioni confidenziali che devo ottenere per un compito.»

«Che tipo di informazioni?»

Chip si rannuvolò. «Che cosa sono tutte queste domande? Io qui sto cercando di esserti amico, e tu mi fai il terzo grado.»

«Scusa, ma... sono appena arrivato. Non voglio fare una cosa che mi metterà nei guai.»

«Lo sai che cosa ti metterà davvero nei guai? Avermi come nemico invece che come amico. Perché io posso essere un grandissimo amico... oppure un nemico molto pericoloso.» I muscoli di Chip si contrassero, spingendo contro le cuciture del giubbotto.

Deglutii a fatica. Incredibile: se c'era una cosa in cui ero eccezionalmente bravo, alla mia scuola, era evitare i bulli (il trucco era mimetizzarsi fra la folla e lasciare che individuassero una preda più esposta di te). Eppure lì, alla scuola delle spie, non ero arrivato neanche al primo pasto e già ero stato preso di mira da uno di loro.

Peggio ancora, Chip Schacter non era come i bulli delle scuole pubbliche.

Quelli più che altro cercavano di metterti in imbarazzo, piuttosto che farti del male: la cosa peggiore che potevano combinare era tirarti giù i pantaloni mentre passavano le cheerleader. Ma Chip aveva un'aria molto più minacciosa. Chiaramente voleva ben più dei miei soldi per il pranzo – e la punizione per averlo ostacolato, a quanto pareva, sarebbe stata dolorosa.

«Non voglio essere tuo nemico», dissi arretrando il più possibile nella stanza troppo piccola.

Chip rilassò i muscoli. Sfoderò un sorriso falso. «Buono a sapersi. Mettiamoci al lavoro.» Mi spinse verso la porta.

Io restai fermo. «Adesso? Non ho neanche disfatto la valigia.»

«Appunto. Nessuno si aspetta che tu possa già fare una cosa del genere. Inoltre saranno tutti in sala mensa. La cena è fra cinque minuti.»

«Tanto per sapere… quello che stiamo per fare è contro le regole?»

«Non ci sono regole alla scuola delle spie.»

«Quindi… se ci scoprissero…»

«Ben, io sono tuo amico, giusto?»

«Giusto.»

«E gli amici si proteggono a vicenda. Non permetterò che ti scoprano.» Chip mi afferrò la spalla con una mano e la strinse, scatenandomi una fitta dolorosa in tutto il corpo. «Bene, adesso basta chiacchierare come femminucce, facciamolo.»

Si girò verso la porta, convinto che lo seguissi. Io cercai subito di valutare le alternative a disposizione, ma non ne trovai nessuna, a parte fuggire dalla finestrella della mia camera, il che mi avrebbe soltanto portato su un tetto molto ripido e ghiacciato, a quattro piani dal livello del suolo.

Andare con Chip, però, non sembrava molto più sicuro. Avevo già capito che non potevo fidarmi di lui. Se non riuscivo a superare le difese del computer – il che era inevitabile, dato che non sapevo neanche che cosa fosse una password a rotazione di sedici caratteri basata su un codice seriale, figuriamoci se potevo decriptarla – Chip mi avrebbe sicuramente addossato la colpa. E questo significava che potevo essere espulso dalla scuola delle spie solo poche ore dopo il mio arrivo.

Mentre io tentennavo, Chip arrivò alla porta. Quando afferrò la maniglia ci fu un improvviso sfrigolio, come quello di una bistecca buttata su una griglia rovente. Il corpo di Chip si irrigidì e gli si drizzarono i capelli, mentre fra i denti gli passavano minuscole scariche elettriche blu. Alla fine riuscì a fare un grugnito di sorpresa e poi si accasciò tremante sul pavimento.

La porta si aprì e un ragazzo più o meno della mia età, con un ciuffo di capelli scuri che scendeva su un occhio, sbirciò dentro. Diede a Chip un colpetto col piede, per assicurarsi che fosse incosciente, poi sollevò un piccolo marchingegno che aveva collegato alla maniglia esterna. «Generatore elettrostatico palmare Van der Graaf. Molto efficace, ma solo per cinque minuti. Se vuoi restare intero, ti suggerisco di usarli per allontanarti il più possibile da qui.»

5

INFORMAZIONI

Sala mensa

16 gennaio, ore 18:20

«Questa è la prima cosa che devi sapere sulla scuola delle spie: fa schifo.»

Murray Hill, il ragazzo che mi aveva salvato da Chip, si ficcò in bocca un'altra forchettata di spaghetti. Eravamo nel refettorio, che tutti chiamavano semplicemente «la mensa», e stavamo cenando. Quasi tutto il resto del corpo studentesco – trecento ragazzi dai dodici ai diciotto anni – era radunato a gruppetti intorno a noi. Anche se nessun altro si era preso il disturbo di presentarsi, erano chiaramente consapevoli della mia presenza. Ogni volta che giravo gli occhi verso un gruppo, beccavo qualcuno che distoglieva lo sguardo in fretta.

La mensa non era granché lontana dalla mia stanza, si trovava proprio accanto al dormitorio. Temevo che sarebbe stato il primo posto dove Chip sarebbe venuto a cercarmi, ma Murray aveva detto che il posto più sicuro era in mezzo alla folla. E in più stava morendo di fame.

«Hai presente tutto quello che odiavi della scuola normale?» proseguì Murray. «Ce l'abbiamo anche qui: gruppi sociali rigidi, pessimi insegnanti, amministratori incompetenti, cibo schifoso, bulli. E in più, qualche volta, qualcuno cerca di ucciderti.»

Murray aveva tredici anni e avrebbe dovuto essere al secondo anno, ma era stato bocciato dopo aver fallito l'esame di autoconservazione, la primavera precedente. Durante l'ultimo combattimento simulato aveva accidentalmente fatto saltare via il parrucchino del preside (in quel momento stavano usando proiettili di gomma, quindi il preside era rimasto illeso, ma i suoi adorati capelli posticci si erano irrimediabilmente rovinati). Dover ripetere il primo anno non sembrava dargli particolarmente fastidio, ma in realtà niente sembrava dare particolarmente fastidio a Murray. A differenza di tutti i presenti, non sembrava che ci tenesse molto alle apparenze, o all'opinione degli altri. I nostri compagni stavano seduti con la schiena rigida e un abbigliamento impeccabile, come se temessero di essere valutati anche sulla postura e la cura personale. La maggioranza indossava jeans stirati e felpe di qualità, abiti che avevano un'aria professionale ma avrebbero anche consentito di muoversi liberamente in caso di imboscata imprevista. Invece Murray sembrava sforzarsi di essere sciatto. Aveva i capelli spettinati, la maglietta fuori dai pantaloni e la felpa coperta da una dozzina di macchie – alle quali si stava aggiungendo un nuovo strato di ragù fresco. Stava seduto come una tagliatella scotta e aveva le calze scompagnate. Però era chiaramente intelligente e quando aveva qualcosa da dire – come in quel momento – lo faceva con assoluta determinazione. Facevo fatica a infilare una parola ogni tanto.

«Un attimo, stai dicendo che Chip cercava di...»

«Ucciderti? No. Così non gli sarebbe rimasto nessuno da minacciare. Che cosa ti aveva chiesto di fare?»

«Entrare nel sistema informatico della scuola.»

«Per fare cosa?»

«Ottenere "informazioni riservate". Per un compito.»

Murray annuì, con l'aria di saperla lunga. «Più probabilmente cercava le risposte alle verifiche. Chip cerca di obbligare praticamente chiunque, qui dentro, ad aiutarlo nei suoi imbrogli.»

«E nessuno ha informato l'amministrazione?»

«Oh, l'amministrazione lo sa.»

«E non l'hanno espulso?»

«Questa non è una scuola qualsiasi. Ci addestrano per diventare spie, non boy scout. Qui puoi prendere un dieci per aver imbrogliato, se lo fai in modo abbastanza intelligente.»

Mi appoggiai all'indietro, cercando di capirci qualcosa. «Allora avrei dovuto cercare di entrare nel sistema?»

«Assolutamente no. Non saresti mai riuscito a superare il primo firewall. Il Comitato per la Sicurezza ti avrebbe beccato, Chip si sarebbe dichiarato innocente, e tu saresti stato sacrificato per insegnare ai tuoi compagni a tenere giù le zampe dal sistema informatico.»

«Ma hai appena detto che imbrogliare va bene...»

«Se lo fai in modo intelligente. Provare a forzare il sistema informatico è da idioti.»

«Ma Chip mi ha costretto.»

«Così sarebbe rimasto pulito. Fare una cosa stupida non è così stupido, se riesci a farlo fare a qualcun altro al tuo posto.»

Scossi la testa, ammutolito. «Questa è follia.»

«Non per niente questo posto viene chiamato «istituto». Quelli li mangi?»

Abbassai gli occhi sul mio piatto di spaghetti. Era intatto. Dopo tutta l'eccitazione della giornata non avevo molto appetito, e il fatto che il cibo avesse un aspetto disgustoso non aiutava. Non è facile rovinare un piatto di spaghetti, ma in qualche modo il personale della mensa ci era riuscito. La pasta era quasi cruda e il ragù aveva una somiglianza sospetta con il cibo per cani.

Feci scivolare la mia cena attraverso il tavolo verso Murray, che ci si buttò a pesce. «Grosso errore», mi disse. «Gli spaghetti sono la cosa migliore che fanno, qui dentro. Un consiglio: fai scorta di burro di arachidi e gelatine. Non lo ammetteranno mai, ma credo che facciano apposta a rendere il cibo così schifoso. Ci stanno immunizzando in modo che, se qualcuno tenterà di avvelenarci, non funzionerà. L'arsenico non è niente in confronto al polpettone che ci danno.»

«Ma c'è qualche aspetto positivo in questo posto?» chiesi.

Murray fece un gesto vago verso la sala. «Quanto a pollastre, il livello è alto. E alcune materie che insegnano non sono affatto male.»

«Per esempio?»

«L'informatica è decisamente valida. I programmi di lingue sono buoni. Oh, e raccomando assolutamente l'ISAN: Introduzione alla Seduzione degli Agenti Nemici. Per quello ho addirittura fatto i compiti.»

«E l'addestramento al combattimento e all'uso delle armi?»

Murray si bloccò, con una forchettata di spaghetti a mezz'aria. «Oh, ti prego. Non dirmi che sei un Fleming.»

«Che cos'è un Fleming?»

«Uno che viene qui seriamente convinto di diventare James Bond.»

Avevo capito la battuta: Ian Fleming aveva creato James Bond – e quindi anche diverse generazioni di persone ingenuamente convinte che lo spionaggio fosse una professione affascinante. Persone come me. Mi sentii arrossire un po' le orecchie per l'imbarazzo, ma cercai di mostrare disinvoltura. «Questa scuola dovrebbe appunto insegnarci come diventare delle spie.»

«Certo. Nella realtà. Che è diversa dai film. Hollywood ti ha fregato per bene, convincendoti che lo spionaggio sia fatto di smoking, aggeggi tecnologici e inseguimenti in auto in posti magnifici come Montecarlo e Gstaad. Quando in realtà è soprattutto un lavoro noioso in postacci del terzo mondo come Mogadiscio e Newark.»

Cercai di nascondere la mia delusione. «Deve esserci qualche ruolo interessante. Alexander Hale non ha l'aria di fare molti lavori noiosi.»

«Sì, ci saranno uno o due lavoretti eccitanti. Ma quelli sono destinati ai numeri uno. Se vuoi unirti alla corsa al successo, farti il culo nei prossimi sei anni per dimostrare quanto vali, accomodati. Ma non ne uscirai vincitore. Vincerà lei.» Murray indicò alle mie spalle con la forchetta.

Sapevo a chi si riferiva ancora prima di voltarmi.

Avevo notato Erica appena entrato in mensa. Era l'unica seduta da sola, anche se il suo esilio sembrava una scelta precisa. Tutti i maschi presenti avevano l'aria di volerla abbordare, tutte le ragazze sembravano desiderare di essere sue amiche. Ma Erica era completamente insensibile a tutto questo. Aveva il naso affondato in un libro di testo e sembrava disinteressata a qualsiasi altra cosa – o persona. Sulla base del mio breve incontro con lei, però, sospettavo che il suo distacco fosse solo una facciata: Erica probabilmente sapeva benissimo tutto quello che succedeva in quel momento all'interno della mensa, se non nell'intera scuola.

«È lei l'allieva più brava qui dentro?» chiesi. «Non sembra molto più grande di noi.»

«No, infatti. È solo al terzo anno. Ma tecnicamente si addestra da molto prima di noi, dato che è figlia d'arte.»

Mi voltai verso Murray per chiedergli perché.

«Quella è Erica Hale», spiegò lui.

Finalmente iniziavo a capire. «È la figlia di Alexander?!»

«Per non dire la nipote di Cyrus Hale, la bisnipote di Obadiah Hale, la trisnipote di Ulysses Hale e così via. Su su fino al bis-bis-bis-bisnonnino, nientepopodimeno che il grande Nathan Hale. La sua famiglia faceva spionaggio per gli Stati Uniti da prima che gli Stati Uniti nascessero. Se c'è qualcuno che entrerà nei corpi speciali, quella è lei.»

«E quindi tu non ci provi neanche?»

Murray mise da parte il secondo piatto vuoto di spaghetti e si buttò sul dolce, una gelatina verde che conteneva dei frammenti non identificabili. «Quando sono arrivato qui ero come te. Ero il più ingenuo e convinto dei Fleming. Ma poi, un giorno, a metà del secondo semestre, mi trovavo in palestra a imparare come combattere un aggressore con un machete e ho avuto un'illuminazione a proposito degli agenti operativi:

tutti cercano di ucciderli. Invece sono pochissimi quelli che provano a uccidere gli impiegati del quartier generale.»

«Aspetta, intendi dire che tu vuoi finire dietro una scrivania?»

«Assolutamente sì. Lavori dalle nove alle cinque, ti prendi una bella casetta in un quartiere residenziale, vai avanti trent'anni e poi ricevi una bella pensione statale. Che importa se non è eccitante? Meglio ordinario e sicuro che eccitante, tutta la vita.»

Dovevo ammettere che Murray non aveva tutti i torti. Eppure continuavo a pensare che se mi impegnavo a fondo, forse un giorno sarei potuto diventare bravo come Erica – e a quel punto sarebbe stato molto difficile uccidermi.

«Ovviamente non puoi lasciar capire all'amministrazione che vuoi fare l'imbucato.» Murray aspirò la gelatina in un colpo solo. «Se non vuoi partecipare al programma ti mandano a casa. Devi recitare bene, fargli credere che ci stai provando, a diventare un agente operativo, ma proprio non ce la fai. Sai, non è facile cercare di essere il peggiore… anche se è sicuramente meglio che sforzarsi di essere il migliore.»

«Perché mi dici tutto questo?»

«In che senso?»

Feci un gesto verso i gruppetti degli altri studenti. «Hai condiviso le tue perle di saggezza anche con gli altri? Perché mi hai salvato da Chip?»

«No, non l'ho detto a tutti», ammise Murray. «Anche se qualche volta ci ho provato, ma senza risultato. Come ti ho detto, una volta ero come te. Destinato a una vita di stenti, prima a scuola e poi al lavoro. Ma qualcuno mi ha preso da parte e mi ha mostrato la luce. Quel tizio adesso è felicemente imbucato all'ufficio di Parigi, ha una bella fidanzata francese e una vita lunga e felice davanti a sé. Sto semplicemente restituendo il favore. Per quanto riguarda Chip, per farla breve quel tipo non mi piace. Avrei colto qualsiasi occasione buona per mandarlo al tappeto. E parlando del diavolo...» Murray fece un cenno con la testa verso la porta.

Era entrato Chip. Dopo la scossa si era preso il tempo di sistemarsi i capelli ed era accompagnato da due ragazzi ancora più grossi di lui. Erano due enormi fasci di muscoli, coi capelli a spazzola e un atteggiamento minaccioso, anche se uno dei due mi sembrava una ragazza.

«Greg Hauser e Kirsten Stubbs», mi disse Murray. «Nessuno dei due è precisamente un genio, ma all'Agenzia serve sempre qualcuno grosso e cattivo che esegua gli ordini senza discutere.»

Tutti quanti si ammutolirono, per scoprire chi fosse la vittima prescelta da Chip e i suoi scagnozzi. Tutti gli occhi lo seguirono – tranne quelli di Erica. Lei rimase incollata al suo libro, come se fosse completamente ignara di ogni altra cosa.

Gli altri 294 studenti tirarono un unico grande sospiro di sollievo quando videro Chip, Hauser e Stubbs dirigersi verso me e Murray, e non verso di loro. Però nessuno riprese a parlare. Eravamo al centro dell'attenzione.

Chip sbatté una mano sul nostro tavolo, così forte da far saltare i piatti. «So che sei stato tu a fare quello scherzetto, prima» ringhiò a Murray.

«Non so di cosa parli.» Murray rimase incredibilmente calmo, mentre tutti gli altri sembravano preoccupatissimi per la sua incolumità. «Sono stato in aula informatica per tutto il pomeriggio, e posso dimostrarlo.»

«Non provare a rifilarmi queste panzane!» scattò Chip. «Sai benissimo che cosa intendo.»

«Oh, scommetto di sì», rispose Murray. «Ti riferisci all'incidente in cui hai cercato di costringere Ben, qui, ad aiutarti a imbrogliare perché non sei capace di fare il lavoro sporco da solo, ma poi hai abbassato la guardia e hai permesso a qualcun altro di metterti al tappeto. Sì, ne parlano tutti. Capisco perché sei così sconvolto. Anch'io sarei imbarazzatissimo se mi beccassero con le braghe calate.»

Nella sala si diffusero molte risatine alle spalle di Chip, che però vennero subito soffocate prima che Hauser e Stubbs riuscissero a capire da chi provenivano.

Chip diventò paonazzo di rabbia. Sul collo gli si gonfiarono vene grandi come lombrichi. «Ti credi tanto furbo, vero?»

«Assolutamente no, Chip» rispose Murray. «Io *so* di essere furbo. Per esempio, se fossi stato io a farti quello scherzetto, avrei prima infilato sotto la porta una videocamera a fibra ottica per registrare l'evento, in modo che se qualcuno come te o le tue amichette avesse portato le minacce sul piano fisico, avrei potuto rispondere minacciando di mandare il video al preside. Magari non gli importerebbe nulla dell'intimidazione o dell'imbroglio, ma di certo non sarebbe felice di vedere come ti sei fatto fregare facilmente. Sarebbe un voto di autoconservazione gravemente insufficiente.»

Chip restò a fissare Murray per un bel po', cercando di capire se fosse un bluff, indeciso sulla mossa successiva. Alla fine optò per salvare la faccia. «Ma tu non mi hai dato la scossa, vero?»

«Naturalmente no», rispose Murray. «E neanche Ben, qui, ha niente a che fare con quello.»

Chip annuì con aria minacciosa. «Bene, allora comunica a chiunque l'abbia fatto che uno di questi giorni lo coglierò di sorpresa, e che quando accadrà desidererà di non avermi mai incontrato. È chiaro?»

«Cristallino», disse Murray.

Chip si rivolse a me. «Se fossi in te, smetterei di accompagnarmi con questo sfigato. Rovinerà seriamente qualsiasi possibilità tu abbia di una vita sociale qui dentro. Potrebbe addirittura rovinare la tua salute.»

Per maggiore enfasi, Hauser strappò il cucchiaino dalla mano di Murray e lo strinse nel pugno. Quando riaprì la mano, la posata d'acciaio era accartocciata come una carta di caramella. La buttò nel latte di Murray.

«Ti terrò d'occhio», mi avvertì Chip. Poi lui e i suoi scagnozzi se ne andarono a prendere la cena.

«Idioti», borbottò Murray. «Grossi muscoli. Pochissimo cervello. Qualsiasi persona dotata di un minimo di intelligenza saprebbe che non c'era abbastanza tempo per installare una videocamera a fibra ottica e *anche* un generatore elettrostatico Van der Graaf portatile. Se fossi in te non mi farei spaventare.»

Solo che io ero spaventato. Anzi, mi resi conto che dal momento del mio arrivo alla scuola delle spie avevo passato una notevole quantità di tempo in diversi stati di paura, che andavano da moderatamente preoccupato a completamente terrorizzato. In un certo senso, temevo Chip più ancora di quanto avevo temuto gli agenti nemici durante l'EACS. Loro volevano soltanto uccidermi (o così credevo in quel momento), Chip poteva rendermi la vita un inferno per anni interi. È vero che avevo sempre vissuto una vita molto tranquilla, ma a quel punto Chip era la persona più spaventosa che avessi mai incontrato.

Fino a quella notte.

L'incontro successivo fece sembrare Chip come una dolce nuvola di panna montata.

ATTENTATO

Dormitorio Armistead

17 gennaio, ore 01:30

«È ora di alzarsi, tesoruccio.»

Ci sono un sacco di modi schifosi di svegliarsi: interrompere di colpo la fase R.E.M., alle quattro del mattino, perché un procione ha fatto scattare l'allarme anti intrusione; riprendersi da un pisolino durante l'ora di matematica per scoprire che stavi parlando di Elizabeth Pasternak nel sonno e che ti hanno sentito tutti; ricevere una botta da un cuginetto che inavvertitamente ti pianta il ginocchio nella milza...

Ma sono tutti una meraviglia in confronto a un sicario che ti infila la canna di una pistola nel naso.

Aprii i miei occhi stanchi, vidi l'uomo vestito di nero… e il mio istinto primordiale si attivò immediatamente.

Reagii d'impulso, allontanandomi il più possibile con un balzo.

Sfortunatamente, il muro era a circa dodici centimetri dietro di me.

Ci finii contro, abbastanza forte da battere i denti, rimbalzai di nuovo sulla branda e mi ritrovai al punto di partenza. Con la pistola puntata contro il naso. Solo che adesso il sicario stava ridendo.

«Amico, avresti dovuto vedere la tua faccia», sputacchiò. «Un classico.»

Nel buio non riuscivo a distinguere nulla di lui. Un raggio di luna dalla finestra illuminava soltanto la sua pistola. Era un'ombra contro un'ombra più scura.

«Ti prego non uccidermi» dissi per la seconda volta quel giorno. Stava diventando il mio mantra.

«Dipende da te. Vediamo quanto sei bravo a collaborare.»

Non capivo come avesse fatto a entrare nella mia camera. Avevo preso la precauzione non solo di chiudere la porta a chiave, ma anche di incastrare la sedia sotto la maniglia – certo al momento pensavo di dovermi difendere soltanto da Chip, i suoi scagnozzi o altri eventuali bulli.

Dopo cena Murray mi aveva presentato qualche compagno. Tutti si erano fermati educatamente a fare un po' di conversazione e poi erano scappati a fare i compiti. Io ero tornato nella mia stanza e avevo trovato un pacco di moduli da compilare, spesso due centimetri: registrazione dei dati personali, autovalutazione, richieste di false identità, contratti di noleggio per le armi, tessera per la donazione degli organi, eccetera. Una volta finiti quelli, avevo confrontato l'orario delle lezioni con la piantina della scuola per capire dove dovevo andare il giorno dopo, mi ero collegato al sistema informatico per creare il mio profilo studente e l'account di posta sicuro, avevo chiamato i miei genitori, gli avevo mentito su quanto fosse tutto fantastico e avevo scoperto, un po' troppo tardi, che nei gabinetti dei bagni comuni non funzionava nessuna delle serrature. Poi avevo chiuso la stanza in modo sicuro – o almeno così credevo – avevo letto qualche pagina di un libro e avevo perso i sensi.

Secondo la mia sveglia, era l'una e trenta del mattino.

«Che cosa vuoi?» chiesi.

«Parlami di Pinwheel» rispose il sicario.

«Pinwheel? Che cosa sarebbe Pinwheel?»

«Sai maledettamente bene che cos'è. Non fare lo stupido con me!»

«Non sto fingendo! Sono davvero stupido!» Lo ammetto, non era il modo migliore di esprimersi, ma ero nel panico. Non ero abituato a vedermi puntare addosso armi da fuoco e avrei detto tutto ciò che sapevo al mio aggressore pur di salvarmi la vita, ma lui mi aveva preso in contropiede chiedendomi qualcosa di cui non sapevo assolutamente nulla. «Sei sicuro di aver preso la persona giusta?»

«Tu sei Benjamin Ripley, no?»

«Ehm... no.» Valeva la pena tentare.

E per mezzo secondo sembrò quasi che funzionasse. Il sicario esitò, un po' confuso, e poi chiese: «E allora chi sei?»

«Jonathan Monkeywarts.» Feci una smorfia. Era il primo nome che mi era venuto in mente. Mi ripromisi di prepararmi meglio, alla prossima occasione.

Nel buio non vidi neanche la mossa del sicario, la sentii soltanto. Mi strappò le lenzuola con tanta violenza che fui catapultato fuori dal letto. Atterrai pesantemente, sbattendo la testa sul comodino. «Pensi di essere spiritoso?», ringhiò. «Credi che sia un gioco?»

«No.» Quell'attacco mi aveva colto del tutto di sorpresa. La stanza mi girava intorno, vedevo delle scintille danzanti. Se quel tizio poteva farmi così male usando soltanto un lenzuolo, pensavo con terrore a che cosa avrebbe potuto fare con una pistola.

Ero atterrato sulla mia valigia, che non avevo finito di disfare prima di andare a letto. Il contenuto si era sparso sul pavimento sotto di me. Si trattava soprattutto di vestiti e libri, anche se percepivo qualcosa di duro che mi premeva contro la coscia.

«Allora ricominciamo», riprese il sicario. «E se ci provi di nuovo, ti sparerò sul serio. Che... cosa... è... Pinwheel?»

La mia mente ottenebrata dal dolore capì all'improvviso che cos'era quell'oggetto duro. La mia racchetta da tennis. Quella che Alexander Hale mi aveva suggerito di portare come arma, tanto per sicurezza. Al momento avevo pensato che volesse solo buttare lì una battuta sarcastica, ma adesso sembrava una sinistra premonizione.

Afferrai l'impugnatura, mi sedetti per fronteggiare il sicario e cercai di guadagnare tempo. «Chi ti ha detto che sapevo di Pinwheel?»

«Tu cosa dici? È scritto nel tuo dossier.»

Quell'informazione non serviva a niente. Non avevo la più vaga idea di cosa dire, considerato che c'erano diversi milioni di risposte sbagliate che mi avrebbero fatto uccidere. «Il fatto è che... è un... be'...»

«Smettila di traccheggiare o ti sparo.»

Mi venne un'improvvisa ispirazione. Forse quel tizio cercava nel mio dossier la stessa cosa che aveva interessato Chip. «Ha a che fare con la crittografia.»

Il sicario non mi sparò, lo presi come un buon segno. Invece sbottò: «Ma certo che ha a che fare con la crittografia. Io voglio sapere che cosa fa».

Mi lambiccai il cervello, cercando disperatamente di ricordare la mia conversazione con Chip. «Aiuta a eludere una password a rotazione di sedici caratteri basata su un codice seriale.»

«Davvero?» Il sicario in effetti sembrava vagamente interessato.

«Sì.»

«E come?»

Maledizione. Non avevo proprio idea di come cavarmela con quella domanda. Però ci provai. Magari se lo riempivo di paroloni, con sufficiente convinzione, avrebbe pensato che ero più in gamba di lui. «Per prima cosa, devi creare una matrice sottorete quadrilaterale, poi ossificare la sintassi e fibrillare i coproliti...»

«Prima di proseguire, ci sono due cose che devi sapere» disse il sicario. «Io non sono un idiota. E ho esaurito la pazienza. Poi non dire che non ti avevo avvertito.»

Il raggio di luna brillò sulla pistola mentre la sollevava.

Il mio istinto primordiale rientrò in azione. Solo che questa volta funzionò meglio.

Prima ancora di rendermene conto, mi ero tuffato a sinistra, ruotando la racchetta da tennis.

Colpii il sicario sul polso, facendogli cadere la pistola proprio mentre sparava.

Sentii il calore del proiettile mentre mi passava sopra la spalla e frantumava la finestra.

La pistola sparì nel buio. La sentimmo entrambi scivolare sul pavimento e sbattere contro la parete, da qualche parte alle mie spalle.

Agitai la racchetta come un forsennato, senza preoccuparmi di dove colpivo, purché facesse male. Sentii lo schianto della grafite contro un osso e il gemito stupito del sicario.

«Aiuto!» gridai, sperando di riuscire a svegliare tutto il corridoio. «Qualcuno sta cercando di ucc...»

Il sicario mi saltò addosso prima che potessi finire. A quel punto i miei occhi si erano abituati al buio, abbastanza da vedere qualcosa.

Saltai sulla branda, evitandolo mentre cercava di assestarmi un colpo di karate, che invece spaccò in due il comodino. Volevo lanciarmi verso la porta, ma inciampai nelle lenzuola e il sicario si riprese prima di quanto credessi.

Si voltò di scatto e provò a placcarmi alle ginocchia.

Così rimbalzai sul letto, calando allo stesso tempo la racchetta.

Devo dire che ho un ottimo diritto a effetto. È il mio colpo vincente. Presi il sicario proprio sopra l'orecchio, abbastanza forte da spezzare la racchetta. Lui emise un gorgoglio di dolore e si accasciò, scivolando dal materasso e finendo sul pavimento con un tonfo.

Io scattai, spalancai la porta e corsi in corridoio. Picchiai la racchetta decapitata su tutte le porte. «Aiuto! Aiutatemi! È un'emergenza!»

Sentii gli altri che si svegliavano faticosamente nelle loro stanze, vidi una luce accendersi sotto una porta. Ma non mi fermai ad aspettare, temevo di aver abbattuto il sicario solo temporaneamente. Continuai verso le scale, gridando per tutto il tragitto.

Ero quasi arrivato, quando la porta in fondo al corridoio si aprì e ne emerse la mia tutor di riferimento. Era la prima volta che la vedevo, anche se il kit di benvenuto mi aveva informato che si chiamava Tina Cuevo e che era al sesto anno. Era alta e bellissima, con i capelli corvini e la pelle color cioccolata calda. Aveva un pigiama di flanella, pantofole a forma di coniglietto e lo sguardo di chi non è contento di essere stato svegliato – quando mi vide, però, si trasformò in uno sguardo di sbalordimento.

Per dormire io indosso solo la biancheria intima.

Dal momento dell'aggressione, avevo pensato soltanto al modo di sopravvivere. Ora, per la prima volta, mi venne in mente che ero praticamente nudo.

Mi voltai di scatto, solo per scoprire che tutti gli altri residenti al piano stavano uscendo dalle loro stanze.

La maggior parte di loro scoppiò immediatamente a ridere.

Per fortuna, non Tina. Probabilmente la mia espressione di puro terrore la convinse che non si trattava di uno scherzo goliardico. «Che cosa c'è?» mi chiese.

«C'è un sicario nella mia stanza. Ha appena cercato di uccidermi.»

Pensavo che Tina facesse evacuare il piano e chiamasse aiuto, ma non era così che era stata addestrata. Invece tirò fuori una pistola dalla tasca del pigiama – a quanto pareva, dormiva con quella – ed entrò in modalità operativa. «Ci penso io. Nella mia stanza c'è un accappatoio. Per l'amor del cielo, mettilo.» Si appiattì contro il muro e si spostò rapidamente verso la mia porta.

Scivolai nella stanza, che era più grande della mia e arredata molto meglio. C'erano un sacco di tocchi personali come fotografie in cornice, tendine e teli colorati, che mi fecero sentire stranamente al sicuro, tenendo conto che pochi secondi prima avevo rischiato la vita. L'accappatoio di spugna era appeso a un gancio accanto alla porta. Lo indossai. Era tiepido e profumava di cannella.

Non sapevo bene che cosa fare. La fuga sembrava ancora un'opzione perfettamente logica. Ma pareva brutto scappare con l'accappatoio di una donna che stava affrontando un sicario per me. Avevo già corso quasi nudo per tutto il corridoio, meglio non fare altri passi falsi per quella notte. Trovai una bella poltrona, sommersa da una valanga di manuali per tutor, e mi ci sistemai.

Un minuto più tardi, un compagno più o meno della mia età infilò la testa nella stanza. «Ehm… Tina vuole parlarti.»

«Dov'è?»

«In camera tua, no?»

Tornai nel corridoio. A ogni porta adesso c'era qualcuno che mi sbirciava. Tornare in camera mia mi sembrava una pessima idea, dato che ci avevo lasciato un sicario assassino, ma pensai che gli altri non sarebbero sembrati così calmi se ci fosse stato ancora in giro un agente nemico in vena di stragi. Così mi rifeci la passeggiata della vergogna.

Mentre mi avvicinavo, Tina riemerse dalla mia stanza. «A proposito di quel tuo sicario...»

Ingoiai a fatica la preoccupazione. «L'ho ucciso?»

«Difficile a dirsi.» Tina mi fece segno di entrare. «Faccio un po' fatica a trovarlo.»

Rientrai in camera. Adesso la luce era accesa. Regnava il caos: i mobili erano distrutti e le mie cose erano sparse dappertutto.

Ma il sicario era sparito.

RAPPORTO AI SUPERIORI

Dormitorio Armistead

17 gennaio, ore 02:05

«Sostieni che qualcuno ha cercato di ucciderti. Stanotte.»

«Non mi crede?» chiesi.

Il preside mi fissò per un po'. Difficile capire se stava studiando una risposta appropriata o aveva semplicemente sonno. Erano le 2:05 del mattino. Il preside era stato svegliato solo dieci minuti prima e sembrava avere un disperato bisogno di caffeina. Dato che abitava nella scuola, si era semplicemente infilato una vestaglia pesante sopra il pigiama ed era corso al dormitorio. Le sue pantofole pelose erano fradice per la neve.

«Non c'è traccia del killer» disse. «O dell'arma.»

«Lo sparo ha colpito la finestra» ribattei.

«Potrebbe averla rotta qualsiasi cosa.»

«Deve esserci un proiettile.»

«Certo. Da qualche parte, là fuori, sotto mezzo chilometro quadrato di neve.»

Mi stava esasperando. Probabilmente non fu una mossa molto furba, ma ero stanco anch'io. «Pensa davvero che abbia devastato la mia stessa camera, e che mi sia fatto del male da solo, per far credere che qualcuno volesse uccidermi? Perché avrei dovuto?»

«Non lo so», rispose il preside. «Magari per attirare l'attenzione. La domanda più importante è: perché qualcuno dovrebbe volerti uccidere? Sei appena arrivato. Oggi hai passato a malapena l'EACS. Se qualcuno volesse prendersi la briga di superare tutte le nostre misure di sicurezza e penetrare in un dormitorio per uccidere una persona, dovrebbe cercare una vittima che valga la pena di ammazzare.»

Mi fermai a pensarci. Anche se era una dichiarazione offensiva, dovevo ammettere che aveva una sua logica.

Il preside aveva requisito la stanza di Tina per interrogarmi. Alla mia camera avevano messo i sigilli, in attesa dell'arrivo di una squadra della scientifica. Non mi avevano neanche permesso di prendere i miei vestiti, indossavo ancora l'accappatoio di spugna di Tina. Io e il preside, insieme, sembravamo la pagina di un catalogo di biancheria per la casa.

Bussarono alla porta.

«E adesso che cosa c'è?» sbottò il preside.

«Ho pensato di venire a dare una mano.» Alexander Hale scivolò dentro. A differenza del preside, era perfettamente sveglio. In realtà sembrava che non fosse ancora andato a dormire. Indossava sempre lo smoking, anche se il papillon e il colletto della camicia erano slacciati. Sul collo aveva un piccolo sbaffo che sembrava rossetto. «Sono venuto appena ho saputo.»

Probabilmente il preside avrebbe strapazzato chiunque altro avesse interrotto il suo interrogatorio, ma arretrò rispettosamente davanti ad Alexander. «Dov'eri?» gli chiese.

«Lavoretto sotto copertura all'ambasciata russa.» Alexander strizzò l'occhio con aria maliziosa, poi si rivolse a me. «Ma ora non è questo l'importante. Stai bene, Benjamin?»

«Sì.»

«Come sei riuscito a liberarti? Chi ti ha salvato?»

«L'ho fatto da solo.»

Alexander fece un fischio di apprezzamento. «Davvero? E come? Karate? Jujitsu? Krav Maga?»

«Racchetta da tennis.»

«Ah! Te l'avevo detto che ti sarebbe tornata utile. Bel lavoro.»

Il preside scrollò le spalle con freddezza. «Sarebbe stato davvero un bel lavoro se non avesse lasciato scappare il killer.»

«È la sua prima sera», rispose Alexander. «Non ha ancora neanche cominciato Introduzione all'Autodifesa, non parliamo di Assoggettamento e Arresto del Nemico.»

«Eppure ha respinto un sicario professionista? Con una semplice racchetta da tennis?», chiese il preside in tono incredulo. «Magari non c'era nessun killer. Magari era solo uno scherzo degli studenti anziani e lui non ha retto.»

Ripensai per un attimo a Chip Schacter. Sembrava abbastanza idiota da pensare che minacciare qualcuno con una pistola fosse divertente.

Ma poi mi venne in mente una cosa. Qualcosa che nel mio terrore avevo dimenticato.

«Mi ha chiesto di una cosa chiamata Pinwheel» dissi.

Il preside e Alexander si voltarono verso di me, stupiti. Poi entrambi cercarono di nascondere la loro sorpresa. Alexander fu decisamente più bravo.

«Pinwheel?» chiese il preside, come se fosse la cosa più strana che avesse mai sentito.

«Che cos'è?» chiesi.

«Non saprei» rispose il preside, ma si capiva che stava mentendo. «Non ne ho ma sentito parlare.»

«Be', lui sì» ribattei subito. «Ha detto che era nel mio dossier.»

Il preside e Alexander si scambiarono un'occhiata. Fra di loro passò un lampo di intesa – e forse di preoccupazione.

«Benjamin, vorrei che tu ti concentrassi a fondo», disse Alexander. «Che cosa precisamente voleva sapere quel sicario su questo Pinwheel?»

Cercai di ricostruire la conversazione nella mia stanza. Anche se non era passato molto tempo, non fu facile. I miei ricordi erano confusi dal terrore e dall'adrenalina. «Voleva solo sapere che cosa fosse. Credo.»

Alexander si sedette sul letto di Tina e mi guardò negli occhi. «E tu che cosa gli hai detto?»

«Che non ne avevo idea.»

«Sei sicuro?»

«Sì… no, un attimo. Gli ho detto che aveva qualcosa a che fare con la crittografia. Ma me lo stavo inventando.»

«Ci ha creduto?» chiese il preside, interessato.

«Ha detto che sapeva già che aveva a che fare con la crittografia», risposi. «Voleva sapere che cosa faceva. Ho cercato di inventarmi qualcosa, ma lui ha capito che stavo mentendo e così ha cercato di uccidermi.»

«Sei sicuro che sia esattamente quello che è successo?» chiese Alexander.

«Be', mi ha puntato addosso la pistola…» cominciai.

«Ma quando ha premuto il grilletto?» chiese Alexander. «Prima che tu reagissi… o dopo?»

«Se non avessi reagito, mi avrebbe ucciso» spiegai.

Alexander mi mise una mano sulla spalla, per farmi capire che dovevo rilassarmi. «Pensaci un momento. Cerca di ricordare tutto quello che è successo, proprio come è successo. Non avere fretta. Non ce n'è bisogno. È importante determinare l'esatta e precisa sequenza degli eventi.»

Chiusi gli occhi e ci pensai ancora. Di certo sembrava che il sicario avesse cercato di uccidermi. Del resto era proprio questo che facevano i sicari. Ma era successo tutto così in fretta, e per di più al buio. Alla fine dovetti ammettere: «Non sono sicuro che cercasse proprio di spararmi. Forse cercava soltanto di spaventarmi – e la pistola ha sparato solo quando l'ho colpito con la racchetta».

Alexander e il preside si scambiarono un'occhiata significativa.

«Vuol dire qualcosa?» chiesi.

«Forse. O forse no» disse il preside, anche se capivo che stava di nuovo mentendo.

Bussarono di nuovo alla porta.

«Che c'è?!» sbottò ancora il preside.

Entrò una donna molto attraente. Aveva un completo pantalone aderente e, anche se dimostrava solo una trentina d'anni, non sembrava turbata dall'aspetto furente del preside. Anzi, mantenne un tono molto professionale. «Sono l'agente Coloretti, della Scientifica. Ho un rapporto preliminare sul potenziale assassino.»

«Era ora», brontolò il preside. «Che cosa avete trovato?»

«Niente» rispose l'agente Coloretti. «Nessuna impronta. Nessuna traccia di sangue. Non ha lasciato neanche un capello.»

«E quindi… non c'era nessun sicario?» chiese il preside.

«Non ho detto questo», rispose l'agente Coloretti. «Solo che non c'è alcuna prova concreta.»

«E le telecamere di sorveglianza del dormitorio?» chiese Alexander. «Dovrebbero aver registrato qualcosa.»

L'agente Coloretti sospirò. «Certo… se non fossero state disattivate.»

Il preside balzò in piedi. «Tutte quante?»

«No, non tutte», rispose l'agente Coloretti. «Ma un numero sufficiente, a partire da quelle sul muro nord della recinzione, circa venti minuti prima del fatto. Poi quelle lungo il percorso verso il dormitorio. E infine quelle all'interno del dormitorio. Sapeva esattamente dov'erano – e ha spento tutte quelle che avrebbero potuto registrarlo. Questa è da sola una prova che qualcuno è penetrato nella scuola.»

«Qualcuno che sapeva molto bene il fatto suo», aggiunse Alexander. «Un professionista.»

«Eppure non abbastanza professionista da non farsi fregare da una matricola con una racchetta da tennis», commentò il preside in tono sarcastico.

«Forse ha sottovalutato la sua vittima» ribatté Alexander. «Succede a tutti, prima o poi.»

«Davvero?» chiese il preside. «A te è mai successo?»

Alexander ci pensò un po' su, poi ammise: «No».

L'agente Coloretti mi stava fissando così intensamente che controllai di non avere l'accappatoio aperto. «Data la natura di questo evento, forse il resto della discussione dovrebbe svolgersi a un Livello di Sicurezza 4C» disse agli altri.

A quel punto anche il preside e Alexander si voltarono a fissarmi.

«Sì» concordò il preside. «Mi sembra sensato.»

Tutti e tre si avviarono alla porta senza degnarmi di un'altra parola.

«Aspettate!» dissi.

Si fermarono tutti.

«Mi lasciate qui da solo?» chiesi. «Anche se stasera forse qualcuno ha cercato di uccidermi?»

«Ti sei già difeso una volta», disse il preside. «Se viene a prenderti qualcun altro, rifallo.»

«Ma la mia stanza è una scena del crimine» protestai. «Dove dovrei dormire stanotte?»

Il preside sospirò, come se lo facessi apposta per tormentarlo. «Nella Scatola, dove altro?»

RIVELAZIONE

La Scatola

17 gennaio, ore 05:00

Questo è *troppo,* pensai non appena vidi la mia nuova stanza. *Io me ne vado.*

La Scatola non era stata costruita come stanza per gli studenti. Era una cella di detenzione. Se fossi riuscito a catturare il mio assassino, quella notte, ci sarebbe finito lui nella Scatola. Invece ci finii io. Che fortuna.

Il mio trasferimento ufficialmente non era una punizione. La Scatola era, semplicemente, il luogo più sicuro della scuola dove potevo stare. Era stata creata per impedire ai nemici di uscire – ma questo significava anche che per i nemici era molto difficile entrarci. Era un bunker di cemento armato al secondo livello sotterraneo del padiglione centrale. I muri erano spessi un metro e c'era una porta d'acciaio con tre diverse serrature. All'esterno c'era un reticolo di laser: attraversare un raggio avrebbe fatto scattare l'allarme, e rilasciato gas sarin. C'erano anche delle telecamere controllate dalla sala comandi dell'accademia.

Per quanto tutto questo garantisse la mia sicurezza, non era il massimo della comodità. Il personale di sicurezza aveva fatto qualche blando tentativo di rallegrare la Scatola per me – una trapunta a quadretti sul letto, qualche romanzo di spionaggio stropicciato dalla biblioteca, una pianta di plastica – ma era comunque un gelido blocco di cemento senza finestre, lontanissimo dai miei compagni. Dopo una lunga giornata di minacce e umiliazioni, la Scatola era l'ultima goccia. Se non fosse stata notte fonda, avrei subito chiamato i miei genitori per chiedergli di venire a prendermi e riportarmi alla vita normale. Ma pensai di poter resistere almeno fino al mattino. Mollare sarebbe stato umiliante, e forse me ne sarei pentito per il resto della mia vita, ma il resto della mia vita prometteva di esser molto più lungo se lasciavo la scuola delle spie.

Anche se la Scatola era il luogo più sicuro della scuola, non riuscivo a dormire. Il mio corpo era esausto, ma il mio cervello era su di giri dopo l'eccitazione notturna. Ogni volta che sentivo un rumore, immaginavo che un altro sicario si stesse insinuando nell'edificio per uccidermi.

Ma a parte quello, c'erano decine di domande che mi tormentavano. Che cos'era Pinwheel? Come era possibile che avessi capacità crittografiche senza saperlo? Perché il preside si comportava in modo così strano? Stava succedendo qualcosa di misterioso alla scuola delle spie, e nessuno mi diceva la verità.

Mi sedetti di scatto sul letto per l'ennesima volta, pensando di aver sentito scricchiolare la porta. La mia sveglia da pochi soldi diceva che erano le cinque del mattino. Sbirciai fra le ombre della Scatola, non vidi nulla e mi diedi dell'idiota per essermi di nuovo lasciato prendere dalle mie paure.

E poi una delle ombre mi saltò addosso.

Mi colpì a tutta forza sul petto, buttandomi lungo disteso sulla branda. Non appena aprii la bocca per gridare aiuto, ci venne infilato uno straccio. Sollevai il ginocchio, sperando di arrivare al plesso solare del mio aggressore, solo per ritrovarmi le gambe bloccate in una morsa fra le sue.

«Non ti agitare», mi sibilò l'aggressore. «Non sono qui per farti del male.»

Se l'avesse detto qualcun altro, probabilmente non ci avrei creduto. Ma avevo riconosciuto la voce. E il profumo: gigli e polvere da sparo. Era la seconda volta, quel giorno, che mi ritrovavo immobilizzato sotto Erica Hale.

Cercai di dirle che avevo capito, ma con lo straccio in bocca mi uscì una cosa tipo «Mmmmthmmpphffthh». Così mi rilassai e annuii per esprimere il mio consenso.

«Okay, bene», bisbigliò Erica. «Adesso ti lascio andare e tolgo lo straccio. Ma se fai un qualsiasi tentativo di reagire o chiamare aiuto, ti farò male sul serio, capito?»

Annuii di nuovo.

Erica sbloccò le gambe e mi strappò lo straccio dalla bocca.

Allungai la mano verso la lampada sul comodino, ma lei la intercettò. «Non farlo. Ci sono delle telecamere nella stanza. Preferirei che nessuno sapesse che sono stata qui.» Si sedette sul letto, a trenta centimetri da me, dato che non c'era altro posto in quella stanzetta.

Mentre i miei occhi si abituavano al buio, cominciai a distinguere la sua sagoma. Era completamente vestita di nero, con i capelli raccolti sotto una sciarpa nera e tintura nera da combattimento sulla faccia. Per un momento, in quel silenzio assoluto, credetti di poter sentire il suo cuore che batteva eccitato, ma poi capii che era il mio.

«Come hai fatto a entrare?» bisbigliai.

«Sono più brava di quanto credano nell'effrazione. E volevo parlarti.»

«Di che cosa?»

«Tu che ne dici? Il sicario. Pinwheel. Qui dentro sta succedendo qualcosa di losco, e tu ci sei in mezzo.»

«Tu sai perché?»

«Ma certo. Non è ovvio?»

Mi baloccai con l'idea di mentire, di dire a Erica che non ero un ingenuo bifolco, che ovviamente sapevo anch'io che cosa stava succedendo, ma sapevo che il gioco non avrebbe retto per più di trenta secondi e poi avrei fatto una figura ancora peggiore. Così optai per la verità. «No.»

Erica alzò gli occhi al cielo. «Il tizio di stasera, è venuto da te a causa di Pinwheel, giusto?»

«Come facevi a saperlo?»

«Mi sto addestrando per diventare una spia. Sapere le cose è mio dovere.»

«Tu sai che cos'è Pinwheel?»

«No. Ma la cosa davvero interessante è che non lo sai *tu*.»

«Perché?»

«Perché, secondo il tuo dossier, tu lo hai inventato.»

Mi misi a sedere. «Cosa? Non può essere vero.»

«Esatto.»

Nella mia testa c'era un immenso puzzle con i pezzi tutti mescolati, ma all'improvviso i primi due andarono a posto. Le mie presunte capacità di crittografia. Pinwheel. Clic. Clic. «Qualcuno ha messo delle informazioni false nel mio dossier.»

«A quanto pare.»

«Chi?»

«Chi è stato a preparare il tuo dossier?»

«Non lo so. Qualcuno in amministrazione, immagino.»

«No. Un sacco di persone dell'amministrazione: L'Ufficio Ammissioni, il Reclutamento, l'Ufficio Valutazione Futuri Studenti...»

«E uno di loro ha inserito informazioni false all'insaputa del preside?»

Erica mi lanciò una lunga, severa occhiata carica di delusione.

Cominciavo a capire. Clic. «Il preside gli ha detto di farlo.»

«Sì. Anche se sicuramente lo ha fatto perché qualcun altro ha detto a lui di farlo. Non è esattamente un campione di iniziativa.»

«Non hai un'alta opinione di lui.»

«Hai mai sentito la frase 'Chi non sa fare, insegna?'»

«Sì.»

«Ecco, il preside non sa neanche insegnare. È un caso disperato. Anche se, in sua difesa, ha avuto un passato torturato.»

«Che cosa gli è successo?»

«È stato torturato», disse Erica. «Molte volte, in realtà. Ogni volta che la CIA lo mandava sul campo, veniva catturato. Non era un granché come spia.»

«E così la CIA gli ha affidato l'intera scuola delle spie?» chiesi in tono incredulo.

«È così che lavora il nostro governo.» Erica sospirò. «Nelle alte sfere probabilmente sanno che fa schifo, comunque.

Vogliono soltanto qualcuno che non discuta gli ordini. Per esempio, gli hanno fatto manomettere il tuo dossier per gestire la situazione qui dentro.»

«Che situazione?»

«Il tuo dossier dovrebbe essere confidenziale. Tutta la documentazione relativa al reclutamento di nuovi agenti sotto copertura – così come qualsiasi cosa relativa all'esistenza stessa dell'accademia – ha un Livello di Sicurezza A1. Strettamente riservato, proibita qualunque divulgazione. Eppure, entro otto ore dal tuo arrivo, un agente nemico supera le nostre difese, un agente che sa esattamente dove trovarti ed è in possesso dei dettagli riservati del tuo dossier.»

«Quindi... c'è una talpa?»

«Wow» disse Erica in tono sarcastico. «L'hai già capito, eh?»

«E chi è?»

«Questa è la domanda da un milione di dollari... ed è qui che entri in gioco tu.»

Clic. Un altro pezzo del puzzle era andato a posto. Il motivo per cui il mio dossier diceva che avevo capacità di cui non sapevo nulla, era che questa capacità non esistevano. «Oh no! Io sono l'esca?»

Non ci vedevo bene al buio, ma per una volta mi sembrò che Erica forse fosse almeno un pochino colpita dalle mie capacità di deduzione. Il che era una consolazione piuttosto piccola, considerato quello che avevo appena scoperto. «Hai colpito nel segno», rispose. «Sei stato coinvolto nell'Operazione Tasso Strisciante.»

«Tasso Strisciante?» chiesi incredulo.

«Credo siano convinti che i tassi mangino le talpe», mi spiegò Erica. «In realtà non è così, ma i tizi che hanno dato il nome all'operazione sono spie, non biologi. Comunque, sembra che il piano fosse di farti entrare, fingere che fossi un supergenio della crittografia, e attirare il nemico allo scoperto... solo che il nemico si è mosso molto più velocemente di quanto la scuola si aspettasse, perché stanotte il preside e tutti gli altri si sono fatti beccare con le braghe calate.»

Il mio cuore stava battendo ancora più forte, ma stavolta non a causa di Erica. «La scuola mi ha incastrato per attirare un assassino?!»

«Be', probabilmente non si aspettavano un assassino. Però sì, l'idea generale è quella.»

Un altro pezzo del puzzle andò al suo posto. Solo che più la figura si chiariva, meno mi piaceva. «E quindi... il mio reclutamento era una messa in scena?»

«Sì.»

«Ma sono almeno qualificato per essere una spia?»

«Non proprio», disse Erica. «Credo che ti abbiano scelto perché hai un grande talento per la matematica – e quindi, sulla carta, sembri uno che potrebbe essere un supergenio della crittografia. E perché abiti in zona.»

Chinai la testa. Quel giorno mi erano successe un sacco di cose pesanti, ma quella era la peggiore di tutte. Passare dall'euforia di scoprire che potevo diventare un agente speciale a capire che era tutta una finzione – e una finzione che avrebbe potuto costarmi la vita, niente di meno – era stato devastante. Ma più ci pensavo e più cresceva la mia rabbia.

Ripensai al terzo grado che mi aveva fatto il preside in camera di Tina. «Il preside mi ha trascinato in questa situazione, e poi mi ha trattato come se fossi stato io quello che aveva rovinato tutto», dissi. «Ma è lui la causa del disastro. Stanotte mi hanno quasi ucciso!»

«Probabilmente non si aspettava che fosse così facile superare le nostre misure di sicurezza», rispose Erica con un sospiro. «Che idiota. Se il nemico sa che cosa c'è nei nostri dossier secretati, perché non dovrebbe sapere come eludere le nostre difese? Questo sicario ha disattivato tutte le telecamere sul suo percorso. Sapeva esattamente dove si trovavano. Probabilmente il nemico sa della nostra scuola più di quanto sappia il preside.»

«Almeno adesso è coinvolto tuo padre», commentai. «Non farà altri errori come questo.»

Con mia sorpresa, invece di darmi ragione, Erica si irrigidì al sentir nominare suo padre. La temperatura già bassa della stanza sembrò abbassarsi di qualche grado. «Sì, Alexander è coinvolto», disse senza sbilanciarsi.

Mi sembrò meglio cambiare argomento. «Ha passato un sacco di tempo a cercare di farmi ricordare la sequenza degli eventi che si sono verificati nella mia stanza. Perché?»

«Per valutare chi possa essere il nemico. Non sappiamo quasi nulla di loro, tranne che hanno accesso alle nostre informazioni. È così che funziona la caccia alla talpa: prendono un pollo – che saresti tu – e fanno credere che sia una fantastica nuova recluta, un prodigio nella decriptazione dei codici. Questo cambia le carte in tavola. Non solo adesso tutto il loro materiale criptato è a rischio, ma tu hai inventato qualcosa – nome in codice Pinwheel – che cambierà per sempre il mondo della crittografia. Pinwheel è quello che chiamiamo un "amo". Non specificano di che cosa si tratta, dicono solo che è rivoluzionario, per attirare l'attenzione del nemico. Poi si siedono ad aspettare che il nemico si faccia avanti.

Ora, quello che fa il nemico con queste informazioni ci dice qualcosa su di lui. Se cercano semplicemente di ucciderti, sono dei banditi. Ti vedono come una minaccia e vogliono eliminarti. Ma se cercano di costringerti a spiegargli Pinwheel, è tutta un'altra storia.»

«È questo che cercava di fare quel tizio. Spaventarmi perché gli dicessi qualcosa.»

Erica annuì. «Chiunque sia il nostro avversario, è furbo. Vogliono quello che sai. O almeno quello che credono che tu sappia. La buona notizia è che, probabilmente, per loro vali più da vivo che da morto.»

«E la cattiva notizia è che questa non è l'ultima volta che qualcuno verrà a cercarmi.»

«Giusto. Ma la prossima volta non useranno lo stesso metodo. Quella carta se la sono già giocata.»

«Hai una vaga idea di chi stiamo parlando?» chiesi. «Chi è questa gente?»

«Oh, ci sono un sacco di possibilità: organizzazioni criminali, multinazionali che vogliono proteggere i propri interessi, ex agenti scontenti con qualche sassolino nella scarpa... anche se io scommetterei su un'agenzia rivale di un paese straniero. Una che considera l'America e la CIA come una minaccia.»

«Perché dici questo?»

«È logico, se pensi a quello che hanno fatto l'ultima volta.»

«Un attimo. Questa non è la prima volta che si infiltrano nella scuola?»

Erica mi studiò per un momento, valutando quanto poteva raccontarmi. «Non ti è sembrato strano venire ammesso in una nuova scuola a metà gennaio?»

«Sì. Ho chiesto spiegazioni a tuo padre.»

«E che cosa ti ha detto?»

«Che si era liberato un posto all'improvviso.» Non appena mi uscirono di bocca, mi resi conto che quelle parole, come tante altre cose alla scuola delle spie, erano un eufemismo per qualcosa di molto peggio. «Oh no! Qualcuno è stato ucciso?»

«Joshua Hallal, dell'ultimo anno. Aveva un talento incredibile. Sarebbe uscito con il punteggio massimo, uno dei migliori agenti sotto copertura che l'accademia abbia mai sfornato, una vera minaccia per i nostri nemici.» Erica si voltò dall'altra parte. Non ne ero sicuro, ma forse aveva una lacrima all'angolo di un occhio. Sarebbe stata la prima traccia di emozione che le vedevo dimostrare. «La scuola ha messo tutto a tacere, naturalmente. Hanno detto che Josh aveva avuto una violenta reazione allergica alla puntura di un'ape e che quindi era inabile al servizio attivo, che lo avevano esonerato e affidato con la sua famiglia al Programma di Protezione dei testimoni. Tanto valeva che dicessero che lo avevano mandato in una fattoria in campagna con tanto spazio per correre.»

«Che cosa gli è successo, in realtà?»

Erica scrollò le spalle. «Non conosco i dettagli... non ancora. So soltanto che è successo. E ha spaventato tutti quanti, dall'amministrazione scolastica fino al presidente in persona. Nessuno al di fuori dell'accademia avrebbe dovuto sapere chi era Josh. Neanche i suoi genitori.»

Aggrottai la fronte.

«Che c'è?» mi chiese Erica.

«Devono esserci un sacco di ottime future spie qui dentro» dissi. «Magari non tutte brave come te e Joshua, ma quasi. Perché avrebbero dovuto fare tanta fatica per uccidere lui? Soprattutto se in questo modo hanno rivelato di avere una talpa all'interno della scuola.»

Erica si girò di nuovo a guardarmi. Forse avevo visto una lievissima traccia di sorriso piegarle gli angoli della bocca. «Anche se al momento come spia fai schifo, non sei uno stupido. Hai ragione. Per loro era rischioso abbattere Josh. Il che significa che probabilmente c'era una ragione precisa per farlo.»

«Qualche idea?»

«Ci sto lavorando.»

«Sarebbe tuo compito?»

«No. Sarebbe compito dell'amministrazione, ma finora hanno fatto soltanto un gran casino e la visitina che hai ricevuto stanotte è il reperto A. La faccenda avrebbe potuto chiudersi stanotte, se mi avessero lasciato partecipare. O se avessero lasciato partecipare un qualsiasi agente competente, almeno. È un peccato. Josh si meritava di meglio. Quindi per adesso consideriamolo un compito extra, sotto copertura, per noi due.»

Sentii un'ondata di eccitazione. «Noi due?»

«Pensi che abbia fatto tutta la fatica di venire fin qui e parlarti a cuore aperto per divertimento? Il primo errore dell'amministrazione è stato quello di non informarti di essere il pollo. Certo, probabilmente pensavano che te la saresti fatta sotto e te la saresti filata, però... non è questo il modo di condurre un'operazione. Il nostro sarà molto meglio. Smaschereremo questa talpa, scopriremo per chi lavora e smantelleremo tutto. Sei con me?»

Erica mi tese la mano. La guardai con circospezione.

Chiaramente il mio piano di tornare a casa la mattina non era più valido. Ero ricercato da agenti di un'organizzazione nemica sconosciuta, e se erano disposti a infiltrarsi in una scuola segretissima e ben difesa, probabilmente la nostra ronda di quartiere non sarebbe bastata a garantire la mia sicurezza. La scuola delle spie per me era il posto migliore.

In effetti, quella convinzione non si basava tanto sull'amministrazione scolastica – che aveva rovinato praticamente tutto quello che aveva toccato – quanto su Erica. E anche se lei sembrava avere delle riserve sul coinvolgimento di suo padre, io non ne avevo. Anzi ero felice che Alexander Hale lavorasse al caso.

Ma accettare di partecipare a un'investigazione segreta era tutta un'altra cosa. Era da incoscienti, era pericoloso e implicava un atto di insubordinazione – inoltre avevo paura, dato che non avevo neanche cominciato a studiare spionaggio.

D'altro canto, mi avrebbe dato una scusa per passare del tempo con Erica. Molto probabilmente l'unica scusa che avrei mai potuto avere. Se la deludevo, facile che non si degnasse mai più di rivolgermi la parola.

Però c'era qualcos'altro che mi spingeva, motivandomi ancora di più della mia cotta da scolaretto: l'opportunità di dimostrare chi ero.

L'accademia mi aveva reclutato soltanto come esca, per il mio talento matematico e la prossimità. Non pensavano che avessi la stoffa per diventare una spia e quindi era probabile che, finita la caccia alla talpa, avrebbero trovato il modo di scaricarmi. Però, se davo una mano a scovare la talpa, avrei dimostrato che ero adatto per la CIA. A quel punto non avrebbero più potuto liberarsi di me.

E poi, per quanto pericoloso, sembrava sempre meno pericoloso che stare ad aspettare che se ne occupasse l'amministrazione.

Alla fine, comunque, fu la possibilità di stare con Erica che mi convinse.

Le strinsi la mano. Era morbida e calda.

«Qual è la prossima mossa?» chiesi.

DIVULGAZIONE

Cortile Hammond

17 gennaio, ore 08:50

«Ehi, Ben» disse Mike. «Come va la tua stupida scuola di scienze?»

Avrei dovuto ignorare la chiamata. Erano le 8:50 del mattino e stavo cercando di capire come arrivare alla mia classe. Dopo tutto quello che era successo, però, avevo un disperato bisogno di sentire una voca amica.

«Non è stupida» risposi. «Anzi, finora è stata molto eccitante.»

«Ma certo. Che cosa hai fatto ieri sera? I compiti?»

«Non esattamente.»

«Vuoi sapere che cosa ho fatto io? Sono stato con Elizabeth Pasternak.»

Quasi inciampai per la sorpresa. «Non ci credo!»

«Invece sì.»

«Quando?»

«Dopo la partita di hockey di mio fratello maggiore. Il fratello di Elizabeth è un suo compagno di squadra. Siamo andati tutti insieme, con le nostre famiglie, a mangiare un gelato. Mi sono seduto vicino a lei. Mi ha perfino lasciato assaggiare il suo affogato.»

«Oh.» Scrutai la piantina della scuola che sbatteva al vento. Faceva freddissimo. Erano caduti due centimetri di neve, che si era già trasformata in una poltiglia scivolosa sui vialetti.

«E senti qua», proseguì Mike. «I suoi genitori le hanno dato il permesso di fare una festicciola, domani sera. Indovina chi è invitato?»

«Non è possibile.»

«Non c'è bisogno di deprimersi così. Ha detto che potevo portare un amico. Magari mio fratello può darmi un passaggio, potremmo venire a prenderti.»

«Non credo che si possa fare», sospirai. Mi aspettavo che Mike mi descrivesse una noiosa serata davanti alla TV, qualcosa che avrebbe fatto apparire la mia nuova vita molto più fantastica. Invece mi stavo perdendo l'occasione sociale della vita.

«Sei fuori? Rinunceresti a una festa dalla Pasternak?»

«Comunque non ci rivolgerebbe la parola.»

«Ma certo che lo farebbe! E ci saranno anche tutte le sue

amiche: Chloe Carter, Ashley Dinero, Frances Davidson... non puoi rinunciare a una cosa del genere! Ma ce le avete delle ragazze alla scuola di scienze?»

«Qui ce ne sono un sacco.»

«Già. Delle secchione sfigate.»

«No. Ragazze stupende. Anzi, ce n'è una, Erica, al cui confronto Elizabeth Pasternak sembra mia zia Mitzi.»

«Bugiardo.»

«Dico sul serio. La prossima volta che la vedo, ti mando una foto.»

«Sì, fallo. E non credere di potermi mandare quella di una modella presa da una rivista, perché me ne accorgo.»

«È vera, Mike. Ed è incredibile.»

Con la coda dell'occhio, notai un gruppo di compagni con giacche pesanti e scarponi invernali. Invece di dirigersi in classe come tutti gli altri, mi stavano osservando. Però quando mi voltai verso di loro, distolsero gli occhi in fretta, fingendo di guardare qualcos'altro.

«Okay» disse Mike, cedendo il punto. «C'è una bella ragazza. Ma non passerà mai del tempo con te.»

«Ieri sera lo ha fatto.»

Ci fu una breve pausa prima della risposta di Mike. Quando parlò, sentii nella sua voce qualcosa che non c'era mai stato prima: invidia. «In una situazione tipo sala comune del dormitorio? Come in *Harry Potter*?»

«No. Nella mia stanza. È venuta da me. Dopo che avevano spento le luci. E ha fatto una bella fatica per arrivare.»

Probabilmente stavo violando una dozzina di direttive di sicurezza, ma non potevo farne a meno. E comunque non stavo divulgando l'intera verità sulla scuola. Solo gli aspetti positivi.

«E che cosa avete fatto?» chiese Mike. Era come aver preso un pesce all'amo.

«Solo parlato. Per moltissimo tempo.»

«Di che cosa?»

«Vuole che lavori con lei a un progetto speciale. Solo noi due.»

«Che tipo di progetto? Una roba scientifica da intelligentoni?»

«È un po' più interessante. Passerò un sacco di tempo con lei.»

«Wow. Sembra fantastico.»

«Lo è. Ora devo andare. Sono in ritardo per le lezioni.» Non lo avevo detto solto per tenerlo in sospeso, in attesa di nuovi dettagli. Rischiavo davvero di arrivare in ritardo. Mi accodai a un gruppo di studenti che spingevano le porte della Bushnell Hall.

«Mandami quella foto!»

«Okay. Ciao.» Rimisi in tasca il telefono con un sorriso. Era ora di cominciare l'addestramento.

NINJA

Bushnell Hall

Sala conferenze 2C

17 gennaio, ore 09:30

La prima lezione era Introduzione alle Tecniche di Autoconservazione. Sarei stato comunque felice di cominciare, anche senza sapere già che mi sarebbe stata molto utile, date le circostanze in cui mi trovavo. Mi aspettavo un'infarinatura di combattimento a mani nude, o magari una brillante discussione su come neutralizzare un uomo armato.

Invece era una noia mortale. Due minuti dopo l'inizio della lezione mi stavo già addormentando.

In parte era perché non avevo dormito la notte precedente, ma soprattutto perché il professor Lucas Crandall aveva il carisma di un macigno. Era molto vecchio, con i capelli bianchi spettinati, la postura curva a punto interrogativo e sopracciglia che sembravano appena uscite da un tornado. Si diceva che fosse entrato nella CIA fin dagli albori e che lo avessero relegato alla scuola delle spie perché nessuno aveva il coraggio di licenziarlo. Blaterava con una voce ansimante quasi impossibile da capire e spesso perdeva il filo e faceva lunghe pause, cercando di ricordarsi che cosa stava dicendo.

Grazie al cielo, Murray mi aveva tenuto un posto nell'ultima fila. La lezione si svolgeva in una grande sala conferenze, come le aule universitarie, invece che in una piccola aula cubica come quelle a cui ero abituato. C'erano varie file ascendenti di sedie, disposte a semicerchio intorno a un podio con una lavagna. Mi ero perso nell'edificio ed ero entrato tardi, ma per fortuna la lezione non era ancora cominciata, perché anche Crandall era in ritardo. I miei compagni avevano astutamente riempito le ultime file, lasciando davanti un deserto di posti liberi. Li stavo fissando con riluttanza quando Murray mi aveva gridato: «Ripley! Quassù!»

Tolse il suo zaino da un posto in fondo e mi fece un gesto con la mano. «Qui dentro non devi mai sederti nelle prime file», mi aveva avvertito. «Anche se significa dover arrivare in anticipo.»

«Perché no?»

«Dipende dai casi. La professoressa di Guerriglia Psicologica, la signorina Fansworth, ha una terribile alitosi. In Armi e Armamenti ci sono le schegge vaganti. E questa lezione... be', è soporifera. A Crandall non piacciono gli allievi addormentati in prima fila. Per fortuna, non arriva a vedere molto più in là.»

Poco dopo Crandall era arrivato ciabattando: sembrava stupito di trovare un'intera aula con gli occhi puntati su di lui, come se si fosse dimenticato che cosa era venuto a fare. Aveva perso tre minuti a frugarsi le tasche alla ricerca dei suoi appunti e i due minuti successivi a cercare gli occhiali, dopodiché finalmente era riuscito a cominciare la lezione, che però non era neanche lontanamente stimolante come avevo sperato. Crandall non era il peggior insegnante che avessi mai avuto – quello era il professor Cochran, l'insegnante di storia di quinta elementare, che non sapeva quando si era svolta la «guerra del 1812» – ma il suo stile di comunicazione era decisamente arido.

Scoprii che l'idea generale alla base del corso di Introduzione all'Autoconservazione era che in primo luogo il modo migliore di restare vivi era di non cacciarsi in situazioni in cui si poteva rischiare la vita. In teoria aveva una sua logica, ma non era di grande aiuto in caso di sicari minacciosi che passavano regolarmente a trovarti in camera. Quella mattina le lezione verteva su come evitare i ninja, che avrebbe potuto anche essere interessante se la prima regola non fosse stata «state fuori dal Giappone». Inoltre Crandall in breve si era distratto e aveva iniziato un racconto sconclusionato sulle sue avventure durante la Guerra Fredda.

Poco dopo, Murray mi scuoteva per svegliarmi. «Se vuoi fare una dormita, prova questi», mi disse facendomi scivolare qualcosa in mano.

Era un paio di occhiali da poco prezzo, ma lui aveva ritagliato degli occhi da una rivista e li aveva incollati sulle lenti. Mentre dormivo se ne era messo un paio anche lui. Da vicino erano inefficaci e un po' inquietanti, ma era chiaro che per chi stava facendo lezione a venticinque metri di distanza potevano farti sembrare attentissimo, con gli occhi spalancati, anche mentre dormivi.

«Grazie.» Accettai gli occhiali, ma aspettai a metterli. Volevo restare sveglio, solo che non era facile. Cercai di schiarirmi le idee.

«Non provare a resistere», disse Murray. «Se potessimo trasformare le lezioni di Crandall in un'arma, non dovremmo più preoccuparci dei nemici. Potremmo semplicemente annoiarli a morte.»

In circostanze normali, non mi sarei messo a chiacchierare durante una lezione, ma lo faceva metà della classe, mentre Crandall continuava a blaterare, senza minimamente accorgersi che tutti lo ignoravano. «Non hai avuto l'insufficienza in questa materia, l'anno scorso?» gli chiesi.

«Due volte», rispose Murray.

«E non credi che questa volta dovresti cercare di rimanere sveglio?»

«Certo, se volessi diventare un agente operativo. Ma il modo migliore di evitarlo è quello di non riuscire neanche a superare il livello introduttivo di Autoconservazione. L'amministrazione sarà così preoccupata per la mia incolumità che mi assegneranno il lavoro d'ufficio più sicuro di tutta l'Agenzia. Probabilmente non mi lasceranno usare neanche una pinzatrice. E poi in un certo senso mi piace ripetere questa materia. Posso recuperare il sonno perduto.» Ciò detto Murray si accasciò sulla sedia, appoggiò la testa all'indietro, contro il muro, e chiuse gli occhi.

Io cercai di concentrarmi sulla lezione di Crandall, ma lui aveva di nuovo perso il filo e stava cianciando su quanto gli facesse schifo il borsch quando era in Russia. Così cominciai a guardarmi intorno, come mi aveva ordinato Erica.

La notte prima, nella Scatola, mi aveva spiegato il piano: «Per il momento ci sono due parti. Primo, scopriamo chi aveva accesso al tuo dossier».

«A quanto pare ce l'avevano tutti», avevo risposto. «Tutti sapevano di Pinwheel. Tu, il sicario, Chip Schacter...»

«Sono solo tre persone. A scuola ci sono trecento studenti, cinquanta insegnanti e settantacinque impiegati.» Poi aveva aggrottato la fronte. «Chip lo sapeva?»

«È arrivato nella mia stanza subito dopo di me, voleva che forzassi il sistema informatico per lui.»

«Fammi indovinare. Per truccare i suoi voti.»

«Sì.»

«Wow. È ancora più idiota di quanto pensassi.»

«Perché?»

«Hai mai visto uno di quei film in cui un hacker professionista entra in qualsiasi sito voglia in meno di un minuto?»

«Certo.»

«Assurdità totali. La CIA ha degli specialisti per questo, e gli ci vogliono anche dei mesi per forzare un elaboratore centrale. Poi prendono tutto quello che hanno scoperto e lo usano per proteggere il nostro sistema. Il che significa che il sistema informatico della CIA è virtualmente impossibile da manomettere. E invece Chip crede che tu possa farlo, soltanto perché sai qualcosa di crittografia.»

«Ma il fatto che sapesse delle mie abilità speciali significa qualcosa, no?»

«Penso di sì. Sarebbe utile scoprire come ha fatto a mettere le mani sul tuo dossier.»

«Tu come hai fatto?»

«Come faceva mio padre a sapere tutte quelle cose su di te, quando è venuto a reclutarti?»

Avevo capito. «Gliene hanno data una copia.»

«Esatto, in una cartelletta. Non l'ha tenuta d'occhio molto bene.»

«Aspetta. Gli hanno dato una copia cartacea del mio dossier? Non è tutto computerizzato?»

«All'agenzia della Competenza Informatica Assente? Non proprio.»

«Ma hai detto che hanno un sistema avanzatissimo.»

«Questo non significa che tutti sappiano usarlo. Il tuo dossier probabilmente è stato scritto su un computer e poi salvato nel sistema centrale. Ma poi è stato divulgato a varie persone per valutare se eri adatto all'Operazione Tasso Strisciante. Parecchi di loro appartengono alla vecchia guardia: hanno il terrore che qualcuno possa leggere le loro e-mail ma sono ben felici di lasciare un pacco di documenti riservati in bella vista a casa propria. Hanno stampato delle copie cartacee... e una di queste è finita in mano alla talpa.»

«Allora chi ha ricevuto una copia, oltre a tuo padre?»

«Non lo so. Le identità dei membri del comitato di valutazione sono riservate. Per trovarle dovremo forzare il sistema informatico.»

«Che cosa? Hai detto che era impossibile.»

«No. Ho detto che era virtualmente impossibile. Nulla è completamente impossibile.»

«E allora come facciamo?»

«Sfruttiamo il punto debole del sistema di protezione informatica: il fattore umano.»

«Ti diverti proprio a parlare per enigmi, vero?» le avevo chiesto.

Erica mi aveva guardato male. «Sto ancora elaborando i dettagli. Nel frattempo tu puoi lavorare sulla seconda parte del piano: tenere gli occhi aperti.»

«Per scoprire che cosa?»

«Qualsiasi elemento di interesse. Ogni minimo elemento di interesse. Sappiamo che la talpa sa chi sei e che ti tiene d'occhio. Quindi cerchiamo di coglierla sul fatto. Se qualcuno ti segue, voglio saperlo. Se ti guardano – o fanno finta di non guardarti – voglio saperlo. Qualsiasi cosa succeda che sia fuori dall'ordinario, voglio saperlo.»

«Sono appena arrivato. Per me tutto quello che succede qui è fuori dall'ordinario.»

«Okay, allora qualsiasi cosa succeda che sia decisamente fuori dall'ordinario. Insomma stai all'erta.»

E così feci del mio meglio. Restai il più all'erta possibile, per uno che il giorno precedente aveva superato due attentati alla propria vita (uno immaginario, però al momento sembrava piuttosto reale) e non era riuscito a chiudere occhio per tutta la notte. Il problema era questo: capire chi mi teneva d'occhio era più difficile di quanto pensassi…

Perché *l'intera scuola* mi stava tenendo d'occhio.

Cercavano di fare finta di niente, però era così. Non solo il gruppo di ragazzi che avevo notato fuori dall'edificio, mentre andavo in classe. C'erano stati altri gruppetti in mensa, al mattino, e un capannello nel salone d'ingresso lungo il percorso… e in quel momento, mentre osservavo l'aula dall'ultima fila, c'era un sacco di gente con il collo girato che mi osservava a sua volta.

La ragazza seduta all'altro lato di Murray non cercava neanche di nasconderlo. Non avrebbe potuto, a una distanza così ravvicinata. Era una matricola, come me, la sua inesperienza era evidente come un cartellino col nome. Era talmente magra che spariva nel giaccone invernale, ma i suoi occhi verdi erano così grandi e luminosi da farla sembrare un cartone animato. «Tu sei Ben Ripley, vero?» mi chiese. «Quello che ieri notte ha messo in fuga un sicario?»

Il modo in cui lo aveva detto mi faceva sembrare piuttosto figo. Dovetti trattenere un sorriso. «Ehm... sì. Sono io.»

«Fantastico.» Quella ragazza sembrava sinceramente entusiasta di conoscermi. «È per questo che ti hanno reclutato all'ultimo minuto? Perché sei un esperto di arti marziali?»

«No», ammisi. «Sono soltanto molto bravo in matematica.»

«Certo», rispose lei. «La crittografia eccetera. Lo sanno tutti. Ma è una cortina di fumo, vero? Perché Adam Zarembok è un esperto di crittografia, e non sarebbe capace di sconfiggere neanche una zanzara. E invece qui ci sono studenti dell'ultimo anno che hanno scelto l'indirizzo di arti marziali e non hanno ancora sconfitto un sicario.»

«Be', nessuno di loro è mai stato *aggredito* da un sicario», ribatté un ragazzino dall'aria viscida seduto nella fila davanti.

Da quando la ragazza dagli occhi verdi mi aveva rivolto la parola, tutti quelli che riuscivano a sentirci si erano voltati verso di noi, ignorando platealmente il professor Crandall.

«Lo so» disse Occhi Verdi, poi si rivolse di nuovo a me e chiese: «E allora perché sei stato aggredito proprio *tu*?»

«Non era una vera aggressione. Faceva parte del mio EACS.» Odiavo mentire, ma Erica mi aveva avvertito di non raccontare a nessuno della caccia alla talpa.

«Non è vero. Non fanno mai gli EACS di notte» annunciò il viscido. «E poi si dice in giro che in quello hai fatto schifo.»

«Oppure ha fatto *finta* di fare schifo» ribatté la ragazza dagli occhi verdi, venendo in mia difesa. «Per far credere a eventuali sicari che non avresti saputo sconfiggerli. E poi invece l'hai fatto. Quindi in realtà che cosa è successo?»

«Ehi!» intervenne Murray in tono di rimprovero, senza neanche aprire gli occhi. «Lasciatelo in pace, okay? Qui c'è gente che cerca di dormire.»

Questo non scoraggiò nessuno. Sempre più teste si giravano verso di me.

«Non mi è consentito divulgarlo», risposi. Non mi venne una risposta migliore.

Parecchi fecero un'espressione delusa.

«Naturalmente» disse la ragazza, poi mi tese una mano esile, affondata nella manica del giaccone. «Io sono Zoe. Penso che quello che hai fatto sia incredibile.»

In tutta la mia vita nessuna ragazza mi si era mai presentata spontaneamente, tantomeno dicendomi che qualcosa che avevo fatto era incredibile. Fu una bella sensazione. E lo fu anche ricevere tanta attenzione da tutti, meritata o no. Fino a poche ore prima ero stato umiliato, messo in imbarazzo, terrorizzato e demotivato da tutto ciò che era accaduto alla scuola delle spie. Ma per il momento mi ero trasformato da nullità a persona degna di interesse.

«Piacere di conoscerti.» Strinsi la mano di Zoe, allungandomi davanti a Murray.

«Belle mani», disse Zoe. «Sono in grado di uccidere?»

«Non ci ho ancora provato» ammisi, e lei ridacchiò.

«Io sono Warren» si intromise il tipo viscido. Non sembrava contento del fatto che Zoe stesse ridendo a una mia battuta.

Diversi altri compagni del primo anno mi si presentarono. Mi sforzai di imparare a memoria i loro nomi e le relative facce. Dashiell, Violet, Coco, Marni, Buster e un paio di Kira...

«Siete tutti patetici», sbottò qualcuno in fondo alla fila.

Mi sporsi in avanti per vedere chi fosse – e trovai Greg Hauser, lo scagnozzo che accompagnava Chip Schacter in mensa. Mi guardava storto. «Lui è uno sfigato, e voi siete doppiamente sfigati perché non lo capite.»

«Ieri notte lui ha fatto il culo a un sicario», ribatté Zoe. «Mentre tu sei stato bocciato in questa materia quante volte? Quattro, finora?»

L'enorme fronte di Hauser si corrugò tanto che ci si sarebbe potuto seminare il granturco. «Ieri notte era tutto finto. Me l'ha detto Chip. Voglio dire, basta guardarlo.» Mi puntò contro un dito carnoso. «È un coglione. Se quello fosse stato davvero un assassino, adesso sarebbe morto.»

«Se era una messa in scena, perché l'amministrazione ieri notte ha alzato il livello di allarme da "rischio basso" a "rischio generale"?» chiese Zoe. «Il preside era sconvolto, fino alla punta delle sue pantofole a coniglietto. Accettalo, Ben è il migliore. Con te ci potrebbe pulire il pavimento.»

«Magari dovrebbe provarci, allora» disse Hauser. «In palestra, dopo pranzo.»

«Non c'è problema» disse Zoe.

«Aspetta» intervenni. Ero sempre più sbalordito dalla velocità con cui le cose potevano mettersi male, alla scuola delle spie. «Non credo che sia una buona idea.»

«E perché?» disse Hauser in tono canzonatorio. «Te la fai sotto?»

«Certo che no», rispose Zoe in tono di scherno.

In breve per tutta l'aula passò la voce che forse ci sarebbe stato un combattimento. A quel punto praticamente tutti quanti mi stavano fissando.

Guardai Murray, sperando che sapesse come tirarmi fuori da quel guaio. Dormiva. Con quegli occhiali truccati, sembrava l'unica persona ancora interessata alla lezione.

Mi sforzai di mettere insieme una risposta. «Preferirei di no. Ieri notte ho battuto un sicario. Oggi penso che dovrei riposarmi.»

«Benjamin Ripley!» gridò Crandall.

Tutti gli occhi, compresi i miei, tornarono a rivolgersi verso il podio. Crandall aveva finalmente recuperato lucidità e stava concentrando l'attenzione su di me. Le sue sopracciglia bianche e spettinate si curvarono sopra due occhi furiosi. «Tu sei nuovo, vero?»

«Ehm… sì.»

«Nella tua scuola di provenienza era accettabile tenere banco durante la lezione di un professore?»

«No, signore» risposi.

«Ah. Dunque devo presumere che ignori la mia lezione perché ritieni di non avere più nulla da imparare nell'arte dell'autoconservazione?»

Gli altri studenti scivolarono il più possibile lontano da me. Zoe faceva finta di non avere niente a che fare con la conversazione. Perfino Hauser aveva messo su un'aria innocente.

«No, signore» ripetei.

«Allora deve essere l'argomento che ti annoia», insistette Crandall. «Immagino che tu abbia letto le pagine assegnate per oggi, i capitoli dal 64 al 67 del manuale *Le basi dell'Autoconservazione* di Stern?»

Non mi avevano ancora neanche consegnato i libri di testo. Avevo programmato di chiederlo al professore dopo la lezione.

«Ehm... ecco...» balbettai. «Credo che ci sia stato un errore.»

«Può essere», rispose Crandall freddamente. «Vediamo. Perché non verifichiamo la tua preparazione con un piccolo test a sorpresa?»

Non appena pronunciò queste parole, tutti spalancarono gli occhi per la paura. E poi evacuarono la stanza. Le sedie intorno a me si svuotarono di colpo, come se fossi diventato improvvisamente velenoso. Perfino Murray si svegliò di soprassalto e se la diede a gambe. «È stato bello conoscerti», mi disse.

In pochi secondi l'aula era rimasta vuota, a parte Crandall e me.

«Che tipo di test a sorpresa sarebbe?», chiesi nervosamente.

«Un test sull'argomento di oggi: i ninja.» Crandall aprì una porta accanto al podio e saltarono fuori tre ninja. Erano vestiti di nero dalla testa ai piedi e armati fino ai denti.

Ma mi prendete in giro? pensai. E poi mi lanciai verso l'uscita. Mentre mi avvicinavo, le porte si chiusero automaticamente. I miei compagni sbirciavano dai vetri, con un misto di preoccupazione e sollievo per non esserci *loro,* nella stanza.

Una stella da lancio si piantò nella porta. Mi girai e vidi che i ninja si stavano lentamente avvicinando ai gradini. Quello più avanti sfoderò due coltelli giapponesi, affilati come rasoi. Gli altri rotearono dei nunchaku. Crandall osservava dal podio, aveva già la faccia scura per la mia scarsa prestazione. «Regola numero uno per combattere contro i ninja. Mai dargli le spalle», chiocciò.

Sollevai lo zaino davanti a me. Non pensavo che sarebbe servito a molto come difesa, ma era tutto quello che avevo. «Non posso semplicemente prendere un'insufficienza?» chiesi. «Mi dispiace moltissimo di aver chiacchierato durante la lezione. Non lo farò mai più!»

«Vediamo di che pasta è fatto», disse Crandall.

I ninja lanciarono un urlo di gioia da far tremare i muri e attaccarono.

Lanciai il mio zaino verso di loro. Il primo lo tagliò a metà mentre era ancora in volo.

Cominciai a correre. Mi buttai nel corridoio fra le file di sedie, pensando che quella scuola era ancora più folle di quanto immaginassi, che di certo era solo un'altra messa in scena, che non avrebbero mai fatto davvero del male a uno studente...

Qualcosa fischiò nell'aria dietro di me.

Mi voltai e vidi un nunchaku superare rapidamente la distanza fra il ninja che lo aveva lanciato e la mia fronte.

Seguì una sensazione di dolore assolutamente incredibile.

E poi diventò tutto nero.

ALLEANZA

Il Nido dell'Aquila

17 gennaio, ore 20:00

«Il giovane agente si risveglia! Era ora!»

Feci un gemito. Mi sembrava che la mia testa fosse stata riempita di sassi e fatta rotolare giù da una collina. Anche solo aprire gli occhi alla luce era doloroso, anche se vagamente meglio che tornare a dormire: le ultime ore erano state piene di incubi popolati da ninja e sicari.

Al primo sguardo l'ambiente in cui mi trovavo sembrava lontano anni luce dalla scuola delle spie. Fino a quel momento tutto ciò che avevo visto all'accademia era stato freddo e duro: grigi industriali e arredamento stile Guerra Fredda. Ma quella stanza era calda e accogliente. Alle pareti c'erano scene di caccia e scaffali pieni di volumi rilegati in pelle. Un bel fuoco crepitava in un grande camino di pietra. Ero sdraiato su un divano meravigliosamente morbido, che profumava come una foresta di pini.

Comparve Alexander Hale, fasciato in una giacca da camera bordeaux. Sorseggiava un bicchiere di Gatorade verde fosforescente. «Come va la zucca?»

«Fa male» risposi. Il punto peggiore era in mezzo agli occhi. Lo tastai con cautela e trovai un bernoccolo grosso come un uovo di pettirosso.

«Ti capisco. Ricordo la prima volta che *io* sono stato attaccato dai ninja. Corea del Nord. Mi ero diplomato all'accademia solo da pochi mesi. Le mie capacità nelle arti marziali non erano quelle che sono adesso, ma per fortuna loro erano solo in due e io avevo una fibbia esplosiva alla cintura.» Alexander guardò il fuoco con aria nostalgica. «Ah, che ricordi!»

Mi tirai a sedere con una smorfia, guardai verso la finestra... e scoprii sbalordito che fuori era buio. «Che ore sono?»

«Più o meno ora di cena. Sei rimasto svenuto per tutto il giorno.»

«Tutto il giorno? Non dovrei essere in ospedale?»

Alexander ridacchiò. «Per un bernoccolo? Non è niente. Una volta, in Afghanistan, sono rimasto incosciente per otto giorni. E comunque sembravi aver bisogno di riposo. Vuoi un po' di Gatorade?»

«Ehm, sì grazie.»

«Arriva subito.» Alexander si infilò in un cucinino e aprì il frigorifero. Era pieno di acque minerali e di Gatorade in varie sfumature. «La corretta idratazione è molto importante nel nostro mestiere. Certo, non bisogna neanche esagerare. Una volta, durante una sparatoria a Venezia, mi scappava talmente che ho perso la concentrazione e ho rischiato di prendermi una pallottola in testa. Che gusto? Freddo glaciale? Cascata scrosciante?»

«Arancia.»

«Ah, un tradizionalista. Molto bene.» Alexander riempì un grande bicchiere gelato e me lo portò.

Aveva ragione. Mi fece davvero sentire meglio. Il mal di testa si attenuò e la mia mente cominciò a schiarirsi, anche se mi sentivo ancora un po' intontito. Per esempio, sapevo che c'era qualcosa di strano nella stanza in cui ci trovavamo, ma non riuscivo a identificarla.

«Dove sono?» chiesi.

«Sei ancora a scuola. In effetti ci siamo chiesti se portarti in infermeria, ma data la tua situazione incerta in relazione agli agenti nemici, ho pensato fosse più sicuro tenerti qui, nei miei alloggi.»

«Vuol dire che... lei vive nella scuola?»

Alexander rise di cuore. «Cielo, no. Ho una casa vera, in città. Questo è più che altro un pied-à-terre, per quando il lavoro richiede la mia presenza. E in questo momento è richiesta.»

«Per aiutare a scovare la talpa.»

Alexander inarcò le sopracciglia. Era la prima volta che lo coglievo di sorpresa. Il che significava che non aveva idea che Erica fosse venuta da me, la notte precedente: per qualche motivo non glielo aveva detto. Mi chiesi perché – e se avessi sbagliato a parlare della caccia alla talpa.

Per fortuna, Alexander non si insospettì. Anzi sembrava contento. «L'hai capito da solo, vero? Glielo avevo detto che eri furbo. Come hai fatto ad arrivarci?»

Se Erica voleva che la sua indagine rimanesse segreta, decisi di mantenerla tale. «Be', considerando le mie false capacità crittografiche, l'attentato alla mia vita e la reazione del preside, sembrava tutto piuttosto ovvio.»

Alexander rise di nuovo, poi mi diede una pacca sul ginocchio e si lasciò cadere in una poltrona lì accanto. «Per te, forse. Ma non sarebbe stato così per chiunque. Bel lavoro, Ben. Mi ricordi me stesso quando ero giovane e intraprendente. A soli ventidue anni, ho rintracciato a Giakarta un trafficante di armi che era sfuggito alla DEA per dieci anni. Bene, ora che ci vedi chiaro, credo che potresti renderti utile.»

«Pensavo che il preside volesse tenermi all'oscuro di tutto.»

«E per quanto ne saprà, ci resterai. Anzi, nessuno oltre a me dovrà sapere che mi stai aiutando.»

«Neanche Erica?»

Di nuovo Alexander mi sembrò un po' incerto, come se non fosse ben sicuro di che cosa dire a proposito di sua figlia. «Erica è un'allieva eccellente. Lo ammetto, nel corso degli anni le ho insegnato parecchie cosette extra. Un giorno sarà un'agente incredibile... ma non so se sia pronta per questo.»

«E invece io sì?»

«Be', tu non hai molta scelta, no? Sei coinvolto, che tu lo voglia o no. Penso che sia meglio se teniamo questa cosa fra di noi, per ora. Sarà la nostra piccola operazione clandestina. Devi essere affamato.»

Lo disse rapidamente, come se cercasse di cambiare discorso. Però aveva ragione. Non avevo mangiato più niente dopo la prima colazione. «Sì.»

«Ho del cibo surgelato. Non esattamente filet mignon, ma comunque meglio di qualsiasi cosa otterresti alla mensa.» Alexander balzò di nuovo nel cucinino e frugò nel frigorifero. «Va bene una pizza?»

«Sarebbe fantastico, grazie.»

Alexander ne tirò fuori una al salame piccante e la buttò nel forno. «Allora, veniamo al punto. Qualche idea su chi potrebbe essere la talpa?»

«Ehm... speravo che lo sapesse lei» dissi.

«Oh, ho i miei sospetti», rispose Alexander. «Ma ho deciso soltanto oggi di buttarmi nella mischia. Tu invece ci sguazzi dentro da un po'. Ergo, le tue teorie sono importanti. Quindi... che cosa ne pensi?»

«Non lo so. In realtà non ho avuto molto tempo per investigare... e sono rimasto privo di conoscenza per la maggior parte della giornata...»

«Sì, ma devi avere qualche idea. Il tuo istinto che cosa ti dice?»

«Chip Schacter.»

«Aha!» Alexander si sporse dalla sedia, con gli occhi spalancati per l'eccitazione. «E perché sospetti di lui?»

«Sapeva che cosa c'era nel mio dossier fin da subito. Ero entrato in camera da meno di un minuto quando è arrivato a chiedermi di forzare il sistema informatico della scuola.»

«Per rubare dei segreti?»

«No. Per truccare i suoi voti.»

«O così ha dichiarato», disse Alexander in tono sospettoso. «Buona, come copertura. Presumo che ti abbia minacciato di violenze?»

«Sì.»

«Così tu forzi il sistema, lui ruba i file e se qualcosa va storto sei tu che ti bruci. Astuto.»

Mi ritornò in mente la valutazione che Erica aveva fatto di Chip la notte precedente. «Ma Chip non è esattamente famoso per la sua astuzia, giusto?»

«No, ma potrebbe essere tutta una montatura. Potrebbe essere così astuto da fingere perfettamente di non esserlo affatto. Dopotutto è stato abbastanza intelligente da ottenere l'ammissione in accademia, no?»

Era vero. Mentre invece io ero stato accettato soltanto come potenziale esca. Il che significava che, sotto un certo punto di vista, Chip era più portato di me per fare la spia, a prescindere da quello che ne pensava Erica. «Direi di sì.»

«Quindi possiede informazioni riservate su di te e cerca subito di sfruttare le tue capacità per i suoi piani efferati. Altri elementi sospetti su di lui?»

«Be'... non ho fatto quello che voleva da me... e lui non ne è stato felice. Mi ha minacciato.» All'improvviso capii una cosa. «E poi, quella notte stessa, il sicario è venuto nella mia stanza.»

«Interessante.» Alexander rimaneva calmo e controllato, ma i suoi occhi brillavano di entusiasmo. «Magari Chip cercava di metterti sotto pressione.»

«Sì! E poi, stamattina, diceva in giro che il mio tentato omicidio era una messa in scena.»

«Una campagna di disinformazione. Davvero molto furbo. Penso che il signor Schacter abbia buone possibilità di essere la talpa. Bel lavoro, ragazzo mio.» Alexander mi batté sul ginocchio e poi tornò in cucina per controllare la pizza.

Non potei fare a meno di sorridere. Alexander Hale, una delle spie migliori d'America, non solo mi proponeva di partecipare insieme a un'operazione clandestina, ma apprezzava anche le mie doti investigative. Il suo strano rapporto con Erica – il fatto che nessuno dei due volesse mettere al corrente l'altro delle proprie mosse – mi disturbava un po', ma comprendevo i motivi di entrambi. Alexander voleva proteggere sua figlia dal pericolo, mentre Erica cercava di dimostrare di poter essere una brava agente senza l'aiuto di suo padre. Non mi piaceva avere dei segreti con loro, ma era un'opportunità di lavorare sia con una spia di altissimo livello che con la sua splendida figlia. Bastava quasi a compensare il lato negativo: che qualcuno avrebbe potuto cercare di uccidermi a breve.

Alexander fece scivolare la pizza calda su un tagliere. Lì vicino c'era un portaombrelli pieno di armi da taglio. Scelse una spada da duello e divise la pizza in otto fette. «Altri possibili sospetti che ti girano in quella testa?»

Ci pensai su. Mi venne in mente un altro nome. «Su questo ho dei dubbi, ma ha detto di dare retta all'istinto...»

«Non dubitare mai del tuo istinto. Una volta, ero diretto a una casa sicura in Qatar quando ho avuto la sensazione che ci fosse qualcosa che non andava. Nessuna prova, solo il mio istinto. Così non sono entrato. Trenta secondi più tardi ci fu un'esplosione. I terroristi di Nawaz-al-Jazzirrah si erano infiltrati e avevano piazzato abbastanza C4 da affondare una corazzata. Se non mi fossi fidato del mio istinto, adesso sarei ridotto a una nebbiolina. Quindi che cosa ti dice ora il tuo?»

«Be', se è concepibile che Chip si finga stupido, allora perché non uno dei suoi scagnozzi, che sembrano ancora più stupidi di lui?»

«Più che giusto. Di chi sospetti?» Alexander fece scivolare la pizza sul tavolino di mogano davanti a me. L'aveva lasciata in forno troppo a lungo e la crosta era bruciata, ma non mi importava. Morivo di fame.

«Greg Hauser», dissi fra un morso e l'altro. «È lui che mi ha messo nei guai con il professor Crandall, oggi. Ha detto che secondo Chip il sicario fingeva, ma se non fosse stata un'idea di Chip? Magari era un'idea di Hauser, in realtà, e stava cercando di far ricadere la colpa su Chip. Anzi, magari è stato Hauser a istigare Chip, dicendogli di minacciarmi per costringermi a entrare nel sistema informatico.»

Alexander masticò la pizza con aria pensierosa. «Hmmm. Il vecchio Burattinaio di Pietroburgo...»

«Come?»

«Oh, scusa, è gergo spionistico. Si riferisce a qualcuno che *sembra* essere un semplice esecutore, ma in realtà è la mente criminale, quello che tira i fili. Spesso il burattino non sa nemmeno di essere manovrato. Lo chiamiamo Burattinaio di Pietroburgo da un famigerato agente russo della Guerra Fredda, che sembrava un semplice passacarte del KGB ma poi si è scoperto essere il grande capo. Mi piace questa idea di Hauser. Mi piace moltissimo.»

Il cellulare di Alexander squillò. Controllò il nome della persona che lo chiamava. «Oh. Devo rispondere. È un contatto.»

Scivolò rapidamente nella camera da letto, lasciandomi a finire di spazzolare la pizza accanto al fuoco. Però non aveva chiuso la porta, così riuscii a sentire qualche brandello di conversazione:

«Dove ci vediamo?... Ah, molto bene. Adoro l'opera... Certo che userò uno pseudonimo. ...Così presto? ...Va bene.»

Tornò due minuti dopo tutto elegante, in smoking. «Il dovere mi chiama, purtroppo. Ma oggi abbiamo fatto un lavoro eccellente. Davvero eccellente. Com'era la pizza?»

«Ottima», mentii.

Alexander si chiuse i polsini della camicia. «Scusami, ma devo bendarti prima di uscire. L'ubicazione di questi alloggi è un'informazione riservata.»

«Oh. Va bene.» Mi accorsi di non essermi alzato dal divano per tutto il tempo in cui ero rimasto lì. Non avevo neanche buttato uno sguardo fuori. Quindi non avevo idea di dove si trovassero gli alloggi di Alexander rispetto agli altri edifici della scuola.

Il mio giaccone e gli scarponi invernali erano accanto al divano. Indossai tutto. «E adesso che cosa facciamo?»

«Tu continuerai semplicemente a fare quello che facevi prima. Tieni bene d'occhio Schacter e Hauser – e chiunque altro ti sembri sospetto. Io vedrò che cosa riesco a scoprire su di loro. Ho un bel po' di esperienza con le talpe. Ne ho smascherata una a Karachi giusto l'anno scorso.» Alexander mi annodò una sciarpa di lana sugli occhi, precipitandomi nel buio. «Vedi qualcosa?»

«No.»

«Perfetto.»

Sentii uno scatto metallico, poi il suono di qualcosa di grande che si apriva. Finalmente capii che cosa c'era di strano negli alloggi di Alexander: non avevano una porta di ingresso.

O comunque non una visibile. Ne dedussi che l'entrata fosse nascosta dietro una delle varie librerie. Entrammo in quello che riconobbi come un ascensore, anche se non riuscii a indovinare di quanti piani eravamo scesi. Quando le porte si riaprirono, ci investì una ventata di aria fredda.

Alexander mi fece fare altri giri, forse tornò anche indietro un paio di volte, e poi mi strappò la benda. Eravamo nel grande salone d'ingresso del Padiglione Hale. All'esterno la neve fresca si stava accumulando sul parabrezza della Porsche di Alexander.

«Stai all'erta!» mi disse Alexander. «Mi terrò in contatto!» Poi si mise la sciarpa al collo e uscì al freddo.

Solo quando se ne fu andato mi resi conto di un'altra stranezza di quella serata: mentre io avevo dato ad Alexander tutte le piste che avevo, lui non aveva condiviso con me nemmeno la più piccola informazione sulle sue indagini. Neanche una.

12

GUERRA

Campo di addestramento dell'accademia

8 febbraio, ore 14:00

«Muori, Ripley!» La mia assalitrice balzò fuori da dietro una roccia, sparando all'impazzata.

Scappai nei boschi, mentre i proiettili esplodevano sui rami intorno a me.

Non sapevo come si chiamava, anche se l'avevo vista al corso di chimica di secondo livello, dedicato a veleni ed esplosivi. Aveva un anno più di me, in classe era timida e riservata, anche se là fuori, sul campo di battaglia, aveva trovato il modo di scatenare il suo Rambo interiore.

Naturalmente, invece, lei mi conosceva. *Tutti* mi conoscevano già. Ero alla scuola delle spie soltanto da tre settimane, ma ero famoso come il ragazzo che aveva battuto un sicario con una racchetta da tennis – o anche come quello che si era fatto massacrare da un ninja a tempo di record alla sua prima lezione.

Arrivai a un ripido pendio innevato che scendeva verso il letto di un ruscello e mi ci buttai. Un proiettile di vernice mi fischiò accanto all'orecchio e schizzò su una roccia. Da quando ero arrivato la neve non si era mai sciolta, ogni cosa era ricoperta da uno strato di brina ghiacciata e la discesa sembrava una pista da slittino. Precipitai di sotto a testa in avanti: avevo seminato la mia inseguitrice, ma stavo prendendo molta velocità.

In fondo, proprio davanti a me, c'era un mucchio di sassi acuminati.

All'inizio l'idea di una guerra simulata mi aveva attirato. Fino a quel momento le lezioni alla scuola delle spie erano state una delusione. Come aveva detto Murray, non c'era molta differenza con la scuola normale: una gran noia. Il corso di Tecniche Investigative Elementari era tremendamente monotono. Storia dello Spionaggio Americano in realtà era semplice storia americana con l'aggiunta di qualche racconto di spie: avrebbe potuto essere interessante ma la nostra professoressa, la signora Weeks, la insegnava da così tanto tempo che in pratica si addormentava durante le sue stesse lezioni. Algebra (e le applicazioni per calibrare il tiro) avrebbe potuto essere stimolante se non avessi avuto un talento matematico. Il professor Jacobi aveva detto che dovevo passare al corso avanzato, ma il modulo di richiesta non era ancora stato registrato. E dopo l'eccitazione del mio test a sorpresa, le lezioni di autoconservazione di Crandall erano di nuovo scivolate in una serie di vaghe reminiscenze.

Una guerra simulata prometteva l'occasione di uscire all'aperto e divertirsi un po'. In pratica dovevamo catturare la bandiera avversaria usando armi a vernice. Non pensavo di sopravvivere a lungo: immaginavo che avrei corso un po' fra gli alberi, poi avrei subito un'imboscata e mi sarei ritirato all'«obitorio» a bere cioccolata calda con gli altri cadaveri. Ma poi era calato il freddo e aveva cominciato a nevischiare. E l'insegnante di ginnastica, l'allenatore Macauley, aveva annunciato che avrebbe dato i voti in base al tempo di sopravvivenza. Il primo quarto della classe a morire avrebbe preso un'insufficienza.

Nessuno voleva un'insufficienza, a parte Murray, che a trenta secondi dall'inizio si sparò «accidentalmente» nella pancia e se ne andò a fare un pisolino.

I sassi in fondo al burrone si avvicinavano rapidamente. Piantai il calcio del fucile nel ghiaccio e mi ci aggrappai con tutte le forze. Il fucile si bloccò e io gli girai intorno di colpo. Continuai a scivolare, abbastanza velocemente da strappare il fucile fuori dalla neve, ma almeno cadevo di piedi. Sbattei sulle rocce con le suole degli scarponi, invece che con la faccia.

La mia assalitrice comparve in cima alla collina, con il fucile spianato. Lo puntò contro di me.

Cercai di imbracciare il mio, ma mentre scivolavo la tracolla mi si era ingarbugliata intorno al braccio. Non riuscivo a infilare le dita guantate nel grilletto.

La ragazza mi aveva sotto tiro. «È stato un piacere conoscerti», disse con un sorrisetto.

E poi un proiettile di vernice rossa la centrò sull'elmetto, colandole anche sulla maschera di protezione.

Per un attimo mi congratulai con me stesso, stupito di essere riuscito chissà come a sparare un colpo da maestro.

Poi mi resi conto che non lo avevo fatto.

Zoe spuntò fuori da dietro il mucchio di sassi, imbracciando il suo fucile. «Ecco una lezioncina per te!» gridò alla ragazza che aveva appena abbattuto. «I commentini spiritosi si fanno solo *dopo* aver ucciso l'avversario!»

La ragazza morta ci mostrò la lingua e poi arrancò verso l'obitorio.

Io mi alzai in piedi, scuotendomi la neve dal giaccone. Stavo per ringraziarla, ma Zoe mi precedette.

«Bel lavoro, Cortina di fumo. L'hai portata dritta da me. Come facevi a sapere che mi ero nascosta qui?»

Considerai l'idea di dirle la verità: non avevo idea che Zoe fosse nascosta dietro quel mucchio di sassi. Ero spacciato e lei mi aveva salvato la pelle. Però non lo feci. Senza Zoe, avrei potuto essere il più sfigato della scuola. Invece grazie a lei ero Cortina di fumo.

Le piacevano un sacco i soprannomi. E nonostante tutte le prove contrarie, pensava che fossi fantastico. Dopo aver assistito alla mia rapida sconfitta da parte dei ninja, aveva dichiarato ai quattro venti che avevo solo fatto finta di perdere. Era una cortina di fumo, una messa in scena per convincere i miei nemici di essere un incapace, mentre in realtà ero una temibile macchina da guerra. Secondo Zoe, avevo fatto la stessa cosa all'EACS, in modo da convincere il sicario arrivato più tardi in camera mia che ero una facile preda. Anzi, Zoe aveva dichiarato pubblicamente che pensava che io avessi proprio ucciso il sicario, e che la scuola avesse messo tutto a tacere. Era così sicura che perfino la mia imbarazzante sconfitta con i ninja aveva confermato le sue convinzioni: sosteneva che nessuno poteva sul serio perdere un combattimento così in fretta. Era stata un'autodifesa così patetica che *doveva* essere finta.

Zoe era soltanto una matricola, come me, però era molto persuasiva. La storia aveva preso piede in fretta. Chip e i suoi scagnozzi, Hauser e Stubbs, facevano del loro meglio per spingere la loro versione: che io non sapevo quello che facevo e contro il sicario avevo soltanto avuto fortuna, il che più o meno era la verità. Ma dato che non erano in molti ad apprezzare Chip o a fidarsi di lui, serviva soltanto a dare più credito alla versione di Zoe. La scuola era ormai divisa in due fazioni. La maggioranza credeva che fossi Cortina di fumo, una specie di superspia sotto copertura che ogni tanto si fingeva incapace. Il resto sospettava che fossi *davvero* un incapace. Non ero proprio a mio agio con il fatto che tante persone credessero a una bugia sul mio conto, però era comunque molto meglio che se avessero saputo la verità. Le ultime tre settimane erano state molto più semplici rispetto al primo giorno: ero anche riuscito a farmi qualche amico e a divertirmi un po'. Il lato negativo era che sarebbe durata poco e lo sapevo. Era solo questione di tempo e poi tutti avrebbero scoperto la verità: era una scuola piena di spie in erba, dopotutto. Così avevo deciso che tanto valeva cercare di allungare i bei tempi il più possibile.

«Ho tenuto d'occhio le posizioni di tutti» risposi a Zoe, che spalancò gli occhi affascinata.

La prima cosa che avevo imparato durante la mia permanenza alla scuola delle spie era questa: tutti lì avevano capacità eccezionali. Alla mia vecchia scuola mi ero abituato bene: non c'era molta competizione per diventare il più bravo della classe. Penso che il mio professore di matematica avesse anche smesso di controllare i miei compiti in classe e avesse cominciato a timbrarli direttamente con il 10.

Invece gli allievi della scuola delle spie erano il meglio del meglio di tutta la nazione. Erano brillanti. Atletici. Incredibili. C'erano studenti capaci di sconfiggere dieci ninja contemporaneamente, altri potevano abbattere dei cecchini mentre cavalcavano, altri ancora sapevano costruire bombe con oggetti comuni e chewing-gum, e almeno due di loro avevano perfezionato la capacità di pilotare un elicottero durante un combattimento a coltello (anche se solo sul simulatore). Avevo cominciato a capire perché il mio talento matematico da solo non sarebbe bastato per farmi ammettere.

Però ero comunque deciso a dimostrare che quello era il mio posto.

Per quanto le lezioni fossero noiose, mi ero buttato nello studio, divorando i libri di testo e cercando di imparare tutto quello che potevo (dormivo ancora nella Scatola e anche se non era il massimo, l'isolamento mi permetteva di studiare senza distrazioni). Mi allenavo più degli altri in palestra e al poligono di tiro.

E poi arrivava una cosa come una guerra simulata e dimostrava che avevo ancora anni luce da recuperare sui miei compagni.

Io e Zoe ci infilammo nel varco dentro il mucchio di sassi dove si era nascosta fino al mio arrivo. «Qual è il piano, Cortina di fumo?» mi chiese.

Non ne avevo idea. Il migliore che avevo sarebbe stato di nascondermi fra i sassi e aspettare che tutti gli altri si uccidessero a vicenda, ma sapevo che non sarebbe stato apprezzato né da Zoe né dai nostri insegnanti. Però avevo imparato una lezione importante da Alexander Hale: potevi sempre usare il cervello di una persona che ti ammirava.

«Sto valutando diverse opzioni», risposi. «Tu che cosa pensavi?»

«Cercare la bandiera», rispose Zoe. «Camaleonte sta facendo una ricognizione.»

Nelle vicinanze si sentì il verso di una colomba, il che era strano dato che erano tutte migrate a sud per l'inverno.

Zoe rispose con lo stesso verso. «Eccolo che arriva.»

Warren scivolò fuori da una piccola caverna. Non mi piaceva un granché – era scontroso e aveva sempre un atteggiamento negativo – ma indubbiamente era un vero esperto di mimetizzazione. Si era appiccicato addosso grossi pezzi di muschio e corteccia usando la resina degli alberi e poi si era spalmato la faccia di terra. Aveva addirittura addosso qualche lumaca, tanto per completare il quadro. Sembrava un terrario vivente.

All'inizio Warren fu stupito di vedermi, poi sembrò diviso fra sollievo e fastidio. Avevo già concluso che aveva una cotta per Zoe – la seguiva dappertutto, peggio di un agente nemico – e non gli piaceva l'attenzione che lei mi riservava. D'altra parte però si era bevuto fino in fondo le sue storie sulle mie capacità.

«Buone notizie» disse Zoe. «Cortina di fumo si unisce alla squadra!»

«Fantastico», rispose Warren in tono piatto.

«Che cosa hai trovato?» chiesi.

«La squadra blu tiene la bandiera in cima al tetto del vecchio mulino.» Warren tracciò una mappa per terra con un bastoncino. «Ci sono cinque uomini di guardia, quattro agli angoli e Tirassegno sul tetto.»

Zoe si accigliò. Tirassegno Bailey era il miglior cecchino della scuola, uno studente del quinto anno che si diceva potesse decapitare una pulce con un proiettile a un chilometro di distanza. «Sarà dura.»

«Puoi dirlo forte», mugugnò Warren. «Ha beccato tre dei nostri sotto i miei occhi.»

Zoe e Warren mi guardarono pieni di aspettativa.

«Non sono mai stato al mulino» dissi. «Potete darmi una descrizione dettagliata?»

Non avevo avuto tempo di esplorare molto la scuola. Avendo un potenziale assassino alle calcagna, andarmene in giro da solo in campo aperto non sembrava una grande idea. E poi tutto il tempo che non avevo passato a studiare o ad allenarmi lo avevo impiegato per cercare di scovare la talpa.

Sfortunatamente non avevo fatto molta strada, in quel senso. Ogni volta che mi avvicinavo a Chip o a Hauser, mi scrutavano con la stessa intensità che io dedicavo a loro. Nessuno dei due aveva fatto niente di sospetto. Non avevo neanche trovato altre potenziali talpe. L'unica volta in cui avevo trovato una pista era stato quando avevo beccato Oleg Kolsky, uno studente del terzo anno, a scivolare di soppiatto fuori dalla scuola. Avevo immediatamente mandato un messaggio a Erica, che lo aveva seguito – solo per scoprire che era andato in sala giochi senza permesso.

Erica non era più venuta a trovarmi in camera, si teneva in contatto soprattutto infilando chissà come dei bigliettini nella mia nuova borsa per i libri (la scuola mi aveva fornito una borsa ufficiale dell'accademia, dopo che i ninja avevano distrutto il mio vecchio zaino). Non avevo idea di come facesse. Un giorno avevo cercato di tenere d'occhio la borsa per tutto il pomeriggio, e poi ci avevo comunque trovato dentro un bigliettino. In genere i suoi messaggi mi davano istruzioni per lasciare i miei aggiornamenti su vari pezzi di carta nascosti nella scuola, cosa imbarazzante perché non avevo mai niente da segnalare. A parte questo, Erica non dava alcun segno di sapere della mia esistenza, tantomeno che stavo collaborando con lei per una missione. Era lo stesso trattamento che riservava a tutti quanti, comunque. Se ne stava seduta per conto suo, sempre a studiare, insensibile alla presenza di chiunque altro. Zoe la chiamava la Regina di Ghiaccio.

In ogni caso era un contatto più intenso di quello che avevo con Alexander, che sembrava svanito nel nulla. Non avevo più avuto la minima notizia da lui.

«Il mulino è sul fianco della collina, accanto a un torrente ai margini del terreno della scuola», mi spiegò Zoe. «È lì dalla Guerra Civile. Una costruzione di pietra, molto grande. Probabilmente il modo migliore di attaccarla è arrivare da dietro, partendo dalla cima della collina.» Mi guardò piena di aspettativa.

Provai a immaginare che cosa mi avrebbe detto Alexander. «Bella pensata. Facciamolo. Che altro?»

Zoe si illuminò di gratitudine per la mia lode. Warren si sforzò di non incupirsi, ma non ci riuscì.

«Probabilmente ci servirà un diversivo per distrarre Tirassegno», propose Zoe. «Camaleonte, qui entri in scena tu.»

A quel punto Warren aveva smesso di provare a nascondere il broncio. «Io? Perché non posso andare a prendere la bandiera?»

«Tu sai come abbattere un cecchino?» chiede Zoe.

«No», rispose Warren.

«Bene, ecco la risposta» disse Zoe.

Sfortunatamente, neanche io avevo idea di come abbattere un cecchino. Ma non potevo dirlo *a loro*. «Come accediamo al tetto? Possiamo scalare il muro?»

Zoe fece un sorriso orgoglioso, poi prese un rampino dallo zaino. «Sai come usarlo, immagino?» chiese.

Non lo sapevo. Non avevo neanche mai *visto* un rampino fino a quel momento, se non nei film. Non riuscivo neanche a immaginare dove se lo fosse procurato. In vita mia non avevo mai notato negozi di rampini – o un settore rampini al supermercato. «Ehm... non ho mai usato questo modello prima» inventai. «Di solito uso il modello tedesco.»

«Oh.» Zoe sembrava imbarazzata. «Non so come funzionano.»

«Allora forse dovresti usarlo tu», dissi. «Mi fido di te.»

Lei si illuminò di nuovo. Warren aveva l'aria di volermi spaccare la testa con un sasso.

«Muoviamoci» dissi, anche se sarei stato ben felice di restare in quel bel posticino nascosto per tutto il giorno. Era riparato dal vento e dal nevischio e stringendoci tutti e tre lì dentro lo avevamo quasi scaldato. Ma avevo una reputazione da difendere.

Ci mettemmo in marcia al freddo, risalendo il letto ghiacciato del ruscello, tenendoci bassi e ascoltando i rumori della battaglia in lontananza. Ormai i combattimenti duravano da un'ora: dovevo presumere che fossimo sopravvissuti abbastanza da guadagnarci almeno la sufficienza.

Sincronizzammo gli orologi, poi ci separammo all'altezza di una grande quercia, dietro una curva che nascondeva il vecchio mulino. Warren rimase dov'era, rannicchiandosi e coprendosi con uno strato di muschio in modo da sembrare un pezzo di legno. Io e Zoe cominciammo ad aggirare la collina, per arrivare al mulino da dietro. I richiami degli uccelli e ogni altra emissione vocale non si potevano più utilizzare per comunicare: l'altra squadra lo avrebbe capito subito. Quindi il piano era semplicemente che, dopo mezz'ora esatta, Warren avrebbe fatto una manovra diversiva. Poi io e Zoe avremmo usato il rampino per scalare il mulino, avremmo abbattuto Tirassegno e le altre guardie e avremmo recuperato la bandiera.

Per tutto il tempo io avevo covato un piano segreto, secondo il quale nella successiva mezz'ora qualcun altro della nostra squadra avrebbe pensato a un piano migliore, avrebbe sbaragliato la squadra blu e vinto il gioco. Però non sembrava probabile. Mentre facevamo il giro, notammo parecchi membri della squadra avversaria in lontananza... e trovammo un sacco di prove della morte dei nostri compagni – come schizzi di vernice blu intorno a sagome umane nella neve. Restammo in silenzio, muovendoci molto piano.

Dopo venticinque minuti avevamo scalato la collina e riuscivamo a vedere il nostro obiettivo. La bandiera era ancora là, nessuno era arrivato prima di noi. Intorno al mulino, le quattro guardie cominciavano ad avere freddo e ad annoiarsi. I due agli angoli più vicini a noi avevano abbandonato le postazioni e si erano messi a chiacchierare. In cima al tetto, però, Tirassegno era ancora all'erta e dominava l'orizzonte con il suo fucile.

«Devi colpirlo da qui», mi disse Zoe.

Temevo che lo avrebbe detto, ma aveva ragione. Era il modo migliore per toglierlo di mezzo: se lui restava vivo non avremmo avuto nessuna possibilità di recuperare la bandiera. Ma io avevo ancora dei problemi a colpire una sagoma a distanza di sei metri al poligono di tiro, figuriamoci un essere umano a centoquaranta metri nel nevischio. Potevo calcolare all'istante dove dovevo mirare per andare a segno, ma c'era bisogno di ben altre capacità per tenere il fucile perfettamente fermo e fare fuoco. Una grossa differenza fra i film e la vita reale è che, nella realtà, i fucili sono pesanti. Prendere la mira è molto difficile. E in più a ogni colpo rinculano tanto forte da lasciare un livido, il che significa che devi riprendere la mira ogni volta. Nei film tutti i protagonisti sembrano capaci di colpire un nemico in mezzo agli occhi, anche se si trova dall'altra parte di un campo da football, circondato da ostaggi innocenti, e l'eroe è appeso con una mano a un elicottero in fuga. Nella realtà, neanche un mago come Tirassegno potrebbe fare una cosa del genere.

D'altra parte, se sparavo a Tirassegno e sbagliavo – uno scenario piuttosto realistico – lui avrebbe avuto buone probabilità di colpirmi prima che potessi riprendere la mira. Quindi spararegli sembrava una pessima idea. Ma se scaricavo un'altra responsabilità su Zoe, avrebbe cominciato a sospettare che non avevo idea di quello che facevo.

«Bene» dissi preparando il fucile. «Ma non sarà facile. Io sono più il tipo da corpo a corpo.»

«Lo so», disse lei. «È per questo che dovrai guidare l'attacco, dopo aver abbattuto Tirassegno.»

Maledetta boccaccia, mi dissi.

Appoggiai il fucile alla biforcazione di due rami di un albero, lo tenni fermo e controllai l'orologio. Mancavano due minuti al momento in cui Warren avrebbe dovuto mettere in atto la manovra diversiva. Tirassegno in teoria si sarebbe distratto e io, sempre in teoria, l'avrei abbattuto.

Zoe tirò fuori il telemetro telescopico per aiutarmi a prendere la mira.

Alla nostra sinistra si spezzò un rametto.

Era piuttosto lontano, ma il vento era caduto e il suono arrivava chiaramente.

Io e Zoe ci voltammo in quella direzione, temendo un'imboscata.

Invece scorgemmo due membri della squadra avversaria in lontananza. Si erano immobilizzati: sapevano di essersi traditi e si guardavano intorno per capire se qualcuno li aveva sentiti. Erano a cinquanta metri di distanza, troppi per distinguere le loro facce.

Noi eravamo accucciati alla base del tronco d'albero, sperando di confonderci con la corteccia.

«Ci vedono?» bisbigliai con voce appena percettibile.

«Non riesco a capirlo. Prova a controllare.» Zoe mi passò il telemetro. Rispetto a lei ero in una posizione migliore per vedere i nostri avversari.

Me lo portai all'occhio, muovendomi il meno possibile. Il telemetro funzionava come uno zoom digitale che metteva a fuoco automaticamente, così vidi subito chi erano.

«Sono Chip e Hauser» dissi.

Non ci avevano visto. Dopo qualche secondo sembrarono convincersi che nessuno li avesse sentiti e ripresero a camminare. Solo che non si dirigevano al mulino e neanche verso il nascondiglio della nostra bandiera. Invece andavano di soppiatto verso il muro di cinta, completamente fuori dalla zona di gioco. Stavano molto attenti a non farsi vedere.

«A quanto pare non stanno cercando noi», disse Zoe con un sospiro. Poi controllò l'orologio. «Meno sessanta secondi alla manovra diversiva.»

Tese la mano per riavere il telemetro, ma io non glielo restituii. Continuai a osservare Chip e Hauser.

Sembrava che stessero tramando qualcosa. Se era così, avevano scelto il momento perfetto. Tutti gli studenti e gli insegnanti erano impegnati nella guerra simulata, ma nessuno controllava la posizione dei singoli giocatori in ogni momento.

«Cortina di fumo!» sibilò Zoe. «Loro non sono importanti. Ridammi il telemetro.»

«Mi dispiace. Qui c'è sotto qualcosa.» Armeggiai con la messa a fuoco, cercando di vedere dove andavano. Mi saltò agli occhi un piccolo casotto di pietra vicino al muro di cinta.

«Meno quaranta secondi!» disse Zoe. «Manderemo tutto all'aria!»

«Questo è più importante» le dissi.

«Ma dai, è solo Chip» ribatté lei. «Qui Camaleonte sta per immolarsi!»

Chip e Hauser raggiusero il casotto. Chip si mise una mano in tasca...

Dai piedi della collina, oltre il mulino, si sentì un grido di guerra.

Era Warren. Trenta secondi in anticipo. Evidentemente non avevamo sincronizzato così bene gli orologi.

Chip e Hauser si voltarono in direzione del grido, sorpresi.

«Maledizione!» Zoe mi strappò di mano il telemetro e lo puntò verso il mulino.

Senza il telemetro, riuscivo a malapena a distinguere Chip e Hauser in mezzo al nevischio.

Mi girai per riprenderlo e nel frattempo, con la coda dell'occhio, intravidi la tragedia che si consumava ai piedi della collina. Un pezzo di legno aveva improvvisamente preso vita e stava caricando il mulino a testa bassa, sparando all'impazzata. Warren.

Le guardie della squadra blu si voltarono tutte verso di lui. Perfino Tirassegno si distrasse.

Gli sparai, sperando per il meglio...

E beccai un albero a tre metri di distanza, mancando l'obiettivo per centotrentasette miseri metri.

Le guardie e Tirassegno aprirono il fuoco simultaneamente contro Warren. Sarebbe stato un bersaglio facile perfino per me. Gli finirono addosso talmente tanti proiettili di vernice che in tre secondi diventò blu come un puffo.

Intanto, qualcosa saltò fuori dalla neve dal nostro lato del mulino, al di fuori della zona di azione. Mi ci volle un momento per capire che era una persona. Qualcuno che chissà come aveva scavato nella neve fino a pochi metri dalle guardie senza farsi notare. La persona corse verso il mulino e si arrampicò come uno scoiattolo, senza bisogno di rampini.

«È Erica!» si entusiasmò Zoe, guardando nel telemetro.

Lo avevo già capito. Non avrebbe potuto essere nessun altro. Ma ripresi comunque il telemetro per guardarla.

In pochi secondi era in cima al mulino. Tirassegno si ritrovò morto prima ancora di accorgersi della sua presenza.

Altri membri della squadra blu, che non avevamo neanche notato, uscirono di corsa dal bosco intorno al mulino, cercando di fermare l'inevitabile. Aprirono il fuoco su Erica, ma era troppo tardi. Aveva già preso la bandiera.

L'attenzione di tutti era sul mulino.

Tranne quella di due persone, immaginavo.

Corsi nella direzione dove avevo visto sparire Chip. L'attacco di Erica era durato solo pochi secondi, ma mi ero comunque lasciato distrarre troppo a lungo.

Sfrecciai fra gli alberi, saltando le rocce, scivolando sul ghiaccio e la neve, fino ad arrivare al casotto di pietra. Due serie di impronte conducevano alla porta, che era ancora aperta, grazie a un blocco di ghiaccio che ci si era incastrato.

Esitai, chiedendomi se spalancarla per cogliere Chip e Hauser di sorpresa, ma poi il vento prese la decisione al mio posto e con un soffio la aprì di scatto.

Era un casotto di pochi metri quadrati, con file e file di attrezzi da giardinaggio appoggiati alle pareti.

All'interno non c'era traccia di Chip e Hauser.

Erano svaniti nel nulla.

SORVEGLIANZA

Sotterraneo, Livello 1

8 febbraio, ore 14:45

Anche se alla scuola delle spie succedevano un sacco di cose sorprendenti, ero relativamente sicuro che neanche lì qualcuno fosse in grado di mettere in atto una dispersione molecolare istantanea. Sapevo che Chip e Hauser erano entrati nel casotto: sul pavimento c'erano ancora le impronte dei loro scarponi bagnati. Il problema era capire dove erano andati.

Non mi fidavo a inseguirli da solo, dato che entrambi erano molto più grossi di me e avevano molti più anni di addestramento su come fare del male alle persone. Ma non avevo molta scelta. In lontananza vedevo che i festeggiamenti per la vittoria della mia squadra erano già cominciati. Zoe e tutti gli altri stavano correndo verso il mulino, inneggiando a Erica. Ci avrei messo parecchi minuti per tornare indietro e convincere qualcuno a venire ad aiutarmi, minuti che non avevo se volevo restare alle calcagna di Chip e Hauser.

Al di sotto della preoccupazione, però, correva anche una vena di eccitazione. Là fuori facevano tutti finta di essere delle spie, mentre io avevo l'opportunità di esserlo sul serio. Avevo una missione autentica: scoprire che cosa tramava Chip. E se ci fossi riuscito, forse presto gli altri avrebbero inneggiato a *me*.

Ispezionai il casotto alla ricerca di indizi. Non confinava con altri edifici, quindi c'era un'unica direzione in cui Chip e Hauser avrebbero potuto andare: verso il basso.

Guardai di nuovo il pavimento. Era di cemento consumato, scheggiato e segnato da anni di incuria. Al centro del capanno c'era un piccolo quadrato di circa un metro per lato, inserito all'interno del quadrato più grande che costituiva il resto del pavimento. Le impronte di Chip e Hauser finivano nel quadrato centrale, eccetto una: c'era l'impronta della punta di uno scarpone spostata verso il muro più lontano dalla porta, come se uno di loro si fosse alzato in punta di piedi per raggiungere qualcosa in alto.

Controllai rapidamente la parete di fondo. C'era appesa una rastrelliera piena di attrezzi da giardino – tubi di gomma, rastrelli, vanghe, cesoie – con lame arrugginite e manici consumati. Era come stare in un catalogo di giardinaggio degli anni Cinquanta. Più in alto c'era un'altra rastrelliera per gli oggetti più piccoli: lanterne, palette, prolunghe arrotolate. L'impronta parziale sembrava orientata in direzione di una paletta. Dato che sia Chip che Hauser erano almeno dieci centimetri più alti di me, dovetti salire su un sacco di fertilizzante per raggiungerla.

La paletta era fissata a un gancio rugginoso, quindi non si staccò, ma quando la afferrai si girò verso l'alto, come un interruttore.

Dall'interno del muro si sentì un lieve scatto metallico, seguito da un forte sibilo da sotto il pavimento. Il quadrato interno di cemento si abbassò all'improvviso.

Chiusi la porta del casotto e saltai sul quadrato.

Scese in una galleria sotterranea dieci metri sotto la superficie. Era larga cinque metri e alta tre, abbastanza per lasciar passare una macchinina elettrica da golf. Le pareti, il pavimento e il soffitto erano di cemento. Nelle crepe del soffitto si erano fatte strada delle radici, quindi quel posto esisteva da decenni. Dalle crepe colava dell'acqua che ristagnava sul pavimento e creava un odore umido e malsano, come le docce della palestra nella mia vecchia scuola.

La galleria era ben illuminata – c'erano lampade sul soffitto ogni pochi metri – ma faceva una curva, tornando in direzione della scuola, quindi non vedevo nessuno davanti a me. Però li sentivo. Chip e Hauser non si preoccupavano di tenere la voce bassa, convinti che nessuno sapesse dov'erano, e l'eco delle loro voci arrivava fino a me.

Saltai giù dal quadrato di cemento. La galleria terminava lì dietro, proprio dove doveva esserci il muro esterno che circondava il terreno della scuola. Sulla parete accanto c'erano due pulsanti rossi con le frecce verso l'alto e verso il basso, come quelle degli ascensori. Spinsi la freccia verso l'alto.

Il quadrato di cemento cominciò a salire e vidi come funzionava. Era azionato da una colonna pneumatica, piuttosto silenziosa a parte il sibilo dell'aria, infatti Chip e Hauser non lo sentirono: le loro voci lo coprivano. Il quadrato di cemento richiuse perfettamente il varco nel soffitto.

Temendo che i miei scarponi pesanti facessero rumore sul cemento, me li sfilai e li tenni in mano, procedendo solo con le calze sul pavimento bagnato. Quando superai la curva vidi Chip e Hauser in lontananza. Camminavano in fretta, diritti verso uno scopo.

Non parlavano di cose illegali. Hauser si lamentava dell'ingiustizia del professor Oxley durante l'ultimo esame di guida aggressiva. «Abbiamo dovuto guidare delle macchine antiche, con il cambio manuale. Quando è stata l'ultima volta che si è vista in giro un'auto con il cambio manuale?»

«Bisogna essere preparati a tutto», disse Chip.

«Be', comunque non sono stato l'unico a non riuscirci», sbottò Hauser sulla difensiva. «Stubbs non è riuscita neanche a uscire dal parcheggio. Alla fine ha innestato la retromarcia e ha quasi investito metà della classe.»

Mentre ci avvicinavamo al centro della scuola, cominciai a vedere altre gallerie che si diramavano da quella che stavamo seguendo. E poi cominciarono a comparire delle porte. La prima che superai aveva una targa: MAGAZZINO B-213. La successiva era un altro magazzino, B-212. In breve quel posto si trasformò in un labirinto. Girammo a destra e a sinistra. Se non avessi avuto i miei obiettivi sotto gli occhi, li avrei persi. E dubitavo di riuscire a ritrovare la strada per il casotto, anche se non pensavo sarebbe stato un problema. Eravamo entrati in quello che chiaramente era un importante livello sotterraneo della scuola. Il casotto, con quel piccolo ascensore pneumatico, non poteva essere l'unico ingresso. Dovevano esserci altri punti di accesso e di uscita.

Comunque ero sbalordito dalla grandezza del livello sotterraneo, e dal fatto che non avevo idea che ci fosse. Mi venne in mente che Alexander, prima del mio EACS, aveva detto qualcosa come "C'è molto più di quello che appare a prima vista", ma al momento credevo che fosse solo una metafora. Nelle ultime tre settimane avevo dato per scontato che la scuola fosse costituita soltanto dagli edifici a livello del suolo. In quel momento capii che, come molte altre cose alla scuola delle spie, c'era molto di più sotto la superficie.

Superammo altre stanze, dedicate alle attrezzature meccaniche ed elettriche, oppure camere misteriose non identificate, con accesso multicodice, dormitori e sale mensa che probabilmente risalivano alla Guerra Fredda, quando tutti temevano che una guerra nucleare potesse obbligarli a vivere sottoterra per un anno. Lungo le pareti e il soffitto si snodavano tubi e fili elettrici. Nei corridoi cominciarono ad apparire oggetti abbandonati, come schedari e carrelli, come se nonostante tutti quei magazzini non ci fosse abbastanza spazio dove tenerli. Il complesso era deserto in modo inquietante: erano ancora tutti all'aperto.

Però la situazione sarebbe cambiata presto, dato che la guerra simulata era finita, e Chip lo sapeva. Continuava a guardare l'orologio e a mettere fretta a Hauser.

All'improvviso si fermò. Si trovavano in una sezione ordinaria della galleria, identica a tutte le altre sezioni che avevamo attraversato.

Mi tuffai dietro un carrello carico di sacchi di uova in polvere, proprio mentre Chip lanciava un'occhiata furtiva nella mia direzione. Non mi vide – non vide nessuno – e decise che il campo era libero.

«Guarda là» sussurrò, poi indicò una cosa infilata fra i tubi che correvano lungo la parete.

«Porca vacca», ansimò Hauser.

Avevo ancora il telemetro di Zoe. Me lo portai all'occhio e puntai verso l'oggetto. Colsi un groviglio di fili rossi e blu con dello stucco giallino prima che Hauser, spostandosi, mi bloccasse la visuale.

Non potevo esserne certo, ma sembrava proprio una bomba. Naturalmente tutto quello che sapevo delle bombe veniva dai film. Non ne avevo mai vista una dal vero (Costruzione e Disinnesco degli Esplosivi era una materia del quarto anno, non la insegnavano finché la nostra coordinazione occhio-mano non diventava più stabile). Per quello che ne sapevo, una bomba autentica poteva avere l'aspetto di un mazzolino di fiori.

«Hai il kit?» chiese Chip.

Hauser tirò fuori dalla tasca una scatolina grigia, ma ancora una volta non riuscii a vedere che cosa ci facevano. Hauser era già molto grosso, in più con quell'ingombrante giaccone invernale bloccava metà della galleria.

«Quindi questo è Scorpius, eh?» chiese Hauser.

«*Scorpione*», lo corresse Chip. «Tienilo fermo.»

Hauser si spostò di lato. Riuscii di nuovo a intravedere i fili.

Se volevo che Erica o Alexander mi credessero, avevo bisogno di prove. Ripescai il cellulare dalla tasca e appoggiai il telemetro sulla fotocamera, sperando di poterlo usare come un teleobiettivo. Però era difficile tenere fermi entrambi, così appoggiai il telemetro sopra un sacco di uova in polvere e cercai di metterlo a fuoco.

All'improvviso il cellulare mi vibrò in mano.

Era un messaggio. A Washington avevo cercato centinaia di volte di usare il telefono sottoterra – praticamente tutte le volte che avevo preso la metropolitana – e non avevo mai trovato campo. Invece adesso, in una galleria sotterranea profonda dieci metri, il cellulare aveva deciso di funzionare proprio nel momento peggiore possibile. La vibrazione improvvisa mi spaventò e colpii il telemetro, che rotolò giù dal sacco e cadde a terra con fragore.

E se non fosse bastato quello, nel silenzio della galleria, il telemetro rotolò via rumorosamente – dritto verso Chip e Hauser.

Ormai era inutile nascondersi. Mi misi a correre.

«Ehi!» gridò Chip. Poi sentii i suoi passi e quelli di Hauser che mi seguivano nel corridoio.

Mi buttai dietro il primo angolo, sperando che non mi avessero visto in faccia, poi girai anche il successivo. Cercai qualche punto di riferimento per ritrovare la bomba più tardi, ma i corridoi erano tutti uguali e andavo troppo veloce per poter leggere i numeri sulle porte.

Vidi una scala davanti a me e mi lanciai in quella direzione, anche se, senza scarpe, non potevo prendere molto slancio sul pavimento bagnato. Sentii i passi avvicinarsi rapidamente alle mie spalle.

«Tanto vale che ti fermi, Ripley!» gridò Chip in tono di scherno. «Puoi scappare, ma non puoi nasconderti! Ti troverò prima o poi!»

Comunque, «poi» mi sembrava l'opzione migliore. Mi lanciai sulle scale. Dopo due rampe trovai una porta d'acciaio. La spinsi con tutte le mie forze...

Proprio mentre Chip mi raggiungeva. Afferrò il cappuccio del mio giaccone, ma l'inerzia lo trascinò in avanti insieme a me. Rotolammo su una moquette consunta.

Mi spostai di lato e vidi il pugno di Chip in rotta di collisione con la mia faccia. Scartai verso destra. Le nocche di Chip mi sfiorarono l'orecchio, poi raggiunsero il pavimento.

Mentre Chip ululava di dolore, cercai di strisciare via, ma lui mi prese una caviglia e mi fece ricadere.

«Che cosa hai visto?», chiese con prepotenza.

«Niente!» Cercai di divincolarmi, scalciando sul suo braccio con il piede libero.

Chip mi saltò addosso.

Nei film, quando c'è un combattimento di spie, i contendenti fanno una bellissima figura, usando una combinazione di arti marziali e armi improvvisate con astuzia, spesso in ambientazioni pittoresche, come un castello nelle Alpi francesi.

Il nostro combattimento non fu niente del genere. Chip di certo sapeva combattere – avevo scoperto che l'unica materia in cui andava davvero bene erano le arti marziali – mentre io non avevo ancora fatto nessun vero addestramento. Però avevo passato ogni minuto libero delle ultime settimane ad approfondire le tecniche di autodifesa. Date le circostanze, decisi per la mossa detta dell'«armadillo ritroso», che prevedeva semplicemente di chiudermi a riccio e coprirmi la testa con le mani. La scelsi per due ragioni: (1) era assurdamente facile e quindi l'avevo già imparata alla perfezione, a differenza di procedure molto più complicate come «lo scoiattolino scaltro» o «il cobra spastico», e (2) avevo un pesante abbigliamento invernale, che mi proteggeva non solo dal freddo ma anche dagli attacchi di Chip.

Quindi Chip fu costretto a scendere al mio livello, rotolando sul pavimento e cercando di trovare un varco. Mandò a segno qualche pugno sulle braccia e sulla schiena, ma il mio piumino da sci era così ben imbottito che poteva avermi preso a cuscinate. Nel frattempo cercavo di raggiungere i punti sensibili, per obbligarlo a lasciarmi andare – un dito nell'occhio o una ginocchiata nei testicoli – anche se il meglio che riuscii a fare fu dare una gomitata a una sedia.

«Per l'amor del cielo!» ringhiò Chip. «Non potresti combattere da uomo?»

«No grazie» risposi. Per me andava benissimo l'armadillo ritroso.

«Che cosa succede qui?»

La voce del preside risuonò così minacciosa da spaventare perfino Chip. Il combattimento finì all'istante.

Per la prima volta da quando ero uscito dal livello sotterraneo, ebbi l'occasione di guardarmi intorno. Per tutto il combattimento ero rimasto con la testa sotto le braccia. Scoprii che eravamo sbucati nel salone d'ingresso del Padiglione Hale – da dietro un pannello segreto nel muro, che era rimasto aperto – e che quindi la nostra lotta si era svolta nel punto forse più frequentato della scuola. Dozzine di studenti e insegnanti erano appena rientrati dalla guerra simulata solo per trovare noi due che ci rotolavamo per terra come idioti.

«Ha cominciato lui», disse Chip puntandomi il dito contro.

«Non è vero!» protestai.

«Non mi interessa chi ha cominciato!» ruggì il preside. «Non sono permessi combattimenti in accademia!»

«Ma lo facciamo sempre, a lezione», disse Chip.

«Per ricevere una valutazione!» sbottò il preside. «I combattimenti non autorizzati sono tutta un'altra cosa. Voglio vedervi entrambi nel mio ufficio, subito!»

Gli studenti risposero con un coro di «oooh». Nessuno avrebbe voluto essere nei nostri panni.

Mi misi a sedere, impaurito e imbarazzato, e notai dei visi familiari fra la folla. Zoe sembrava ammirata che avessi attaccato Chip. Warren (ancora ricoperto di blu) sembrava seccato che Zoe fosse ammirata. Murray sembrava preoccupato per me. Hauser e Stubbs sembravano preoccupati per Chip. Tina, la mia tutor, sembrava imbarazzata, come se la mia cattiva condotta in qualche modo si riflettesse anche su di lei. Il professor Crandall sembrava non avere idea di che cosa stesse succedendo: era troppo occupato a cercare di staccare del ghiaccio che gli si era formato nelle sopracciglia.

E poi arrivò Erica.

Era strano vederla in mezzo alla folla. Erica era così solitaria che sembrava fuori posto circondata da altre persone.

Cosa ancora più strana, si inginocchiò accanto a me e mi prese il viso fra le mani. «Stai bene?» mi chiese. Fu un gesto così gentile e premuroso che mi chiesi per un attimo se qualcuno avesse sostituito la vera Erica con un agente nemico. A giudicare dalla reazione di quasi tutti gli altri, anche loro si stavano chiedendo la stessa cosa. Ma si trattava sicuramente di Erica. Aveva lo stesso meraviglioso profumo di gigli e polvere da sparo, insieme a un vago sentore di vernice.

«Ho avuto momenti migliori», risposi. Poi mi chinai in avanti e sussurrai: «C'è una bomba sotto la scuola».

Erica rimase impassibile. La sua espressione non cambiò. Come se le avessi detto che mi piacevano i coniglietti. Cominciai a chiedermi se mi avesse sentito, ma mentre mi aiutava ad alzarmi bisbigliò una risposta: «Ci penso io. Mi terrò in contatto».

Non ebbi il tempo di chiedere altro. Il preside ci indicò la scala verso il suo ufficio. Io e Chip lo seguimmo rispettosamente.

Mentre ci avviavamo, anche Chip mi bisbigliò qualcosa. «Dì soltanto una parola su quello che hai visto laggiù e sei morto.»

La folla si divise per lasciarci passare, e notai che le espressioni dei miei compagni erano cambiate. Non sembravano più impietositi perché dovevo affrontare l'ira del preside. Invece mi guardavano pieni di curiosità, chiedendosi come diavolo proprio io fossi riuscito a guadagnarmi l'interesse di Erica. Molti ragazzi sembravano molto più colpiti in quel momento rispetto a quando avevano saputo della mia vittoria sul sicario nemico.

Il che mi fece quasi pensare che valesse la pena di essere aggredito da Chip e spedito nell'ufficio del preside.

Quasi. Ma non proprio.

PROVOCAZIONE

Ufficio del preside

8 febbraio, ore 15:20

Il preside aveva cominciato la sua predica da cinque minuti quando scoprii che cosa intendeva Erica quando aveva detto che si sarebbe tenuta in contatto.

Non seguivo il discorso con particolare attenzione. Forse neanche il preside lo seguiva. Parlava per sentire il suono della propria voce, blaterava ripetendo quanto l'accademia pretendeva dai propri allievi e quanto io e Chip fossimo lontani dai suoi standard e che se uno di noi due pensava di ottenere un lavoro decente come agente operativo con un comportamento del genere, ci aspettava una cocente delusione. Anzi eravamo fortunati che non ci cacciasse dalla scuola su due piedi…

Mi stupivo di sentirmi così calmo in quella situazione. Nei miei 1.172 giorni di scuola pubblica non ero mai finito nei guai, tantomeno ero stato mandato nell'ufficio del preside. Però, anche se non ero felice, sapevo anche che il preside non poteva sbattermi fuori. L'intera caccia alla talpa si basava sulla mia presenza lì. In realtà mi avrebbe spaventato di più minacciando di tenermi a scuola a tempo indefinito.

In ogni caso, il vero motivo per cui non ero molto preoccupato per il preside era che avevo un sacco di altre cose per cui preoccuparmi molto. Come quello che stavano facendo Chip e Hauser nella galleria sotterranea.

C'era davvero una bomba laggiù? E che cosa ci stavano facendo? Era una bomba funzionante? Stavano cercando di attivarla? E se sì, perché?

Che cos'era Scorpione? Sembrava il nome in codice di qualche operazione segreta, ma che tipo di operazione? Il nome «Scorpione» era una chiave per capirlo? Sapevo che Scorpione era un mitologico scorpione gigante – una belva molto pericolosa che aveva sconfitto Orione, il cacciatore quasi invincibile. Lo Scorpione era anche una costellazione e un segno zodiacale che durava dal 23 ottobre al 22 novembre. Era un indizio? L'operazione Scorpione doveva avvenire in quel periodo? Se era così, mancava un bel po' di tempo.

Ero contento di essere riuscito a dire a Erica della bomba. Speravo che stesse già indagando, mentre noi eravamo lì seduti. Pensai anche di parlarne al preside, ma non volevo farlo davanti a Chip. Alla scuola pubblica, se qualcuno ti diceva una frase come «Dì soltanto una parola di quello che hai visto laggiù e sei morto», si capiva che era un'esagerazione. Alla scuola delle spie invece ti insegnavano proprio come metterla in pratica – e ti fornivano le armi adatte.

In ogni caso, probabilmente Erica era molto più competente del preside. Di certo aveva già individuato la bomba, l'aveva disinnescata e aveva capito chi c'era dietro. O così speravo. Non vedevo l'ora di uscire da quell'ufficio – non solo per scoprire che cosa stava succedendo, ma anche per abbandonare l'edificio nel caso la bomba esplodesse e riducesse tutto in briciole (pensai brevemente che la bomba non doveva essere innescata, perché in quel caso Chip sarebbe stato in un bagno di sudore. Ma poi pensai anche che, se Chip era un incapace come diceva Erica, non avrebbe saputo capire se era innescata o no – e quindi temere per la mia vita restava la cosa più saggia).

Sfortunatamente il preside non dava segni di cedimento. «Cercare di farvi del male a vicenda è inaccettabile», stava dicendo. «Dovreste cercare di fare del male ai nostri nemici, per l'amor del cielo.»

«Ciao Ben», disse Erica.

Raddrizzai la schiena di scatto, spaventato. Era come se Erica fosse proprio dietro di me. Cominciai a voltarmi…

«Non voltarti!» mi ordinò lei.

Non lo feci.

«Non fare niente», continuò lei. «E non rispondermi. Non sono nella stanza. Tu sei l'unico che può sentirmi.»

All'improvviso capii che la voce di Erica non veniva affatto da dietro. In realtà sembrava provenire da dentro. Come se fosse un pensiero nella mia testa.

«Di sotto ti ho inserito nell'orecchio una trasmittente wifi miniaturizzata», mi spiegò Erica. «Il che significa che posso sentire tutto quello che sta dicendo quel pallone gonfiato.»

Mi accigliai. Allora era per quello che Erica mi aveva preso il viso fra le mani. Non era stato affatto un gesto affettuoso. Era solo una finta per piazzare la trasmittente.

Avere una trasmittente nell'orecchio è molto fastidioso. Il primo istinto, quando qualcuno ti parla – o ti dice che ti ha infilato un aggeggio tecnologico in testa senza il tuo permesso – sarebbe di rispondere. Ci volle tutto il mio autocontrollo per evitare di farlo.

Già così, Chip mi guardava con sospetto. Il mio scatto spaventato alle prime parole di Erica aveva attirato la sua attenzione. Invece il preside era ancora perso nella sua ramanzina. Era così preso a pontificare che se un branco di elefanti avesse attraversato la stanza, non se ne sarebbe accorto.

«Sei esattamente dove mi servi», mi disse Erica.

«Adesso devi fare due cose: primo, fai molta attenzione al preside. Non a quello che dice, a quello che fa. Non devi togliergli gli occhi di dosso neanche per un secondo. Cerca di ricordare tutto… Secondo, devi insultarlo.»

Che cosa?! avrei voluto chiedere. Quasi lo feci. Ci volle una forza di volontà incredibile per trattenermi. Non riuscivo a capire perché mai Erica potesse volermi mettere in guai ancora peggiori. Per via della natura monodirezionale della nostra comunicazione, però, non avevo modo di chiederglielo.

«So che ti chiedo molto, ma devi fidarti di me.» La voce di Erica era carezzevole e decisa. «Ti prometto che alla fine andrà tutto bene.»

Per qualche ragione, le credetti. Forse perché Erica era l'unica persona di cui mi fidavo. Forse perché le sue parole nella mia testa sembravano quasi parole mie. Più probabilmente, volevo solo guadagnarmi la sua stima. Se me lo avesse chiesto con gentilezza, forse mi sarei anche buttato davanti a una locomotiva. Quindi cercai un'occasione per combinare un guaio – e non mi ci volle molto per trovarla.

«Quando io studiavo qui, sapevamo bene come ci si comportava», ci rimproverò il preside. «Volete sapere qual era la punizione per le risse, a quei tempi?»

«Caspita, deve essere stato moltissimo tempo fa», dissi. «Vi legavano alla palizzata per frustarvi? Si usava molto nel periodo coloniale.»

Il preside si girò verso di me. «Che cosa hai detto?»

«Che lei è vecchio», risposi. «Forse per lei era troppo sottile?»

Al mio fianco, Chip spalancò gli occhi. Non ne ero sicuro, perché stavo fissando il preside, ma forse avevo fatto colpo su di lui.

Con Erica ci ero riuscito di certo. «Perfetto!» gridò con entusiasmo. «Insisti!»

Il preside diventò rosso come il sedere di un babbuino. Si precipitò su di me e mi aggredì. «Devo presumere, Ripley, che pensi di non essere abbastanza nei guai, per oggi? Vuoi una punizione ancora peggiore?»

«Qualsiasi cosa sia, non sarà peggio del suo alito» risposi. «Che cosa ha mangiato a pranzo, cacca di cane?»

Questa volta sentii chiaramente la risatina di Chip.

Il preside arretrò. Per un momento sembrò indeciso. Evidentemente nessuno studente gli aveva mai parlato in quel modo. Sembrava che volesse espellermi su due piedi – solo che non poteva, e quindi riusciva solo a infuriarsi sempre di più. Strabuzzò gli occhi e si passò le dita nei capelli finti. «Questo è troppo!» finì per gridare. «Ti metterò in punizione, sotto stretta osservazione disciplinare!»

«Faglielo fare subito», mi disse Erica.

«Benissimo», risposi. «Facciamolo.»

Di nuovo il preside sembrò confuso: tutte le sue minacce avevano l'effetto opposto a quello voluto. «Adesso?»

«Adesso», disse Erica.

«Adesso», ripetei.

«Molto bene, ragazzo. Avrai quello che vuoi.» Il preside andò alla scrivania e fissò il computer con aria assente. Dopo un po' prese un dizionario dallo scaffale alle sue spalle, lo aprì di scatto – come se volesse ricordarsi come si scriveva la password – poi lo richiuse e si collegò al terminale. Cominciò a scrivere una e-mail, ripetendo il testo ad alta voce per farmelo sentire. «All'attenzione del corpo insegnante: con decorrenza immediata lo studente del primo anno Benjamin Ripley deve essere messo sotto stretta osservazione disciplinare, fino a nuovo ordine di questo ufficio...»

«Ehi.» Era un sussurro così lieve che mi ci volle un attimo per capire che non veniva da Erica. Era Chip.

Girai gli occhi verso di lui.

«È stato pazzesco» disse, un decibel più forte.

«Grazie», risposi sussurrando.

«...e da questo momento gli verranno revocati tutti i diritti normalmente accordati agli studenti», concluse il preside. Poi mi fissò con occhi severi. «Hai voluto agitare il drappo rosso davanti al toro, e adesso assaggerai le corna.»

«È buffo» risposi. «Quando la guardo, mi viene più da pensare all'altra estremità del toro.»

«Buono, Tigre», disse Erica. «Adesso puoi rilassarti. Missione compiuta.»

Sarebbe stato carino dirmelo *prima* che parlassi. Quell'insulto finale fu l'ultima goccia per il preside. Era così arrabbiato che pensai avrebbe cominciato a zampillare lava dalle orecchie. Quello schifo di parrucchino si era staccato e gli pendeva di traverso sulla testa, lo faceva sembrare un pasticcino con la glassa sbilenca. Ritornò a precipizio su di me e mi agitò un dito grassoccio davanti al naso. «Molto bene, piccolo furbacchione. Credi che non possa fare di peggio? E allora caliamo la mannaia. Da ora in poi dormirai nella Scatola.»

«Ma... io dormo già nella Scatola» risposi.

L'espressione del preside si fece vacua. «Davvero? E da quando?»

«Uh... da quando sono arrivato qui» risposi.

«E perché?» chiese irritato. «Quale idiota ti ha messo nella Scatola?»

Feci una smorfia, sapendo che la risposta non gli sarebbe piaciuta. «È stato lei.»

Accanto a me, Chip si sforzava talmente di non ridere che stava diventando rosso anche lui. Il preside però non se ne accorse. La mia risposta, per quanto fosse corretta, aveva riacceso la sua rabbia. Tremava in tutto il corpo.

Prima che potesse aggredirmi di nuovo, cercai di spiegargli.

«Un sicario ha cercato di uccidermi in camera mia, ricorda? Così mi ha assegnato alla Scatola per la mia sicurezza.»

Il preside esitò di nuovo, a metà fra la rabbia e la confusione. «E sei ancora lì?» chiese in tono rabbiosamente confuso.

«Nessuno mi ha mai detto che potevo uscire» risposi.

«Be', non puoi!» sbottò il preside in tono petulante. «Ma non perché non sia sicuro. Perché sarai punito per insubordinazione. E resterai nella Scatola finché io non deciderò altrimenti. Hai passato il limite, caro mio. Da ora in poi la mia missione sarà quella di renderti la vita un inferno per il resto della tua permanenza qui!» Premette un pulsante rosso sulla scrivania.

Un attimo dopo due agenti speciali fecero irruzione nella stanza, con le armi spianate. Entrambi reagirono con sorpresa – e poi delusione – vedendo che davanti al preside erano seduti soltanto due studenti e non, per esempio, degli agenti nemici.

«Scortate il signor Ripley direttamente alla Scatola» ordinò il preside.

«Ehm...» disse uno degli agenti, «il bottone rosso sarebbe da usare soltanto per le emergenze».

«Questa è un'emergenza!» abbaiò il preside. «Questo ragazzo si è reso colpevole di totale insubordinazione. Bisogna dare l'esempio.» Riportò lo sguardo su di me. «Ricorda le mie parole, Ripley. Rimpiangerai il giorno in cui mi hai incontrato.»

«Lo rimpiango già.» Non riuscii a trattenermi, anche se Erica non me lo aveva chiesto. Non sembrava possibile dire qualcosa che mi mettesse in guai peggiori di quelli.

Anche se gli agenti speciali non erano felici degli ordini ricevuti dal preside, lui era un ufficiale superiore e quindi li eseguirono. Mi presero per le braccia, tirandomi in piedi, e mi accompagnarono fuori a passo di marcia.

Chip Schacter ci seguì a ruota. Il preside si era talmente arrabbiato con me che si era chiaramente dimenticato di averci convocati entrambi, all'inizio, per la ramanzina.

«Ripley, sarai anche falso e bugiardo, ma hai del fegato», disse Chip.

«Grazie» risposi.

Lo sguardo di Chip si fece minaccioso. «Ma ti conviene comunque tenere la bocca chiusa su quella cosa.»

Gli agenti mi trascinarono via prima che potessi rispondergli.

Quindi mi ero guadagnato un briciolo di rispetto da parte di Chip Schacter – e forse da parte di Erica – e non avevo dovuto fare altro che mettermi in guai talmente grossi col preside che il resto dei miei anni alla scuola delle spie sarebbero stati un inferno continuo.

Non sembrava l'affare migliore del mondo. Speravo solo che Erica sapesse quello che faceva.

ANALISI

La Scatola

8 febbraio, ore 16:00

Solo dopo essere stato scortato come un criminale davanti a tutta la scuola e poi rinchiuso nella Scatola per la notte, mi ricordai finalmente di controllare i messaggi sul cellulare. Era successo tutto così in fretta che non avevo mai letto l'SMS che in origine aveva rivelato a Chip la mia presenza.

Era di Mike.

Un'altra festa da Pasternak domani sera. Vuoi che ti venga a prendere?

Un mese prima, sarebbe stato il messaggio più fantastico che potessi ricevere. Invece ormai era solo un'altra prova di quanto facesse schifo la mia vita all'accademia. Mike era ospite fisso da Elizabeth Pasternak, mentre io avevo passato il pomeriggio a farmi picchiare e manipolare – e sarei rimasto sottochiave per i successivi cinque anni e mezzo.

Scuola pubblica 1, Scuola delle spie -1.000.

Certo Mike, avrei voluto rispondere. *Mi piacerebbe che venissi a prendermi. A proposito, ti serviranno un commando speciale e un'auto per la fuga.*

In quel momento comunque non potevo nemmeno sparare una scusa banale per rifiutare. La Scatola aveva la copertura wi-fi di una miniera, cioè nessuna.

Forse sarei stato meno disperato se avessi avuto notizie di Erica, ma dopo l'ufficio del preside aveva instaurato il silenzio radio. Non avevo ancora idea del perché mi avesse chiesto di tormentare il preside, né se avesse individuato la bomba. Se non lo aveva fatto, significava che mi trovavo rinchiuso in un sotterraneo insieme a un ordigno esplosivo innescato.

Se poi era davvero un ordigno esplosivo innescato. Mi resi conto di non averlo neanche guardato bene...

Però potevo ancora farlo. Mi ricordai all'improvviso che quando avevo ricevuto il messaggio di Mike stavo facendo una foto alla bomba. Recuperai in fretta la *Guida pratica alle bombe e ad altri ordigni incendiari* di Peachin e poi richiamai la foto sul telefono.

Scoprii di aver fatto un bellissimo scatto... al mirino del telemetro. Non avevo alcuna prova fotografica della bomba.

Sospirai e mi lasciai cadere sul letto, sentendomi depresso e inutile. E per di più imprigionato. Da qualche parte, al livello del suolo, probabilmente Zoe e gli altri miei nuovi amici stavano festeggiando la vittoria alla guerra simulata in una sala comune, o magari si allenavano a sparare colpi micidiali al poligono di tiro. Intanto io ero in totale isolamento.

Non c'era nulla che potessi fare, a parte i compiti. Aprii *Crittografia di base* di Forsyth, lessi fino ad annebbiarmi gli occhi e poi guardai la mia sveglia e vidi che erano soltanto le quattro e mezza del pomeriggio.

Il tempo non passava mai dietro le sbarre.

Arrancai per un altro capitolo, appisolandomi diciassette o diciotto volte, poi ricontrollai la sveglia.

Erano ancora le quattro e mezza del pomeriggio.

O il tempo *davvero* non passava mai dietro le sbarre, oppure la mia sveglia era rotta.

Controllai sul telefono. In realtà erano le otto e mezza di sera, il che spiegava perché stavo morendo di fame. Nessuno era venuto a portarmi la cena. Mi chiesi se facesse parte della punizione, o se l'amministrazione si fosse semplicemente dimenticata di me. Ero alla scuola delle spie da abbastanza tempo per capire che si trattava della seconda opzione e la cosa cominciò a preoccuparmi. Potevo superare la notte senza cibo, ma se nessuno si fosse ricordato che ero nella Scatola neanche il mattino dopo, la situazione si sarebbe fatta spiacevole.

Comunque non era ancora il caso di andare in panico. Magari era soltanto un test per vedere se reggevo la pressione. Se era così, gli avrei dimostrato di essere un osso duro. A beneficio delle telecamere che forse mi inquadravano, finsi disinvoltura, come se mi stessi davvero godendo l'isolamento. Mi sdraiai sulla branda e feci un sospiro di soddisfazione. «Fantastico», dichiarai per eventuali microfoni nascosti. «Tutto questo tempo per me. È come una vacanza.»

Poi controllai distrattamente la sveglia, per vedere se riuscivo a impedirle di continuare a insistere sulle quattro e mezza del pomeriggio.

Dopo un minuto mi resi conto che non avevo la benché minima idea di come si aggiusta una sveglia. Così feci l'unica cosa che mi venne in mente. Calai un pugno.

Funzionò. La sveglia si rimise in moto.

Tanto per provare, calai un altro pugno. Si fermò.

Terzo colpo. Si riavviò. Riportai l'orario alle 20:31, poi cominciai a chiedermi come ammazzare le successive tre ore, fino al momento di andare a dormire.

Ripresi *Come restare vivi* di Dyson, non esattamente un antidoto alla noia. Era incredibile come i libri di testo alla scuola delle spie riuscissero a prendere materie teoricamente interessanti e a renderle eccitanti come delle istruzioni di montaggio. Cercai di approfondire le tecniche base del combattimento a mani nude, che avrebbero dovuto essere non solo interessanti, ma anche rilevanti per la mia situazione specifica. M addormentai in pochi minuti.

Mi svegliai con la sensazione, ormai fastidiosamente familiare, di qualcuno che mi bloccava le braccia e mi premeva la bocca con una mano. Era troppo buio per vedere il mio aggressore, ma per fortuna profumava di gigli e polvere da sparo.

«Ciao Erica» dissi, anche se la sua mano soffocò il mio saluto.

«Ti converrebbe leggere il capitolo sul sonno leggero, nel caso la prossima volta ti entrasse in camera qualcuno di realmente pericoloso.» Le parole erano brusche, ma il tono di Erica non era freddo come al solito: era come se le avesse dette con un vero sorriso. Il fatto che ero rimasto calmo in quella situazione l'aveva colpita.

Mi tolse la mano dalla bocca e si sedette sul letto.

«Deduco che hai disattivato i microfoni?» chiesi.

«Naturalmente», rispose Erica.

Lanciai un'occhiata alla sveglia: le nove e dieci.

«Sei arrivata prima del previsto», le dissi.

«È l'una di notte, dormiglione. Devi proprio prenderti una sveglia nuova.»

In realtà non mi aspettavo che venisse. Avevo solo sperato ardentemente di vederla comparire. Ero fiero di me per aver dimostrato tanta disinvoltura, anche se speravo che non riuscisse a sentire il folle battito del mio cuore nel buio. «Hai trovato la bomba?»

«No.»

A quel punto mi irrigidii sul serio. Non riuscivo più a controllare la paura. «Vuoi dire che è ancora là fuori...?»

«Non ti agitare, fiorellino. Non l'ho trovata perché non c'è più.»

«Sei sicura che non ti sia sfuggita?»

Se una cosa del genere fosse possibile, sentii che Erica aggrottava la fronte. «È di *me* che stiamo parlando. Ho analizzato tutti i livelli sotterranei della scuola, perfino quelli di cui non dovrei essere al corrente. Non c'è nessuna bomba là sotto.»

«Questa era infilata fra le tubature al primo livello –»

«A circa venti metri da un bancale di uova in polvere. Lo so. Ho trovato il posto dov'era piazzata la bomba. Ma come ho detto, ora non c'è più. Era rimasta solo una traccia di esplosivo al plastico C4. E un vago sentore tossico del dopobarba di Chip Schacter. Era per questo che vi picchiavate? L'hai visto laggiù con quella roba?»

«Sì. Lui e Hauser. Sono entrati da un ingresso segreto nel casotto degli attrezzi mentre –»

«Io prendevo la bandiera della squadra blu. Sì, ho visto che lo seguivi.»

«Attraverso il nevischio, mentre combattevi contro una dozzina di avversari?»

«Sono brava a fare più cose insieme.»

«Certo. Ma perché non ci hai seguito?»

«Perché dovevo andare a prendere il microfono miniaturizzato da metterti quando ti avrebbero beccato a fare a botte.»

Ci pensai per un secondo. «Volevi dire "nel caso che" mi beccassero a fare a botte?»

«No», rispose Erica. «Secondo i miei calcoli c'era una fortissima probabilità che Chip ti scoprisse e poi cercasse di farti nero.»

Feci una smorfia di imbarazzo per la mia prestazione scadente – e così prevedibile. «Quindi… Chip ha portato via la bomba dopo che l'ho visto?»

«È una possibilità, anche se non ci credo molto.»

«Perché no?»

«Perché Chip ha preso insufficiente all'ultima prova di disinnesco esplosivi. Se quell'idiota avesse tentato di fare qualsiasi cosa con una bomba lo sapremmo, perché ci sarebbe un grande cratere fumante al posto della scuola.»

Mi venne un pensiero. «Quindi… significa che probabilmente non è stato lui neanche a piazzarla.»

«Tu credevi che fosse stato lui?», mi chiese Erica in tono sdegnato.

«Uh… be'… sì» ammisi. «È una specie di bullo.»

«I bulli ti appendono per le mutande al pennone della bandiera. Non fanno saltare in aria la scuola.»

«E allora come faceva a sapere della bomba?»

«Non lo so. Magari l'ha trovata per caso.»

«E non l'ha detto a nessuno?»

«Be', come hai visto l'ha detto ad Hauser.»

«Ma non a qualcuno in amministrazione. Non è sospetto?»

«Sì.»

«Perché non l'ha fatto?»

Erica scrollò le spalle. «Ci sto ancora lavorando. Anche se ci sono alcune questioni più urgenti.»

«Come per esempio «Chi ha piazzato la bomba, se non è stato Chip?"»

«Sì, esatto.»

«Pensi che chiunque l'abbia piazzata poi l'abbia anche rimossa?» chiesi.

«È possibile. Quando hanno capito che Chip, Hauser e poi tu lo sapevate, l'hanno portata via. Ma ci sono altre questioni aperte su questo tema.»

«Come ad esempio?»

«Come il punto in cui si trovava la bomba. Se fossi un terrorista che vuole fare gravi danni alla scuola, metterei la bomba sotto uno degli edifici principali. Ma questa era sotto il terreno boscoso, vicino a un magazzino per la mensa. Se fosse esplosa, avrebbe al massimo fatto saltare un paio di alberi e un bel po' di piselli in scatola.»

«Magari il terrorista voleva causare solo danni minori» proposi. «Per mandare un messaggio, o qualcosa del genere.»

«Che tipo di messaggio sarebbe far saltare qualche scatola di piselli?» chiese Erica.

«Uhm... smettetela di darci da mangiare i piselli?»

«Credo che per quello basterebbe mandare un'e-mail.»

«Non se volessi assicurarti che non ci siano più piselli da servire.»

«Lascia stare la storia dei piselli, Ben. Non va da nessuna parte.»

Rinunciai, poi mi venne un'altra idea: «Ci sono telecamere di sicurezza nella galleria sotterranea?»

«No.»

«Davvero? Ma in superficie ce ne sono dappertutto.»

«Sì» disse Erica. «Penso che l'idea fosse che se hai abbastanza telecamere in superficie, non dovrebbero servirne altre sottoterra. Dopotutto, le uniche persone che dovrebbero sapere dell'esistenza di un livello sotterraneo sono gli studenti e gli insegnanti, che in teoria sono i buoni.»

«Ma se uno di loro decide di collaborare con il nemico...»

«Allora non è più una buona idea. Hai ragione. Naturalmente è anche possibile che laggiù non ce ne siano perché le telecamere sono costose e avrebbero dovuto coprire circa venti chilometri di gallerie. In ogni caso, non ci sono telecamere. E quindi nessuna registrazione di persone che piazzano o rimuovono bombe.»

«Non dovremmo avvertire l'amministrazione, almeno noi?»

«Avvertire di cosa? Che prima là sotto c'era una bomba, ma adesso è sparita? Non ci crederebbero mai.»

«Hai detto che c'erano delle tracce.»

«Sì, c'erano. Ma le ho prese io.» Erica sollevò una bustina trasparente. Dentro c'era una minima quantità di stucco giallastro.

Lo osservai con cautela, sapendo che anche quelle briciole sarebbero bastate a vaporizzarci. «E quindi adesso che cosa facciamo?»

«Non è ovvio?» chiese Erica. «È ora di forzare il sistema informatico.»

MANOMISSIONE

Ufficio del preside

9 febbraio, ore 03:00

C'era un solo posto nei venti chilometri di gallerie al di sotto della scuola in cui erano effettivamente installate delle telecamere: il corridoio fuori dalla Scatola. Nel caso un prigioniero – o uno studente – rinchiuso lì dentro tentasse di evadere.

Erica però se ne era già occupata. Era un'operazione relativamente semplice: le raggiungeva da dietro e bloccava l'immagine trasmessa. L'immagine fissa di un corridoio vuoto era identica al video dal vivo di un corridoio vuoto.

«È esattamente quello che ha fatto il sicario alle telecamere quando è venuto a trovarti», mi spiegò.

«Non sembra molto difficile mettere fuori uso le telecamere», commentai.

«No, non lo è. Però bisogna sapere dove si trovano, tutte quante. Cosa che in genere un infiltrato esterno non dovrebbe sapere – a meno che non glielo abbia detto qualcuno da dentro la scuola.»

Erica conosceva la posizione di ogni telecamera della scuola: erano 1.672. Per attraversare il Padiglione Hale e raggiungere l'ufficio del preside ne manomettemmo sessantatré, e in più ci toccò zigzagare e fare contorsioni per evitarne altre cinquantotto. Anche a ritmo sostenuto ci volle più di un'ora per arrivarci, e per tutto il tempo Erica mi obbligò al silenzio assoluto.

Il tastierino elettronico accanto alla porta che avevo bruciato col taser durante l'EACS era stato sostituito da un altro nuovo di zecca, ma Erica sapeva già il codice di accesso.

Era 12345678.

«Il preside non è molto bravo a ricordare i codici» mi spiegò quando entrammo, dopo aver bloccato entrambe le telecamere nella stanza. «E in più è un idiota.»

«E quindi il codice di accesso al sistema informatico centrale non sarà lo stesso?» proposi.

«Purtroppo no. Ho già provato a usarlo, comunque. Il sistema informatico è gestito dalla CIA, non dalla scuola. E loro sono un po' più protettivi di quanto sia il preside con il suo ufficio. Come sai, è protetto da un codice criptato seriale a sedici caratteri.»

«Lo so, ma ancora non ho idea di che cosa significhi.»

Erica sospirò. «Non hai ancora letto *Le basi della crittografia*?»

«Continuo a provarci. Ma quel libro è mortale. Leggerlo è come respirare cloroformio.»

«Detto da uno che non ha mai respirato cloroformio», borbottò Erica. «È una password a sedici caratteri scelta a caso ogni giorno dal sistema informatico centrale della CIA. È impossibile forzarlo. Il codice viene spedito via e-mail agli account sicuri degli utenti il giorno precedente, quindi l'unico modo di conoscerlo è quello di avere già accesso al sistema informatico. Poi, in teoria, ogni giorno dovresti imparare a memoria il nuovo codice.»

«Ma il preside non lo fa» conclusi.

Erica mi regalò uno dei suoi rarissimi sorrisi. «Esatto. Ricordarlo è troppo faticoso per il suo cervello.»

«Lo sai per certo?»

«Diciamo che è più che altro una deduzione basata su solide certezze. Il preside è fortunato a ricordarsi quale piede portare avanti quando deve attraversare una stanza. Adesso è il tuo momento. Ripensa a quello che è successo oggi pomeriggio. Che cosa ha fatto il preside prima di collegarsi al sistema?»

All'improvviso capii dove voleva arrivare Erica. «È per questo che mi hai detto di insultarlo? In modo che accedesse al sistema per mandare l'e-mail agli insegnanti?»

«Esatto.»

«Non esisteva un'altra possibilità di farglielo fare senza che si infuriasse con me?»

«Forse. Comunque così ha funzionato. Allora dimmi: che cosa è successo qui dentro?»

Feci del mio meglio per ricostruire gli avvenimenti. «Ha minacciato di mettermi sotto osservazione disciplinare.»

«E poi...?»

«Mi hai detto di farglielo fare subito. E io ho ubbidito. Allora lui è andato al computer, ma all'inizio si è come bloccato.»

«Perché non si ricordava la password per accedere. Perfetto.» Erica mi si avvicinò, con gli occhi pieni di eccitazione. «E poi che cosa ha fatto?»

A quel punto fui io a bloccarmi. I suoi occhi sfavillavano e il suo fiato sapeva di cicca alla cannella. Non volevo deluderla e quindi, ovviamente, la mia mente andò in tilt. Mi sforzai di ricordare l'accaduto, ma più lo facevo e più tutto sembrava confondersi.

«Mi dispiace, non mi ricordo», dissi in tono di scusa.

Erica si avvicinò ancora di più, fino a pochi centimetri da me, e mi guardò dritto negli occhi. «Se me lo dici, ti abbraccerò.»

«Ha aperto il dizionario», risposi immediatamente. Fu una reazione automatica. Da qualche parte del mio cervello rettiliano era scoccata una scintilla, innescata dal disperato desiderio di un contatto con lei.

Erica sorrise, soddisfatta di sé. «Bravo ragazzo.» Poi, invece di darmi il mio premio, andò alla libreria e prese il dizionario.

«Uhm… Non avevi detto che mi avresti abbracciato?» chiesi.

«Sì. Ma non ho detto quando.»

«Oh. Avevo dato per scontato che sarebbe stato subito.»

«E avevi sbagliato. Non sei stato molto bravo a negoziare.» Erica aprì il dizionario sul tavolo e trovò quello che cercava proprio all'interno della copertina. «Ah! Eccoci qua!»

C'era appiccicato un cartoncino di sei centimetri per dieci. Trentadue codici a sedici caratteri erano già stati scritti e cancellati. Non c'era quasi più spazio. Probabilmente, quando fosse finito, il preside lo avrebbe stracciato e lo avrebbe sostituito con un altro: c'erano tantissimi residui di nastro adesivo a indicare che quello era solo uno di centinaia di cartoncini che erano stati appiccicati nel corso degli anni.

L'ultimo codice di accesso era h$Kp8*&cc:Qw@m?x.

Erica avviò il computer del preside, aprì la pagina di login del sistema e inserì la password.

Accesso al sistema confermato, ci disse il computer.

«Siamo dentro!» gridò entusiasta Erica.

Il suo sorriso era diventato enorme: si trovava nel suo elemento. Sembrava aver dimenticato del tutto la mia presenza, mentre le sue dita danzavano sulla tastiera. Darle accesso ai documenti segreti della CIA era come dare le chiavi di Disneyland a un ragazzino normale. Ogni tanto si fermava e diceva «Wow», oppure «Interessante», e poi si rimetteva a controllare i file.

Io cercai di osservare quello che faceva da sopra la sua spalla, ma le pagine scorrevano troppo in fretta, cambiavano ogni pochi secondi. Forse stava praticando la lettura veloce, oppure guardava solo le prime frasi e poi proseguiva. Non c'era tempo di chiederglielo.

Finalmente Erica fece una risata trionfante. Aveva trovato quello che cercava. «Ecco qua, Ben. Tutti quelli che hanno ricevuto una copia del tuo dossier. Guarda se ti salta all'occhio qualche nome.»

Stampò la pagina e me la diede. Sopra c'erano tredici nomi.

Il primo era il direttore della CIA.

I cinque successivi non mi dicevano niente: Percy Thigpen, Eustace McCrae, Robert Friggoletto, Eleanor Haskett, Xavier Gonzales. «Chi sono queste persone?» chiesi.

«Alti funzionari della CIA. Quelli che hanno approvato il tuo reclutamento.» Erica era di nuovo al computer e batteva sui tasti. «Tengono tutti un profilo basso. Non mi aspettavo che li conoscessi. Comunque tanto valeva provare.»

Il nome successivo sulla lista era Alexander Hale.

Quello ancora sotto mi fece ridere.

«Chi diavolo è Barnabus Sidebottom?» chiesi.

«Ti trovi nel suo ufficio proprio ora» rispose Erica.

«Il preside si chiama Barnabus Sidebottom?»

«Sì.»

«Capisco perché preferisce tenerlo segreto», dissi.

Mi sembrò di sentire una risata, ma quando guardai Erica si stava asciugando il naso. O almeno fingeva di asciugarsi il naso, perché io non pensassi di averla fatta ridere.

Riportai l'attenzione sulla lista. I quattro nomi successivi erano insegnanti della scuola. Di loro sapevo qualcosa: Murray, Zoe e Warren mi avevano aggiornato su tutti i professori, in modo che sapessi quali scegliere e quali evitare come la peste.

Joseph Crouch era un professore di crittografia, l'unico dei quattro di cui avessi seguito una lezione fino a quel momento: un giorno era venuto come supplente quando il mio insegnante abituale di crittografia aveva l'influenza (o almeno la scuola aveva dichiarato che aveva l'influenza. Zoe sospettava che fosse in missione segreta). Crouch apparteneva alla vecchia guardia, ma aveva mantenuto la lucidità e la sua lezione era stata molto interessante. Però era anche così intelligente che seguirlo poteva risultare tremendamente difficile.

«È stato Crouch a sviluppare i miei falsi talenti crittografici?» chiesi.

«Presumo di sì.» Erica non alzò nemmeno lo sguardo, era troppo presa da quello che stava digitando.

Kieran Murphy insegnava la complessa arte delle lunghe missioni sotto copertura, quelle che duravano anni. Il suo corso era molto avanzato. Era riservato agli studenti dell'ultimo anno, con qualche rara eccezione per qualcuno del quinto particolarmente dotato. Il professor Murphy era uno dei migliori agenti sotto copertura che la CIA avesse mai reclutato, aveva completato diverse missioni pluriennali totalmente secretate, anche se si diceva che era stato così bravo a fingersi il leale membro di una cella terroristica che il capo gli aveva chiesto di fargli da testimone di nozze.

Harlan Kelly insegnava travestimento. Pensavo di averlo visto solo un paio di volte, ma non ne ero sicuro. Nessuno sapeva davvero quante volte aveva visto Harlan, dato che aveva l'abitudine di presentarsi a scuola ogni giorno come una persona completamente diversa. E non sempre di sesso maschile. Murray sosteneva che il preside una volta aveva corteggiato una professoressa esterna in visita alla scuola per mezz'ora, prima di scoprire che si trattava di Harlan.

Lydia Greenwald-Smith insegnava controspionaggio. Era una brava insegnante, ma questo era tutto quello che si sapeva di lei. In classe pensava solo al lavoro e teneva la sua vita fuori dalla scuola il più possibile riservata. Secondo i miei compagni c'erano accumuli di muffa con più personalità di lei.

L'ultimo nome sulla lista fu l'unico a sorprendermi davvero.

Tina Cuevo.

«C'è Tina sulla lista» dissi.

«Sì, ho visto.» Erica non aveva ancora alzato gli occhi dalla tastiera. Le sue dita volavano furiosamente, come se stesse scrivendo un manifesto politico completo.

«Non ti sembra strano?» chiesi.

«Perché?»

«È l'unica studentessa.»

«Sì, ma doveva anche essere la tua tutor, finché non ti hanno messo nella Scatola. Dato che eri un potenziale obiettivo per gli agenti nemici, probabilmente aveva senso notificarglielo, in modo che verificasse la tua sicurezza.»

Ripensai al mio primo incontro con Tina, la notte che il sicario era entrato in camera mia. Aveva una pistola nella tasca del pigiama. E aveva reagito molto in fretta quando avevo dichiarato che c'era un assassino in fondo al corridoio. Non lo aveva messo in dubbio, era partita immediatamente per gestire la situazione. Col senno di poi, aveva molto più senso se sapeva già che ero l'esca per la talpa. Eppure…

«Vale comunque la pena di fare qualche indagine su di lei» dissi. «Chip è stato una delle prime persone a scoprire delle mie capacità crittografiche.»

«No, è stato una delle prime persone ad *ammettere* di sapere delle tue capacità crittografiche.»

«In ogni caso, è uno studente. Che cosa è più probabile, che abbia avuto l'informazione da Tina o da uno dei professori?»

«Non riesco a immaginare che Tina possa mai condividere informazioni riservate con Chip» disse Erica. «È la terza della sua classe. Non è che il ruolo di tutor per le matricole venga assegnato a chiunque.»

«Magari allora Chip si è intrufolato nella sua stanza.»

«Tina non è così stupida da lasciare un dossier riservato in bella vista, dove un babbeo come Chip possa trovarlo.»

«Qualcuno però deve averlo fatto. E dubito che sia stato il capo della CIA.»

Erica alzò gli occhi dal computer. «Solo perché una persona ha raggiunto una posizione di prestigio non significa che non faccia qualche casino, ogni tanto. Direi che ciascuno di quei professori avrebbe potuto lasciarsi sfuggire quelle informazioni, tanto quanto Tina. A eccezione, forse, di Kieran Murphy. Non puoi durare molto come agente sotto copertura se fai errori del genere.»

«Però ha passato più tempo di chiunque altro in compagnia del nemico. Magari qualcuno lo ha convinto a tradire.»

Erica si accigliò a questo pensiero, ma non negò che fosse possibile. «Possiamo sempre riprendere in mano i nomi di quella lista. Ma se la fase due del nostro piano funziona, non ce ne sarà bisogno. Il nemico verrà direttamente da noi.»

Erica finì di scrivere con uno svolazzo del polso, poi premette invio. Il computer si mise in azione ronzando.

All'improvviso cominciai a preoccuparmi molto. «Uhm... e cosa sarebbe la fase due?»

«L'e-mail che ho appena spedito. Però ho usato l'account del preside, quindi tutti penseranno che sia stato lui a mandarla.»

«A chi?»

«A un gruppo molto selezionato di persone, comprese le altre dodici sulla tua lista, ma non solo a loro.»

Tutto l'affetto che avevo provato per Erica in quel periodo cominciò a evaporare. «Erica? Che cosa hai fatto?»

«Io?» chiese lei in tono malizioso. «Io non ho fatto niente. Sei stato tu. Hai appena sviluppato qualcosa di ancora più importante di Pinwheel. Congratulazioni.»

«Non è divertente.»

Erica cancellò la cronologia e si scollegò dal sistema. «Pinwheel doveva essere soltanto un sistema di criptazione dei messaggi più avanzato degli altri», mi spiegò. «Carino, senza dubbio, ma ora l'amministrazione ha saputo che hai un asso nella manica ancora più prezioso: Jackhammer. Il decodificatore più sofisticato di sempre, capace di demolire *qualsiasi* sistema di criptazione. Qualcosa che cambierà per sempre le regole del gioco. L'amministrazione ha organizzato una tua presentazione riservatissima per domani sera. Fino ad allora, ti hanno messo sotto chiave per proteggerti.»

Feci una smorfia: avevo capito dove stavamo andando a parare. «Perché se questa informazione trapela, chiunque voglia Jackhammer verrà a cercarmi.»

«Precisamente.» Erica spense il computer e cominciò a cancellare ogni traccia della nostra presenza. Si comportava in modo parecchio disinvolto, per una che aveva appena messo a rischio la mia vita, deliberatamente.

«Mi hai usato come esca!» esclamai.

«Eri già un'esca», mi informò lei.

«Be', un'esca più grossa, allora» dissi. «Un'esca per gli squali. Sai bene che ci sarà un'altra fuga di notizie.»

«Certo che ci sarà. La talpa non saprà resistere. Ma non ti agitare. Ho anche richiesto maggiori misure di sicurezza direttamente al quartier generale della CIA, per proteggerti. Accorreranno in tuo soccorso.»

«Se il nemico non trova il modo di fregarli tutti di nuovo!»

Erica prese dalla tasca un pacchetto di salviettine disinfettanti e cominciò a pulire le impronte dalla scrivania del preside. «Senti, questa partita si può giocare solo in due modi: puoi restare lì seduto ad aspettare che i cattivi vengano a prenderti quando ne hanno voglia, oppure puoi decidere tu quando farli venire. Io preferisco la seconda opzione. Così saremo preparati a riceverli.»

Ci rimuginai per un minuto. Odiavo doverlo ammettere, ma c'era della logica nel ragionamento di Erica. Comunque ero ancora seccato. «Avresti almeno potuto dirmelo, che stavi per fare una cosa del genere.»

«L'ho appena fatto.»

«Intendevo *prima* di farlo.»

«Se ti può consolare, ho anche revocato lo stato di osservazione disciplinare» disse Erica. «Per quanto ne sanno gli altri, è un ordine diretto del preside. E per quanto ne sa il preside, be'... probabilmente si è dimenticato anche di averti messo in punizione. Se ti va, sei libero di spostarti dalla Scatola e tornare in una vera camera da letto.»

La mia rabbia verso Erica cominciava a disperdersi, anche se non ero ancora pronto a lasciarmi di nuovo incantare. Mi stava usando, proprio come faceva l'amministrazione scolastica, mi metteva in pericolo per raggiungere i suoi scopi. «Probabilmente sarà meglio restare lì per un'altra notte» dissi. «Almeno finché non arriva la CIA, domani.»

«Mi sembra saggio.» Erica esaminò l'ufficio del preside, decise che era identico a quando eravamo entrati e poi mi spinse verso la porta.

«E se il nemico sospetta che sia una messa in scena?» chiesi.

«Probabilmente sarà così. Ma anche in quel caso non potranno esserne certi.»

«Il che significa che verranno a cercarmi comunque.»

«Sì.» Erica fece il sorriso più grande che le avessi mai visto. «Eccitante, vero?»

17

INDIZI

Sala mensa

9 febbraio, ore 13:10

«Vorrei darti un consiglio» mi disse Murray il giorno dopo, a pranzo. «Scappa.»

«Scappa?» ripetei. «E dove?»

«Dovunque. A casa tua. Al Lincoln Memorial. A Las Vegas. Non importa, basta che tu vada via di qua. Perché se rimani, morirai.» Murray attaccò un panino con burro di noccioline e gelatine che si era preparato da solo. Non era una cattiva idea, dato che quel giorno in mensa c'era un orrido polpettone.

«Non può scappare» ribatté Zoe. «Si metterebbe ancora più in pericolo. Qui ci sono un sacco di misure di sicurezza.» Fece un gesto verso il salone.

«Già», si intromise Warren. «Questo posto è più blindato di Fort Knox.»

In effetti in sala mensa c'erano una dozzina di agenti della CIA, tutti per la mia protezione. Alcuni presidiavano le porte, attentissimi, mentre altri davano meno nell'occhio e fingevano di essere professori esterni in visita alla scuola. Però tutti sapevano che in realtà erano lì per proteggermi: la scuola non avrebbe mai lasciato che degli insegnanti in visita mangiassero in mensa, per paura di avvelenarli.

Il piano di Erica stava funzionando a meraviglia. Tutti i membri della CIA a cui aveva mandato l'e-mail su Jackhammer avevano abboccato inghiottendo esca, amo e tutto il resto, il che era un po' preoccupante dato che molti di loro erano le spie più importanti del Paese. Non avevano dubitato che l'e-mail fosse stata inviata dal preside – dopotutto il suo account era all'interno del sistema informatico e il sistema informatico avrebbe dovuto essere impenetrabile. Perciò credevano anche che Jackhammer esistesse e che dovesse essere protetto a ogni costo. Le misure di sicurezza erano state attivate immediatamente. Quella mattina ero stato svegliato alle sei da un colpo alla porta della mia cella. Era Alexander Hale, richiamato da un'altra missione (naturalmente top secret) per supervisionare le operazioni. Si era precipitato così in fretta che aveva ancora addosso una camicia africana tutta colorata [**dashiki**].

Sfortunatamente la notizia si era sparsa ancora più rapidamente di quanto Erica avesse previsto: i sistemi di protezione delle informazioni all'accademia avevano più falle del Titanic. Io non avevo detto nulla ai miei amici di Jackhammer, eppure lo avevano scoperto lo stesso. Tutta la scuola l'aveva scoperto. Tutti quanti sapevano tutto, già prima di colazione: che avevo inventato un decodificatore universale, che quella sera lo avrei presentato all'amministrazione… e che avevo un bersaglio sulla testa.

Alexander in quel momento non si trovava in sala mensa. Era fuori, a passare in rassegna le sue truppe, posizionate lungo il perimetro della scuola ma anche in diversi punti strategici all'interno. In totale, mi aveva comunicato, c'erano cinquantadue agenti della CIA in servizio quel giorno, e tutti avevano l'unico obiettivo di garantire la mia sicurezza.

C'era anche Erica. Restava in secondo piano, ma non mi aveva perso di vista per tutto il giorno (neanche quando avevo dovuto andare in bagno, il che mi aveva messo un po' a disagio). In quel momento era seduta a due tavoli di distanza e in teoria stava leggendo la *Guida pratica all'artiglieria asiatica* di Driscoll e mangiando un'insalata, ma sapevo che era ancora più attenta del solito a ogni minimo dettaglio di ciò che accadeva nella stanza. Erica non aveva inventato Jackhammer solo per far arrivare la CIA a prendersi tutto il merito: al momento buono voleva essere al centro della mischia.

Io e lei avevamo passato la mattinata cercando di risalire alla fonte della fuga di notizie, ma senza successo. La talpa aveva coperto bene le sue tracce. La nostra indagine girava in tondo, ognuno puntava il dito verso qualcun altro finché ci ritrovavamo al punto di partenza.

«Zoe ha ragione» dissi. «Se me ne vado, divento un facile bersaglio.»

«E se rimani diventi un bersaglio morto.» Murray aveva nella guancia un pezzo di sandwich così grosso da sembrare un criceto che aveva fatto scorta di nocciole. «Pensaci: che cosa succederà dopo che avrai fatto la tua piccola presentazione, stasera? Quando avrai vuotato il sacco su Jackhammer, sarai un bersaglio ancora più di prima. E per sempre. Pensi che la CIA ti fornirà queste misure di sicurezza ogni giorno, per il resto della tua vita?»

Deglutii un boccone di polpettone, preoccupato. In effetti non ci avevo pensato. «Ma scappando che cosa risolverei?» chiesi. «I nostri nemici vorranno comunque impossessarsi di Jackhammer, che io vuoti il sacco oppure no.»

«Infatti non devi soltanto scappare», mi spiegò Murray. «Devi prima lanciare una campagna di disinformazione. Fai girare la voce che non hai mai inventato Jackhammer, che era tutta una finta per attirare i nemici allo scoperto. Non sei neanche un mago della crittografia, sei solo un pollo che la CIA sta usando come esca.»

«Già, certo», rise Zoe in tono di rimprovero. «Come se qualcuno ci potesse credere.»

«Sì» concordò Warren, come faceva praticamente con qualunque cosa dicesse Zoe. «È ridicolo.»

Era l'esempio perfetto di quanto fosse diventata complicata la mia vita: dire la verità sarebbe stata considerata una campagna di disinformazione. A cui comunque nessuno avrebbe creduto.

«Ormai i buoi sono scappati» dissi. «Non c'è modo di rimediare. L'unica possibilità di salvezza è che la CIA catturi chiunque mi stia cercando.»

«Ben ha ragione» disse Zoe a Murray.

«Zoe ha ragione a dire che Ben ha ragione» rincarò Warren.

«Non necessariamente.» Murray si voltò verso di me. «Mettiamo che qualcuno cerchi di rapirti, oggi, e che la CIA lo incastri. Non sarà il cervello dell'operazione. Sarà soltanto un povero sfigato che si è beccato una missione schifosa. O magari sarà un killer professionista che non sa nemmeno chi lo ha ingaggiato. Certo, sarà una traccia, ma la CIA potrebbe metterci anni a capire dove porta. E stiamo parlando di un'unica organizzazione criminale. Scommetto che ce ne sono a dozzine che vorrebbero mettere le mani su Jackhammer. Pensi che colpiranno tutte quante oggi? Pensi che la CIA riuscirà mai a sconfiggerle tutte?»

Deglutii di nuovo. Non avevo considerato neanche quello. Lanciai un'occhiata a Erica, ancora immersa nel suo libro. *Non ci aveva pensato?* mi chiesi. Sembrava improbabile. Erica pensava sempre a tutto, il che significava che mi aveva consapevolmente messo in pericolo per ottenere un vantaggio.

Perfino Zoe sembrava preoccupata, anche se cercava di mantenere un atteggiamento ottimista. Mi diede una pacca sul ginocchio che avrebbe dovuto essere rassicurante e disse: «Cortina di fumo ce la può fare. Ricordate che non è solo un cervellone, è anche una macchina da guerra».

«Be'... però ieri mi ha abbandonato sul campo di battaglia» ribatté Warren.

Zoe si accigliò. «Per prima cosa, tu hai sbagliato completamente la sincronizzazione e hai attaccato troppo presto. In secondo luogo, aveva un obiettivo, e cioè seguire Chip. E infine non ti ha abbandonato. È partito solo quando è stato sicuro che la Regina di Ghiaccio aveva tutto sotto controllo.»

Warren fece una smorfia, offeso, ma dovevo ammettere che anch'io al suo posto mi sarei risentito. Lo avevano bersagliato con tanti di quei proiettili che, nonostante una doccia di un'ora, la sua pelle era ancora un po' azzurra.

«Non importa quanto sia bravo Ben», disse Murray. «Nemmeno Alexander Hale riuscirebbe a tenere a bada tutti quelli che lo stanno cercando.» Si cacciò in bocca un altro mezzo sandwich.

«Attento con tutto quel burro di noccioline, Disastro» disse Zoe. «Il tuo colesterolo andrà alle stelle.»

«Lo spero bene» rispose Murray. «La settimana prossima ho una visita medica per l'idoneità a operare sul campo. A questo proposito, vado a prendermi una fetta di torta. Chi ne vuole un po'?»

«Io sì» dissi. «Con il gelato.» Se quel giorno dovevano tentare di uccidermi, mi meritavo almeno il dolce.

«Arriva subito.» Murray si affrettò verso la coda al self service.

Warren si irrigidì all'improvviso, guardando alle mie spalle. «Oh. Ecco perché Murray è corso via così in fretta.»

Mi voltai e vidi Chip Schacter, Greg Hauser e Kirsten Stubbs che venivano dritti verso di me.

Praticamente l'intera sala entrò in stato di allerta. Un centinaio di teste si voltarono nella mia direzione. Si diffuse la tensione, in attesa di un altro scontro.

Io però mi sentivo insolitamente calmo di fronte a Chip. Probabilmente perché a pochi passi c'erano dodici agenti della CIA, perfettamente addestrati, che avevano il compito di proteggermi. Se Chip mi avesse anche solo toccato con un dito, lo avrebbero ridotto in poltiglia.

Chip prese la sedia di Warren – anche se Warren ci stava seduto sopra. Si limitò a inclinarla in avanti, facendolo cadere, e poi si sedette di fronte a me.

«Pensavo che fossi rinchiuso sotto strettissima osservazione disciplinare» disse. «Che cosa ci fai qui?»

Scrollai le spalle. «Il preside ha cambiato idea.»

«Perché?» chiese Chip. «Per via di questo Jackrabbit?»

«Jackhammer» lo corressi, chiedendomi se ci fosse rimasto almeno *qualcuno* che non ne sapeva nulla, visto che doveva essere top secret. «Forse. Non so bene perché il preside fa le cose.»

«Non è l'unico difficile da capire» disse Chip. «Dal modo in cui lo hai insultato ieri, sembrava quasi che *volessi* andare in punizione. E invece oggi è come se non fosse successo niente.»

«Hai insultato il preside?» mi chiese Zoe, con gli occhi ancora più grandi del solito.

«Non te l'ha detto?» chiese Chip. «Ripley l'ha fatto infuriare a tal punto che pensavo gli venisse un angerisma.»

«Aneurisma» lo corressi.

Zoe mi guardò a bocca aperta. «Sei matto? Perché hai fatto una cosa del genere?»

«Proprio quello che vorrei sapere anch'io», disse Chip guardandomi storto. «Perché l'hai fatto?»

Cercai di cavarmela con disinvoltura. «Se l'è voluta. Non avete mai desiderato di potergli dire quello che pensate davvero di lui?»

«Certo» disse Zoe. «Ma non tanto da rischiare di farmi cacciare da scuola.»

«Be', magari è proprio questo il fatto» disse Chip. «Magari il nostro Ripley sa di non poter essere cacciato da scuola.»

Quella dichiarazione restò sospesa per un attimo. Zoe e Warren mi fissavano: in parte si chiedevano se fosse vero, e in parte erano sbalorditi che fosse stato proprio Chip, fra tutti, ad arrivarci.

«È vero?» mi chiese Warren. Il suo sguardo cominciava a farsi sospettoso.

«Sì, Ripley. Qual è l'inghippo?» insistette Chip, anche se lo disse con un tono strano, canzonatorio, come se sapesse già la risposta.

«Potrei, ehm, avere una certa immunità per via di Jackhammer» mentii.

«Ma certo!» disse Zoe. «Non sei solo un genio della crittografia. Sei *il* genio della crittografia. Non possono cacciarti, per nessun motivo.»

«Forse. O forse no», disse Chip con aria saputa. Si alzò in piedi, mi calò una mano sulla spalla e poi mi sussurrò all'orecchio: «Ti sto addosso, Ripley. Ho pensato di fartelo sapere».

Poi lui e i suoi scagnozzi si diressero alla coda per il pranzo. Chip non si voltò, ma notai che Hauser non mi toglieva gli occhi di dosso.

Mi accorsi che mi tremavano le mani. Lo scontro con Chip mi aveva messo in agitazione, avevo la testa piena di domande. Quanto sapeva davvero Chip su di me? Sapeva tutta la verità – e nel caso, questo faceva di lui la talpa? Oppure l'aveva scoperto in qualche altro modo? Oppure credeva soltanto di sapere la verità, nel qual caso non era affatto la talpa ma semplicemente un idiota, come avevamo sospettato fin dall'inizio? E che cosa aveva a che fare tutto questo con la bomba sotto la scuola?

«Qual era il problema?» Murray si sedette di nuovo accanto a me e mi fece scivolare davanti una grossa fetta di torta alla banana con il gelato. Probabilmente aveva aspettato che Chip se ne andasse prima di tornare. Per sé aveva preso due fette di torta e tre palline di gelato, con sopra una montagna di panna montata, l'ideale per far schizzare i valori del colesterolo.

«Solo la mia razione quotidiana di minacce da parte di Chip Schacter» risposi.

«Non solo quello» ribatté Zoe. «Stavolta era diverso. Chip sembrava... Be', è strano ma... è come se adesso tu gli *piacessi*.»

«Davvero?» Le sopracciglia di Murray si sollevarono fino a sparire fra i capelli. «Che cosa hai fatto, gli hai tolto una spina dalla zampa?»

«Ieri Ben ha insultato il preside» disse Zoe.

Le sopracciglia di Murray salirono ancora di più. «Davvero? Non lo farei nemmeno io, che sto cercando di qualificarmi come la spia peggiore della scuola. Sei pazzo?»

«È quello che gli ho chiesto anch'io» gli disse Zoe.

«Magari è *davvero* pazzo» sussurrò Warren, pensando che non lo sentissi.

Non gli risposi, comunque. La mia attenzione era stata attirata da qualcos'altro. Nella tasca della mia giacca sentivo qualcosa che fino a pochi minuti prima non c'era. Non sapevo esattamente da dove provenisse quella sensazione, dato che la giacca era appesa allo schienale della sedia. Mi sembrava semplicemente di percepire una differenza, come se fosse stato aggiunto un peso infinitesimale. Pensai che forse i miei sensi da spia si stavano attivando, fornendomi una nuova consapevolezza di quello che mi accadeva intorno.

Cercando di non dare nell'occhio, infilai la mano in tasca. Come previsto, sotto il mio telefono c'era un bigliettino ripiegato.

«Chip ha capito che il preside non può mandare via Ben», stava dicendo Zoe. «Adesso che ha creato Jackhammer, è troppo importante.»

«Porca vacca, Chip ha ragione.» Murray sembrava colpito. «Non ci avevo pensato. Ben, sei invincibile! Devi sfruttare questo vantaggio! Se non possono cacciarti, non sei costretto a fare i compiti. Non devi neanche andare a lezione! Potresti riempire l'auto del preside di schiuma da barba e lui non potrebbe farci niente!»

«Sì, potrebbe» scattò Zoe. «Solo perché l'amministrazione non può cacciarlo, non significa che non possano punirlo.»

«Già» concordò Warren.

Mentre erano distratti, portai il biglietto sotto il tavolo e lo aprii.

Vediamoci stasera in bibloteca. Mezzanotte. Ne va della tua vita.

Non era firmato, ma ero sicuro che fosse di Chip. Tanto per cominciare, sembrava scritto da una scimmia, e nella parola «biblioteca» c'era un errore di ortografia. E poi ero quasi sicuro di non avere nessun biglietto in tasca prima di sedermi a pranzo – e Chip, quando mi aveva bisbigliato nell'orecchio, aveva avuto l'occasione perfetta per lasciarmi il messaggio.

A quel punto si apriva tutta una nuova serie di domande. Che cosa poteva avere da dirmi Chip che mettesse in pericolo la mia vita? Se la talpa era lui, perché contattarmi in quel modo? E se non lo era, che cosa sapeva? Ripensandoci, quel biglietto si poteva interpretare in due modi: o dovevo incontrarmi con Chip per parlare di qualcosa che minacciava la mia vita... oppure voleva minacciarmi di morte se non andavo all'appuntamento.

Sempre se era stato davvero Chip a scrivere il biglietto. Mi resi conto che anche Hauser e Stubbs avrebbero potuto farmi scivolare qualcosa in tasca: entrambi incombevano alle mie spalle mentre parlavo con Chip. Entrambi sembravano i tipi da sbagliare l'ortografia di «biblioteca». Magari uno di loro voleva parlarmi all'insaputa di Chip. O magari uno di loro voleva attirarmi in una trappola in biblioteca.

O magari mi sbagliavo e il biglietto era stato messo nella mia tasca *prima* del pranzo. In quel caso, poteva essere stato praticamente chiunque nella scuola.

Perché diavolo non ha firmato quel maledettissimo biglietto? mi chiesi. *Sarebbe così grave se per una volta, in questa scuola, qualcuno decidesse di essere un pochino meno criptico?*

Sfortunatamente, sapevo che la risposta era probabilmente affermativa.

Mi accorsi che la conversazione al tavolo stava proseguendo. Mentre rimuginavo a proposito del biglietto mi ero distratto, ma poi tornai a farci caso. Murray, Zoe e Warren stavano parlando di Chip.

«Impossibile che gli piaccia Ben» stava dicendo Murray. «Anche se *sembrasse* così, Chip ha sempre dei motivi nascosti.»

«Tu non c'eri» rispose Zoe. «Eri nascosto dietro la coda per il dolce, ad aspettare il cessato pericolo. Io ero qui e ti dico che il comportamento di Chip era diverso. Sembrava davvero che cercasse di essere gentile.»

«A me non è sembrato poi così gentile» rispose Warren.

«Perché non ha molta esperienza» replicò Zoe. «Credo che stesse davvero cercando di stabilire un contatto con Cortina di fumo. In un certo senso è stato stranamente tenero.»

«Oh no» gemette Warren. «Ti piace, vero?»

Zoe si ritrasse, offesa. «Che cosa?»

«Ti piace» disse Warren in tono amaro. «Proprio come a tutte le altre. Sai che è un bullo, ma visto che è carino continui a sperare che, in fondo al cuore, sia un bravo ragazzo.»

«E in fondo al cuore tu sei un idiota» ribatté Zoe. «Non mi piace Chip.»

«Be', se ti piace puoi scordartelo» disse Murray. «Lui e Tina stanno insieme.»

Raddrizzai la schiena di colpo, incapace di nascondere lo stupore – anche se non ci riuscirono neanche Zoe e Warren. «Davvero?» chiedemmo in coro.

«Non lo sapevate?» rispose Murray. «Ma che razza di spie siete?»

«Migliori di te» rispose pronta Zoe. «E tu come fai a saperlo?»

«Io noto i dettagli.» Murray si cacciò in bocca mezza pallina di gelato. «Cercano di tenerlo segreto, ovviamente, ma ogni tanto li ho visti fare la respirazione bocca a bocca.»

Avevo la mente in subbuglio. Se Chip e Tina stavano insieme – e Tina era l'unica studentessa ad aver ricevuto una copia cartacea del mio dossier – sarebbe stato relativamente facile per Chip metterci le mani sopra. Il che avrebbe spiegato come mai era stato il primo a presentarsi alla mia porta, al corrente del mio talento segreto per la crittografia prima ancora di me. Erica aveva incluso anche Tina nella comunicazione su Jackhammer, il che spiegava perché Chip aveva detto che mi sarebbe stato addosso. E adesso mi aveva lasciato un biglietto per incontrarmi di nascosto…

Dovevo dirlo a Erica. Non potevo credere che lei non sapesse di Tina e Chip – anche se, pensandoci, se c'era una cosa in cui la Regina di Ghiaccio non era particolarmente ricettiva erano le relazioni interpersonali.

«Devo andare» dissi, alzandomi in piedi.

«Proprio adesso?» chiese Murray. «Non hai neanche toccato la torta!»

«Non ho più fame.»

«Allora posso prenderla io?» chiese Murray.

«Certo.» Presi la giacca e mi avviai verso Erica.

Prima che facessi tre passi lei sembrò accorgersi che mi stavo avvicinando. Mi guardò, all'erta, e mi chiesi se stavo violando qualche tipo di regola, andando da lei in pubblico.

Ma poi capii che non stava guardando solo me. Stava osservando anche tutta la sala.

Tutti gli agenti della CIA appostati nella mensa si erano messi in guardia. I due più vicini si stavano affrettando a raggiungermi. Uno di loro mi bloccò prima che potessi arrivare da Erica. La seconda scivolò alle mie spalle, mi strinse il braccio e mi fece voltare verso la porta.

«Devi venire con noi», mi disse. «Subito.»

«Perché?» Cercai di nascondere la preoccupazione nella voce.

Alexander Hale irruppe nella sala davanti ai nostri occhi. Si diffuse un mormorio eccitato, come se fosse entrata una star del cinema. Alexander sembrò non accorgersene. Invece pareva sollevato di vedere che stavo bene.

«La tua presentazione di Jackhammer è stata cancellata» mi informò. «Abbiamo appena ricevuto delle informazioni dall'esterno. Dobbiamo portarti immediatamente in un posto sicuro.»

«Più sicuro di una scuola circondata da agenti della CIA?» chiesi.

«Sì» rispose Alexander. «Il nemico sta venendo a prenderti.»

MISURE DI SICUREZZA

Centro di controllo

9 febbraio, ore 13:30

Alexander Hale mi portò direttamente nella sala comandi dei sistemi di sicurezza, il centro di controllo dell'intera accademia.

Era un grande bunker nascosto nel labirinto di gallerie sotterranee. Alexander sosteneva che fosse il posto più sicuro nel raggio di trenta chilometri, anche se era probabilmente un'esagerazione dato che la Casa Bianca e il Pentagono erano entrambi a meno di quindici chilometri.

Di certo dall'esterno faceva la sua figura. Accanto alla pesante porta d'acciaio, con un sistema di accesso super tecnologico, c'erano due agenti della CIA armati fino ai denti.

Alexander digitò un codice su un tastierino, fece la scansione del palmo della mano e della retina e poi disse «Il mio cane ha le pulci» in un microfono per il riconoscimento vocale.

«Accesso consentito» rispose una morbida voce femminile.

La porta però non si mosse.

Alexander, seccato, bussò forte. «Insomma, aprite!» gridò. «La stupida porta di sicurezza si è di nuovo impiantata!»

Si sentì un piccolo scatto e un agente dall'aria imbarazzata aprì la porta dall'interno.

«Questi sistemi tecnologici di accesso fanno schifo», borbottò Alexander. «Succede, quando il governo assegna tutti gli appalti a chi fa il preventivo più basso.» Poi si interruppe e mi sorrise con aria rassicurante. «Comunque è sempre sicuro! Se è così difficile entrare perfino per me, figurati quanto lo sarebbe per i nostri nemici.»

Non avevamo cominciato sotto i migliori auspici, però dovevo ammettere che ci si sentiva al sicuro lì dentro. La porta era spessa quasi trenta centimetri e aveva un chiavistello grosso come il femore di un tirannosauro. Le imponenti pareti di cemento erano ricoperte da lastre d'acciaio. Quando la porta si richiuse con un tonfo mi sembrò di essere nel caveau di una banca.

Lungo una parete c'erano dodici monitor, collegati al circuito delle telecamere di sicurezza. Due agenti della CIA erano seduti ai terminali lì davanti, che permettevano di visualizzare in diretta le inquadrature di qualsiasi telecamera scelta. Altri due agenti, uno dei quali ci aveva appena aperto la porta, stavano accanto all'ingresso, dal lato interno. Nella stanza c'erano altri due computer e un passaggio verso un'altra area.

«Che cosa c'è da quella parte?» chiesi ad Alexander.

«Degli alloggi» mi rispose. «Nel caso qualcuno dovesse rimanere qui per un periodo prolungato. Vai a dare un'occhiata, se vuoi.»

Il passaggio portava a un locale piuttosto spartano. C'erano otto brande con delle cassettiere, due docce, dei divani in finta pelle intorno a un tavolino basso, un cucinino e – dato che il bunker risaliva alla Guerra Fredda – un bar fornitissimo. Alexander andò al frigorifero e si prese una bibita energetica giallo fosforescente. Sembrava un campione di urina radioattiva.

«Quanto a lungo rimangono le persone qui dentro, di solito?» chiesi.

Alexander alzò le spalle. «Non molto. Tutto questo è stato costruito parecchio tempo fa, quando gli alti papaveri si aspettavano che la Russia potesse invaderci da un momento all'altro. Non ti mentirò, negli anni ci sono state un paio di emergenze, ma nulla di veramente serio. Ogni problema è stato risolto a gran velocità. Credo che il periodo più lungo che qualcuno abbia mai dovuto trascorrere rinchiuso qui dentro sia stato di una settimana.»

«Le è mai capitata una situazione come questa, prima?» gli chiesi.

Alexander esitò per mezzo secondo di troppo prima di rispondere, poi se ne accorse e lo ammise. «Non esattamente. Ma non preoccuparti. Là fuori abbiamo il meglio del meglio per difenderti. E a capo dell'operazione ci sono io. Una volta ho dovuto proteggere la regina dell'Arabia Saudita da un'orda di terroristi, armato solo di un coltellino svizzero, e lei se l'è cavata senza un graffio. Andrà tutto bene. Vuoi una bibita energetica?» Fece un gesto verso il frigorifero.

Scossi la testa. Il mio stomaco era in subbuglio, non avrei potuto mandare giù niente. Il pranzo stava già minacciando di fare il percorso inverso – anche se era una cosa che succedeva sempre, quando c'era il polpettone. «Quando ha detto che il nemico stava venendo a prendermi, che cosa voleva dire esattamente? Vogliono catturarmi… o uccidermi?»

«Sarò onesto con te: non lo sappiamo.» Alexander si sedette su un divano e mi fece cenno di sedermi sull'altro. «Se fossi il tipo da fare scommesse, direi che mirano a un'estrazione. Uno con il tuo talento vale molto più da vivo che da morto. Però non posso garantirlo. Devi stare sempre in guardia. Hai un'arma con te?»

«Ehm, no» ammisi. Agli studenti della scuola delle spie si raccomandava di portare sempre armi, anche se non c'erano minacce in corso alla loro vita, e molti di loro lo facevano. Ma pur avendo passato un sacco di tempo al poligono di tiro, negli ultimi tempi, ero riuscito chissà come a *peggiorare* la mia mira. L'istruttore capo, Justin "Occhio di falco" Pratchett, mi aveva addirittura consigliato, per la mia sicurezza, di non portare con me un'arma carica – però mi aveva dato una pistola giocattolo molto realistica, in modo da potermi tirare fuori dai guai con la finzione, senza spararmi in un piede. Lo dissi ad Alexander e gli mostrai la pistola finta.

Lui schioccò la lingua con disapprovazione. «Se il gioco si fa duro – non che possa succedere, naturalmente – ti servirà qualcosa di più di un giocattolo.» Picchiò sul tavolino e si aprì un pannello segreto, scoprendo un vano con una dozzina di armi da fuoco, dalle pistole ai fucili d'assalto. «E nel caso servisse» aggiunse Alexander, «dietro il bar c'è un pannello con un lanciamissili portatile».

Osservai le armi con prudenza, poi spostai lo sguardo verso il corridoio che dava sulla sala comandi. Dal momento del nostro arrivo era sceso il silenzio. O gli agenti non avevano visto nulla di preoccupante nelle riprese delle telecamere, oppure lo avevano visto ma mantenevano una calma incredibile. «Che tipo di informazioni avete ricevuto sui piani del nemico?»

«Abbiamo intercettato una conversazione. L'Agenzia ha diversi computer potentissimi dedicati esclusivamente a monitorare ogni comunicazione elettronica», disse Alexander. «Linee fisse, cellulari, collegamenti via satellite, e-mail, tweet...»

«Siamo davvero convinti che i terroristi metteranno i loro piani su Twitter?» chiesi.

«Non vogliamo trascurare nulla. Una volta sono riuscito a smantellare un'intera cellula terroristica a Kandahar perché uno di loro aveva postato su Facebook una foto del nascondiglio. Comunque, abbiamo inserito la parola "Jackhammer" nel sistema, stamattina, e abbiamo avuto un riscontro appena prima che venissi a prenderti.»

Mi sporsi dal bordo del divano, preoccupato. «Che cosa dicevano?»

«Il sistema non funziona così», mi spiegò Alexander. «Deve cercare in mezzo a una quantità inimmaginabile di informazioni. Trilioni di byte al secondo. Tutto ciò che possiamo sapere è quando riceve la stessa parola chiave ripetutamente. È proprio quello che è successo oggi. Abbiamo captato "Jackhammer" parecchie volte... in arabo. E la frase "Prendete Ripley" una volta, sempre in arabo. In questo momento abbiamo cento tecnici al lavoro che cercano di trovare e decodificare il messaggio completo – nonché, speriamo, di risalire alla fonte. Ma potrebbe volerci un po' di tempo.»

«Quanto?»

«Qualche ora, se siamo fortunati.»

«E se non lo siamo?»

Alexander distolse lo sguardo. «Settimane.»

Scattai in piedi. «Vuol dire che potrei essere costretto a rimanere qui fino ad allora?»

«Certo che no», disse Alexander nel tono più rassicurante che riuscì a trovare. «Ti assicuro che scoveremo quella gente molto prima.»

«Cioè quando cercheranno di uccidermi!»

Alexander mi mise una mano sulla spalla, per confortarmi, e mi riportò al divano. «Benjamin, so che questa situazione è molto stressante. Mi ricordo la prima volta che *io* sono stato un bersaglio. Non fu una passeggiata. Ma me la sono cavata, e la stessa cosa succederà a te. In realtà, se ci pensi bene, è una splendida opportunità.»

«In che senso?», chiesi in tono cupo.

«Sei qui da poche settimane e sei già un elemento chiave di una vera missione sul campo», rispose Alexander. «Hai idea di quanti dei tuoi compagni ucciderebbero per questo? E intendo in senso letterale. Qui ci sono studenti bravissimi che hanno partecipato soltanto a simulazioni per sei anni. Ci sono vere e proprie *spie* che non hanno mai partecipato a nulla di così eccitante.»

«Non gli capiterà mai di essere presi di mira da un gruppo di assassini?» borbottai. «Che sfortuna.»

«Sì, è davvero una sfortuna», disse Alexander. «Nessuno di loro ha mai visto questo bunker. Non hanno mai avuto l'intera CIA mobilitata solo per loro. E non per vantarmi, ma nessuno di loro ha mai avuto la possibilità di lavorare con *me*. Neanche la mia stessa figlia, anche se le ho insegnato tutto quello che sa. Questo è il vero scopo dell'Accademia di Spionaggio. Questo è il biglietto vincente che tutti vorrebbero trovare, ed è caduto proprio nelle tue mani. È un'opportunità che capita una sola volta nella vita. Giocatela bene e potresti diventare la stella del momento.»

E se me la gioco male, diventerò un cadavere, pensai. Però non lo dissi ad alta voce. Perché sapevo che Alexander non aveva tutti i torti. Quando avevo accettato di entrare alla scuola delle spie, sapevo di aver scelto una vita di potenziali pericoli. Solo che non me li aspettavo così presto. Ora che si era realizzata, sembrava molto meno romantica di come avevo immaginato... ma dovevo ammettere che era anche eccitante, in un certo senso. «Ha ragione», concessi alla fine.

«Questo è lo spirito giusto!» Alexander si batté sul ginocchio e fece una risata. «Vado a controllare il livello di allerta. Perché non ti metti comodo, intanto? Prendi familiarità con qualcuna di quelle armi, versati un drink, leggi una rivista. Credo che in dispensa ci siano delle casse di snack assortiti. Oppure, se preferisci, puoi tornare in sala comandi e vederci in azione.»

Si avviò nel corridoio trotterellando.

Accettai il suo consiglio e cercai di godermi al meglio la situazione. Mi versai un Gatorade verde acido e trovai gli snack. C'era una cassa di tortine al cioccolato che stavano lì più o meno dal 1985, ma erano così piene di conservanti che sembravano come nuove. Decisi di non esaminare le armi – quelle lastre d'acciaio alle pareti sembravano in grado di far rimbalzare un proiettile vagante per ore, finché non mi si fosse piantato nel cranio – ma decisi di raggiungere Alexander in sala comandi.

Scoprii che non era poi così eccitante.

I monitor mostravano semplicemente una serie di riprese statiche del perimetro della scuola, luoghi che *non* stavano subendo un attacco. Gli agenti continuavano a cambiare inquadratura, passando da una telecamera all'altra, ma il risultato era sempre lo stesso. Era come guardare un canale dedicato ai muri ventiquattr'ore su ventiquattro. Dopo mezz'ora mi ritrovai a *sperare* che ci attaccassero. Almeno sarebbe successo qualcosa. Invece il momento più entusiasmante fu quando uno degli agenti vide uno scoiattolo.

Dopo un'ora decisi di andare a leggere le riviste, molte delle quali non erano più state sostituite dai primi anni Settanta. Imparai un sacco di cose sul cast di *Bonanza.*

Dopo due ore ci fu il cambio turno.

Dopo tre ore dormivo.

Dopo cinque ore e quarantadue minuti, però – esattamente alle 19:30 – si sentì un suono.

Era un segnale acustico continuo e fastidioso, studiato per attirare l'attenzione ma senza essere troppo invasivo, più come il timer di un forno a microonde che come un clacson. Mi svegliai sul divano e sentii delle voci concitate provenire dalla sala comandi.

Ci andai di corsa e trovai gli agenti che scorrevano rapidamente le inquadrature delle telecamere, mentre Alexander le osservava da dietro le loro spalle. Si vedevano soltanto alberi e muri, immersi nel filtro verde dei visori notturni, dato che il sole era ormai tramontato. Nessuno sembrava particolarmente preoccupato, anche se notai un velo di sudore sotto il naso di entrambi gli agenti più giovani.

«Che cosa succede?» chiesi.

«Abbiamo un'infiltrazione», rispose Alexander. «Muro esterno di sud ovest.»

Il mio cuore accelerò. «Sono i nemici?»

«Gli amici di solito usano la porta principale, non scavalcano il muro di cinta», disse Alexander. «E poi, chiunque siano, sono ingegnosi. Non riusciamo a individuarli.»

«Beccati!» esclamò uno degli agenti. «Telecamera 419. In fondo al bosco, vicino allo stagno.»

Ci voltammo verso il suo monitor e vedemmo una figura con un giaccone invernale che sfrecciava fra gli alberi a tutta velocità. Era impossibile vederlo in faccia, nel buio.

«Sta venendo dritto verso la scuola», disse l'altro agente. «Lo vedo sulla telecamera 293.»

Ci girammo verso il suo monitor, appena in tempo per vedere l'intruso che lanciava una palla di neve verso l'obiettivo, oscurandolo.

«È solo?» chiesi.

«È il solo che vediamo», rispose Alexander. «Il che significa che probabilmente ce ne sono una dozzina che non vediamo.» Tirò fuori la ricetrasmittente con una mano e la pistola con l'altra. «Attenzione, a tutti gli agenti, qui è Grosso Cane. Abbiamo un'attività ostile nel quadrante sud occidentale. Il nemico ha violato il perimetro e sembra diretto verso il dormitorio. Tutti gli agenti disponibili convergano in loco, immediatamente.» Alexander indicò i due agenti di guardia alla porta. «Voi due, con me.»

«Mi porta via la scorta?» chiesi.

«Quando avremo finito con loro, non avrai più bisogno della scorta», disse Alexander in tono rassicurante. Digitò un codice su un tastierino. L'immensa porta si sbloccò e si aprì.

«Ma comunque non può far male lasciarli qui, no?» proposi. «Solo nel caso che qualcosa vada storto.»

«Niente andrà storto, Benjamin. Sono io il responsabile delle operazioni.» Alexander controllò il suo riflesso nell'acciaio lucido, come se volesse accertarsi di avere un bell'aspetto davanti ai suoi uomini. «E ora muoviamoci, ragazzi.

Abbiamo un nemico da sottomettere.» Si lanciò nella galleria.

Gli agenti di guardia lo seguirono ubbidienti.

Io guardai la porta d'acciaio richiudersi di schianto dietro di loro, poi aspettai il rassicurante scatto del chiavistello prima di riportare l'attenzione sui monitor.

Le immagini si susseguivano sempre più veloci, mentre gli agenti ai terminali cercavano di tenere d'occhio contemporaneamente tutto quello che accadeva in superficie. Vidi di sfuggita l'agente nemico che correva davanti alle telecamere nel bosco, le squadre di agenti della CIA dirette verso il dormitorio, Alexander e i due agenti che aveva richiamato in azione lanciati nelle gallerie per unirsi all'operazione. La radio gracchiava le loro comunicazioni: le squadre si coordinavano, qualcuno chiedeva aggiornamenti sul nemico, Alexander ordinava a tutti di non intervenire fino al suo arrivo.

Vidi l'agente nemico che superava di corsa la palestra, avvicinandosi al dormitorio.

«Lo vediamo», riportò un agente piazzato vicino al dormitorio.

«Non sparate», ordinò a tutti Alexander. «Se possibile, li vogliamo vivi.»

Sui monitor vidi, da due angolazioni diverse, Alexander che emergeva in superficie e si univa a un plotone di agenti dietro il dormitorio. Ci fu una breve discussione che non riuscii a sentire e poi il gruppo si disperse, pronto a entrare in azione.

Il nemico stava aggirando la sala mensa, era quasi arrivato al dormitorio, ma nel frattempo mi venne in mente un pensiero fastidioso. C'era qualcosa di orribilmente familiare nel modo di camminare dell'uomo che stavo osservando. E poi...

«Sembra proprio che sia da solo» dissi.

«Già», ammise uno degli agenti ai terminali. «Sembra proprio di sì.»

«All'attacco!» ordinò Alexander.

Gli schermi all'improvviso si affollarono di agenti della CIA. Sbucavano da dietro gli edifici, scendevano dai tetti, saltavano fuori da mucchi di foglie. Furono lanciate una dozzina di reti contemporaneamente. Quattro andarono a segno e due catturarono i nostri agenti, rimasti vittime del fuoco incrociato. Il nemico si accasciò al suolo, avviluppato nelle reti, e poi rotolò di lato per ritrovarsi intorno cinquanta agenti nemici con le armi puntate contro di lui.

Non ci furono altri attacchi dal bosco.

Il che significava che c'era *davvero* un unico uomo.

Si accesero i riflettori ad arco, immergendo la zona in una luce accecante. Tutte le telecamere disponibili si spostarono sull'obiettivo. Una di esse riuscì a cogliere l'immagine del suo viso.

«Oh no» dissi.

Era Mike Brezinski.

Un attimo dopo, un'esplosione fece saltare la porta d'acciaio dietro di me.

Mi voltai di scatto, solo per scoprire che la stanza era già piena di fumo.

Mi resi conto di aver lasciato l'arma nell'altra stanza, ma comunque non sarebbe servita.

I due agenti ai terminali furono colpiti da dardi sedativi prima ancora di riuscire a estrarre le pistole.

Un altro dardo mi prese alla spalla.

L'ultima cosa che vidi furono tre uomini mascherati che emergevano dal fumo, e poi diventò tutto buio.

19

RAPIMENTO

Washington, DC

Strade nella zona del National Mall

9 febbraio, ore 19:45

Quando mi ripresi, eravamo in movimento. Era l'unica cosa di cui potevo essere certo. Sulla testa avevo un sacco pesante che mi oscurava completamente la vista e in più ero legato come un vitello a un rodeo: avevo le mani bloccate dietro la schiena e le caviglie strette insieme. Ero sdraiato per terra nel retro di un veicolo. Pensai che fosse un furgone, perché c'era un sacco di spazio, ma non potevo esserne sicuro. Nessuno si era preoccupato di mettermi su un sedile, con la cintura di sicurezza. Mi avevano semplicemente buttato là dentro come una valigia. Mi faceva male la spalla, nel punto in cui mi aveva colpito il dardo sedativo: sembrava la puntura di una vespa grossa come un labrador.

Ero terrorizzato, ma ebbi la presenza di spirito di non dire nulla e di non fare movimenti bruschi. Per il momento, probabilmente, mi conveniva lasciar credere ai miei rapitori di essere ancora svenuto. Forse così avrei potuto scoprire qualcosa. Concentrandomi bene, riuscii a capire che sul sedile davanti si stava svolgendo una conversazione, ma il rumore della strada che arrivava dal basso la sovrastava. Mi sforzai il più possibile per distinguere qualche parola:

«Secondo me i Wizard arriveranno in finale, quest'anno» disse una persona.

«Secondo me sei un idiota» disse l'altra.

Aggrottai la fronte. Era la radio.

Però mi domandai: quale terrorista di un'organizzazione straniera ascolta un canale radio americano che parla di sport?

All'improvviso si sentì un fortissimo tonfo sul tetto del furgone, come se ci fosse caduto sopra qualcosa di pesante, capace di deformarlo.

Mi spaventò – e sembrò avere lo stesso effetto sui miei rapitori. Qualcuno nei sedili davanti reagì con sorpresa in una lingua che non riconobbi. Poi sentii un vetro che si schiantava, un colpo sordo e qualche gemito.

La mia paura aumentò di vari gradi. Non avevo idea di che cosa stesse succedendo. Era possibile che qualcuno stesse cercando di salvarmi, ma anche che un'altra fazione di cattivi si fosse buttata nella mischia. Poteva essere un'imboscata, un'azione sotto copertura o un assoluto e completo casino. In ogni caso io ero un passeggero inerme all'interno di un veicolo in fuga, il cui controllo era conteso da persone molto pericolose: decisamente non un comportamento raccomandato al corso di educazione stradale.

Dal sedile davanti arrivavano i suoni di un combattimento in corso, mentre il furgone sbandava selvaggiamente. Venivo sbattuto da una parte all'altra, mentre sotto di me le gomme stridevano e folate di vento freddo entravano dai finestrini rotti. All'improvviso ci fu una scossa fortissima mentre strisciavamo contro un altro veicolo. Poi due oggetti pesanti – corpi di persone incoscienti, pensai – atterrarono accanto a me. Poi ci fu un'altra serie di colpi distinti – non so come, ma riconobbi il rumore della testa di qualcuno che veniva sbattuta ripetutamente su un cruscotto – e il tonfo finale di un terzo corpo che piombava sul fondo del furgone. Il veicolo sbandò in modo incontrollabile ancora per pochi secondi e poi finalmente si stabilizzò.

«Ehi, Ben», disse Erica. «Ora puoi smettere di fingerti svenuto.»

Non ero mai stato così felice di sentire la voce di qualcuno in tutta la mia vita. «Siamo al sicuro?»

«Non ancora. Ma ci sto lavorando. Tieni duro.»

Dietro di noi si sentì una raffica di mitragliate, seguita dal rumore dei proiettili che perforavano la fiancata del furgone.

I nostri freni stridettero e il furgone ruotò di scatto, come se Erica lo avesse fatto girare apposta. Dal posto di guida esplosero degli spari, dopodiché sentii distintamente il veicolo che ci inseguiva schiantarsi contro un muro.

Il furgone smise di scivolare e ricominciò a procedere normalmente.

«Okay, *ora* siamo al sicuro» disse Erica. «Almeno per un po'.»

«Mi potresti slegare?» chiesi.

«Dammi un altro minuto. Ci stanno ancora seguendo.»

Il furgone proseguì ad alta velocità ma, a quanto pareva, entro i limiti di legge. Due volte sentii le sirene della polizia sfrecciare in direzione opposta – come se si stessero precipitando verso quello che ci eravamo lasciati alle spalle – ma nessuno ci intimò di fermarci. Dopo cinque minuti e ventitré secondi il furgone rallentò e sobbalzò, come se avesse saltato improvvisamente un cordolo, poi si fermò.

Cinque secondi dopo Erica aprì il portello posteriore, mi trascinò fuori e mi strappò il cappuccio dalla testa.

La prima cosa che vidi fu la sua faccia. Era imbrattata di tintura mimetica nera e sangue, ma non riuscii a capire se fosse il suo o quello di qualcun altro. Aveva un bernoccolo grosso come una noce sopra l'occhio sinistro, il labbro gonfio e i capelli arruffati, ma mi sembrò comunque stupenda. Certo, probabilmente se un gargoyle vi salvasse la vita, lo considerereste la creatura più bella che abbiate mai visto.

Erica mi prese il viso fra le mani e si chinò su di me. Per mezzo secondo pensai che stesse per baciarmi.

Invece mi inclinò la testa di lato, verso la luce di un lampione, e mi esaminò gli occhi. «Hai le pupille leggermente dilatate», mi disse. «A quanto pare ti hanno dato il Narcosodex, un blando tranquillante. Hai la nausea?»

«Sì, ma credo sia il mal d'auto. Sono appena stato sballottato per bene.»

«Meglio fuori che dentro, tanto per sicurezza.» Erica mi piantò tre dita nello stomaco.

Crollai a terra e vomitai.

Era l'ultima cosa che avrei voluto fare davanti a Erica Hale, anche se in effetti dopo mi sentii decisamente meglio.

Mentre ero inginocchiato a stringermi lo stomaco, notai che Erica indossava una tuta mimetica integrale: era del tipo bianco, invernale – per nascondersi meglio nella neve – ed era perfettamente accessoriata con una cintura nera multitasche. Erica aprì uno dei numerosi scomparti, ne prese una pallina bianca e me la porse.

«È un farmaco che neutralizza il tranquillante?» mi chiese.

«No, è una TicTac. Neutralizza l'alitosi da vomito.»

«Ne prendo due» dissi.

Erica me le mise in bocca, poi sfoderò un paio di grosse cesoie e si mise al lavoro per liberarmi.

Non ero ammanettato. Polsi e caviglie erano legati con un filo flessibile, Erica ci mise quasi un minuto per segarlo.

Mentre lo faceva, mi guardai intorno. Ci trovavamo a sud ovest del National Mall. Il furgone era parcheggiato su una sottile striscia di terra fra la strada e il fiume Potomac, a circa mezzo chilometro dal Lincoln Memorial, che incombeva sopra gli alberi alla mia sinistra come un enorme condizionatore di marmo. Alla mia destra, più lontano, c'era la cupola scintillante del Jefferson Memorial, mentre davanti a noi si trovava la massa scura dei campi da baseball e del Tidal Basin, il bacino artificiale del parco. Più oltre svettava l'obelisco del monumento a Washington.

Mi voltai per guardare il furgone. Era verde scuro, senza segni particolari, la targa della Virginia era probabilmente rubata. Il tetto era deformato e il parabrezza anteriore era distrutto. Le fiancate erano crivellate di proiettili e la vernice era saltata via in molti punti. Lo specchietto dal lato del passeggero pendeva appeso a un filo. Se il furgone era stato noleggiato, qualcuno non avrebbe recuperato la caparra.

Gli uomini all'interno erano messi ancora peggio. Tutti e tre erano svenuti. Avevano il naso rotto e gli occhi pesti. Le loro facce erano così gonfie e bitorzolute che era impossibile capire quale fosse il loro aspetto normale.

«Che cosa è successo?» chiesi.

«Ti ho salvato la pelle.» Erica finì di tagliare il filo che mi legava le caviglie e lo buttò nel furgone. Poi mi staccò qualcosa da dietro e me lo mostrò. Era un post-it. «Questo ce l'avevi sul sedere. Immagino che sia loro. Hai qualche idea di che cosa possa voler dire?»

Sopra c'era soltanto un numero: 70.200. Scossi la testa.

Erica infilò il post-it in una bustina trasparente per conservare le prove, poi mi prese per un braccio e mi trascinò verso i campi da gioco. «Andiamo, prima che arrivino i rinforzi» mi disse.

«Non dovremmo prendere uno di loro?» Indicai gli agenti nemici svenuti nel retro del furgone. «Per interrogarlo?»

«Idea carina, ma non abbiamo tempo di trascinarci dietro un peso morto. Fra due minuti questo posto brulicherà di criminali.»

Non ero così stupido da darle torto. Mi voltai e cominciai a correre.

Il parco del National Mall a Washington è una delle attrazioni turistiche più visitate della nazione, ma alcune zone sono incredibilmente poco frequentate. Perfino in una giornata estiva, quando il Lincoln Memorial è invaso dai turisti, il lato sud dello specchio d'acqua rettangolare chiamato Reflecting Pool, lì vicino, può essere quasi deserto. In quella fredda sera invernale, non c'era anima viva. Qualche macchina sfrecciò via lungo la Independent Avenue, mentre attraversavamo di corsa, ma a parte quelle avremmo potuto trovarci a chilometri dalla civiltà.

Sul lato sud del Reflecting Pool si stendeva una fitta macchia di alberi. Mentre ci infilavamo lì dentro, vedemmo i fari di tre auto che si fermavano dove avevamo lasciato il furgone. Ci avevano messo un po' meno di due minuti ad arrivare. Mi fermai a osservarli, al riparo degli alberi, ma Erica mi trascinò via. «Non fermarti. Non gli ci vorrà molto a capire che siamo scappati da questa parte. Non c'erano molte alternative.»

Aveva ragione. Fra il Potomac e il Tidal Basin, erano poche le direzioni da prendere senza dover procedere a nuoto. Per un attimo pensai che Erica, incredibilmente, avesse fatto un errore ad abbandonare il furgone in quel punto. Ci aveva lasciato nella zona più scoperta – e più lontana dalla metropolitana – di tutta la città, mentre il nemico aveva auto e un sacco di uomini. Non ci avrebbero messo molto a raggiungerci.

Ma, come sempre, Erica aveva calcolato tutto con largo anticipo.

A poca distanza, fra gli alberi, c'era un piccolo monumento quasi dimenticato intitolato a Chester Alan Arthur, uno dei presidenti meno incisivi. Qualche anno prima lo avevo trovato per caso, con Mike, dopo una partita con la squadra di baseball dei pulcini. Quella volta avevo pensato che fosse una stranezza prendersi la briga di costruire un monumento ad Arthur – e che comunque, se proprio ci tenevano, era assurdo costruirlo dove era destinato a essere ignorato da tutti, a parte qualche turista sperduto. Era un monumento molto piccolo, fatto di marmo, come tutto quanto a Washington, con un tempietto in stile romano che sovrastava una statua di Arthur dall'aria gonfia e piena di gas.

Erica girò un anello al dito della statua. Nel marmo si aprì un piccolo pannello, rivelando un tastierino antiquato. Erica digitò un codice numerico.

Con un cigolio, la statua ruotò di novanta gradi, scoprendo una scala nascosta.

Dopo tutto quello che era successo non pensavo che qualcosa potesse ancora stupirmi, ma quel trucco ci riuscì. Non credevo ai miei occhi.

Ci infilammo nel varco e la statua scivolò automaticamente al suo posto, facendoci piombare nell'oscurità. C'era solo una rampa di scalini. Erica schiacciò un interruttore e accese una serie di lampadine nude che sporgevano dal soffitto e illuminavano una galleria. Sembrava molto più vecchia delle gallerie della scuola. Le pareti erano di pietra, non di cemento, e il soffitto era puntellato da travi di legno marce, come il tunnel di una miniera. Dentro faceva ancora più freddo che fuori.

Cominciai a tremare. Avevo solo una felpa sopra i vestiti.

«Tieni, metti questa.» Erica prese un pacchettino da un'altra tasca della sua cintura e lo aprì. Era una giacca ultrasottile fatta di un materiale argenteo e lucido. «L'ha sviluppata la NASA per gli astronauti.»

Mi infilai la giacca, che sigillò ermeticamente il mio calore corporeo. Mi riscaldai in un attimo.

Corremmo lungo la galleria per cinque minuti, finché ci trovammo davanti a una porta di metallo dall'aria antica. Non c'erano tastierini, solo una serratura arrugginita. Erica tirò fuori dalla cintura un anello di chiavi e ne scelse una grossa, di ferro, che si infilò senza sforzo nella serratura. La porta si aprì con un cigolio di protesta.

Ci trovammo in una grande stanza quadrata. Le pareti erano fatte di grosse pietre, larghe tre metri ciascuna. Una scala a chiocciola metallica si arrampicava fino a una botola nel soffitto di legno. Sembravano le fondamenta di un edificio molto più grande.

Provai a calcolare quanto avevamo camminato e a indovinare dove ci trovassimo, ma non era possibile. Poi però notai che su molte delle pietre c'erano delle iscrizioni. Una, nell'angolo, dichiarava: POSTA DA ZACHARY TAYLOR, PRESIDENTE DEGLI STATI UNITI D'AMERICA, 14 MAGGIO 1849.

«Porca vacca» dissi. «Siamo all'interno del Monumento a Washington.»

«Se dici a qualcuno che ho le chiavi, ti ammazzo.» Erica chiuse a chiave dall'interno la porta di metallo.

«Come diavolo fai ad avere le chiavi del monumento a Washington?» le chiesi. «Te le ha date tuo padre?»

«Non essere ridicolo», disse Erica ridendo. «Me le ha date mio *nonno*.»

Mi guidò su per la scala a chiocciola. La sua chiave aprì anche la botola e così uscimmo dalle fondamenta ed entrammo nel monumento, vicino a una statua di George Washington in una nicchia. L'ascensore per i turisti era proprio di fronte a noi, ma Erica mi portò a un'altra rampa di scale, dietro una porta.

«Dobbiamo farcela a piedi» mi disse avviandosi. «L'ascensore è troppo rumoroso. Chiunque da fuori potrebbe sentirlo, ascoltando con attenzione.»

La seguii. L'obelisco cavo si elevava nell'aria per centosettanta metri sopra le nostre teste. «Perché tuo nonno aveva le chiavi del monumento a Washington?»

«La mia famiglia le ha fin da quando è stato costruito, dato che era un elemento importante del sistema difensivo della città.»

«Questo obelisco è stato costruito a scopo difensivo?» chiesi incredulo.

«È una torre di sorveglianza alta cinquanta piani nel bel mezzo della nostra capitale, costruita alla vigilia della Guerra Civile», rispose Erica. «Credi sul serio che l'abbiano realizzata soltanto per i turisti?»

«Sono sicuro che tutti gli americani la pensino così», risposi sulla difensiva. «Tranne te.» Però, dall'interno del monumento, capivo che la versione di Erica era plausibile. Washington era stata rasa al suolo da un incendio durante la guerra del 1812 e poi si era trovata proprio al confine degli Stati nordisti durante la Guerra Civile. Sarebbe stato logico costruire qualcosa che permettesse ai militari di vedere da lontano l'arrivo dei Confederati. Quando il monumento fu terminato, era il più alto mai costruito. In effetti sembrava un po' strano che il suo unico scopo fosse turistico.

«La costruzione del monumento era una campagna di disinformazione per convincere il pubblico a finanziare i lavori», mi spiegò Erica. «A quei tempi non c'erano le entrate provenienti dalle tasse. E anche se dal punto di vista tecnologico è antiquato, funziona ancora benissimo. Non c'è posto migliore per osservare quello che succede nel viale del National Mall.»

A quel punto il piano di Erica mi diventò chiaro. Ero stato più volte in cima al monumento, di solito in gita scolastica. Era il luogo perfetto per nascondersi. C'erano finestre in tutte le direzioni, che ci avrebbero permesso di seguire i movimenti dei nemici, e poi quelli non avrebbero mai sospettato che ci trovassimo lassù.

Però non potevo evitare di sentirmi ancora un po' spaventato. Meno di un'ora prima quei tizi mi avevano rapito da una stanza di sicurezza che avrebbe dovuto essere impenetrabile. «E se capissero che siamo qui? Saremmo in trappola.»

«Non lo capiranno», mi rassicurò Erica. «Sono venuta qui di sera un milione di volte. Nessuno pensa mai a questo nascondiglio.»

Continuammo l'arrampicata in silenzio. Era dura salire tutte quelle scale, perfino Erica aveva il fiatone. Arrivati in cima, andammo subito alla finestra rivolta verso ovest.

La città di sera, sotto di noi, era bellissima. Il Lincoln Memorial luccicava nel Reflecting Pool e le luci della Virginia facevano scintillare il Potomac. Se non fossi stato così impegnato a cercare di individuare il nemico, avrei potuto pensare che non esisteva posto più romantico dove andare con una bella ragazza.

Non che il romanticismo avesse mai attraversato la mente di Erica, anche solo per un attimo. «Eccoli là» disse, dopo una rapidissima occhiata dalla finestra.

«Dove?» chiesi.

«Ci sono tre coppie di uomini. Una coppia ha appena recuperato i tizi del furgone. Le altre due ci stanno cercando nel bosco a sud del Reflecting Pool.»

Scrutai il paesaggio buio con tutte le mie forze. Dopo l'indicazione di Erica riuscii a malapena a scorgere i due uomini dove avevamo abbandonato il furgone. Stavano caricando i loro compari in un'altra macchina, che sfrecciò via sotto i miei occhi. Quanto ai nostri inseguitori, non riuscii a trovarli da nessuna parte. Il bosco era immerso nella più completa oscurità. «Come fai a vederli?» chiesi.

«Mangio molte carote.» Erica osservò il bosco per altri venti secondi, poi annunciò: «Hanno perso le nostre tracce. Siamo al sicuro». Si appoggiò pesantemente al muro e fece un sospiro di stanchezza.

Mi resi conto che probabilmente aveva consumato un sacco di energie per salvarmi.

«Come hai fatto a trovarmi, quando non ci è riuscita tutta la CIA?» le chiesi.

«Non ti ho mai perso di vista. Tenevo d'occhio tutto quello che succedeva. Quando tutti gli agenti nella scuola hanno cominciato a correre da una parte, ho deciso di andare dall'altra, nel caso fosse un diversivo. Purtroppo avevo ragione.»

Scossi la testa. «Non era un diversivo. Il nemico ha solo avuto fortuna. Il tizio che hanno arrestato… era il mio migliore amico.»

Erica spalancò gli occhi. Quella fu forse la prima volta che la vidi stupirsi di qualcosa. «E che cosa diavolo pensava di fare, entrando nella scuola di nascosto?»

«Stasera c'è una festa. Mi ci voleva portare. Ma con tutto quello che è successo mi sono dimenticato di rispondergli che non potevo andarci. Quindi è venuto lo stesso.»

«Esattamente al momento giusto per distrarre la CIA? È un po' sospetto.»

«Mike Brezinski non è un agente nemico, lo conosco fin dall'asilo.»

«Non ci si può fidare di nessuno», rispose Erica.

Cercai di cambiare argomento. «Poi che cosa è successo?»

«Mentre tutti circondavano il tuo amico, gli agenti nemici ti hanno preso. La loro talpa ha fatto veramente un gran lavoro: conoscevano ogni angolo della scuola, compreso l'intero livello sotterraneo. Ti hanno fatto uscire dal casotto per gli attrezzi dove hai seguito Chip l'altro giorno, poi hanno fatto una breccia nel muro di cinta. Il furgone li aspettava là.»

«E tu li hai seguiti?»

«Avevo sperato di bloccarli dentro la scuola, ma sono stati più veloci del previsto. Per fortuna sono riuscita a requisire una moto e ti ho raggiunto.»

Restai a fissarla per un secondo. «E per fortuna, sai anche come guidarla… e come sconfiggere una squadra di agenti nemici a bordo di un furgone in movimento… e conosci l'entrata segreta del monumento a Washington.»

Erica fece l'ombra di un sorriso, poi cercò di minimizzare. «Già, il nonno mi ha insegnato un paio di cosette.»

In quella frase c'era qualcosa che mi disturbava, ma non riuscivo a capire esattamente che cosa. Nella mia mente stava prendendo forma un'idea, che però non si era ancora del tutto cristallizzata. Buttai un'altra occhiata fuori dalla finestra, ma di nuovo non riuscii a vedere i nemici nel bosco.

«Non dovremmo chiamare i rinforzi?» chiesi.

Erica scosse la testa. «Troppo pericoloso. Non mi sono portata neanche il cellulare. La CIA potrebbe usarlo per triangolare la nostra posizione – e dato che c'è una talpa, potrebbero trovarci anche i nostri nemici. Possiamo solo aspettare che si arrendano e se ne tornino a casa.»

Mi resi conto che anche il mio cellulare era sparito. I nemici me lo avevano portato via. «Tutta qui la tua strategia?» chiesi in tono esasperato. «Non hai un piano di riserva?»

«Per esempio?»

«Non lo so. Tuo padre è Alexander Hale. Prima o poi si accorgerà della tua assenza, no? Non avete concordato qualche procedura di emergenza nel caso una missione vada storta?»

Erica sospirò. «No. Non sembrava una buona idea.»

Finalmente l'idea che non riuscivo ad afferrare prese forma. All'inizio sembrava assurda, ma poi ripensando agli eventi della serata – e a tutti i commenti che Erica aveva fatto a proposito di Alexander – acquistava sempre più senso.

«Tuo padre non è un granché come spia, vero?» chiesi.

Erica si voltò a guardarmi, incuriosita. «Perché dici questo?»

«Sei stata tu a sospettare che potesse essere un diversivo, non lui» risposi. «Anzi, ci è cascato in modo così totale che mi ha portato via la scorta, così i nemici mi hanno preso senza incontrare alcuna resistenza.»

«Hanno comunque dovuto neutralizzare i due agenti fuori dalla porta...»

«Okay, hanno incontrato *meno* resistenza. È stato un errore piuttosto grave per uno che dice di aver fatto tutto quello che dice Alexander.»

«Che cosa intendi con «dice di aver fatto?»» Erica me lo chiese con lo stesso tono di un professore che ti spinge a elaborare meglio un concetto.

«Be'... tuo padre parla moltissimo di tutte le grandi cose che ha fatto... ma io non l'ho mai *visto* fare qualcosa di grande. Quindi, forse, quello in cui tuo padre è davvero bravo è convincere tutti di quanto sia bravo.»

«Wow.» Negli occhi di Erica c'era qualcosa che non ci avevo mai visto prima: rispetto. «Finalmente qualcuno se ne è accorto.»

Non ne ero sicuro, ma probabilmente ero arrossito. «Vuoi dire che non lo sa nessun altro?»

«Per esempio chi?»

«Non so... forse il capo della CIA?»

«Se il capo della CIA sapesse che mio padre è un imbroglione, pensi che lo avrebbe incaricato di proteggerti?» Erica scosse la testa. «Alexander li ha incantati tutti quanti: gli alti papaveri dell'Agenzia, il personale della scuola, tutti gli agenti sul campo...»

«Come ha fatto a farla franca per così tanto tempo?» chiesi.

«L'hai detto tu stesso. Ha un unico talento: fare bella figura. In questo è eccezionale. A volte si inventa delle storie, ma di solito si prende semplicemente i meriti del lavoro altrui.»

«E nessuno si è mai lamentato?»

«Be', molto spesso non possono farlo, perché sono morti.» Accorgendosi della mia espressione inorridita, Erica aggiunse in fretta: «Oh, non è Alexander a ucciderli. O comunque non direttamente. A sparare fa schifo quasi quanto te. Ma spesso le persone muoiono a causa della sua incompetenza. Eppure, in qualche modo, riesce sempre a vendere una storia in cui appare come un eroe».

«Quando te ne sei accorta?»

«Un giorno, quando avevo sei anni, mio padre fece inavvertitamente esplodere la nostra cucina. Aveva appena fatto installare dei missili nei fanali dell'auto. I comandi dovevano sembrare manopole della radio, ma naturalmente mio padre se ne dimenticò. Un pomeriggio, mentre entrava in garage, schiacciò il pulsante sbagliato… e dopo un attimo i nostri elettrodomestici entravano in orbita.»

«Ci sono stati dei feriti?»

«No, anche se l'ego di papà prese un brutto colpo. E la cucina era devastata. Il nostro frigorifero finì nella piscina dei vicini. Il microonde fu trovato a tre isolati di distanza.» Erica cominciò a ridacchiare, non riusciva a controllarsi. Aveva trattenuto le sue emozioni per anni, e adesso la diga stava cedendo. In breve cominciò a ridere a crepapelle. «Scusami», ansimò. «Ripensandoci, è piuttosto divertente. La mamma andò in bestia. Papà cercò di cavarsela, ma era così sconvolto che diede la colpa agli "estremisti svedesi", dicendo che gli avevano sabotato la macchina.»

Mi unii alle risate. L'ilarità di Erica era contagiosa. E dopo quelle giornate di tensione avevo anch'io bisogno di sfogarmi. «Ha fatto qualche altro disastro?»

«Be', ha distrutto da solo le relazioni diplomatiche fra gli Stati Uniti e la Tanzania.» Erica ricominciò a ridere.

«E come?» ansimai.

«Cercava di fare un complimento alla moglie del presidente, ma nel suo swahili maccheronico le ha detto che puzzava come uno gnu rognoso.»

Quello fu solo l'inizio. Adesso che aveva finalmente trovato un confidente, Erica cominciò a sparare storie a raffica:

come Alexander aveva quasi causato il collasso politico della Tailandia, come aveva fatto scoppiare un conflitto tribale in Congo, come era arrivato a pochi secondi dallo scatenare un attacco nucleare contro la Francia. Ogni aneddoto sulla sua incompetenza era più terribile del precedente, eppure non riuscivamo a smettere di ridere (Erica faceva della perfette imitazioni di Alexander, del preside e di tutti i personaggi della comunità delle spie). Dopo mezz'ora avevo più dolori dal ridere di quelli che mi avevano causato i ninja.

Avrei volentieri passato il resto della serata lassù, ad ascoltare i racconti di Erica, ma purtroppo il dovere ci chiamava. Dopo avermi raccontato di quella volta che Alexander aveva perso una valigetta piena di segreti militari in un bar karaoke di Tokyo, Erica guardò fuori dalla finestra e immediatamente si ritrasformò, passando da normale quindicenne alla Regina di Ghiaccio. «Sembra che abbiano rinunciato. È ora di andare.»

Le squadre di agenti nemici si erano riunite sul lato ovest del Reflecting Pool, vicino al monumento ai caduti della Seconda guerra mondiale. Perfino io riuscivo a vederli, a quel punto. Non cercavano più di nascondersi, si aggiravano semplicemente fra i pochi turisti disposti ad affrontare il gelo. Erica sfoderò un binocolo, ma fu inutile: il clima freddo dava ai nemici la scusa per avvolgersi la faccia nelle sciarpe.

Un furgone si fermò accanto al marciapiede, gli uomini ci saltarono dentro e ripartirono a tutta velocità.

Erica si voltò verso di me. «A proposito, tutto ciò che ti ho detto stasera è strettamente confidenziale. Di' una sola parola e ti distruggerò.»

Cominciò a scendere le scale. Cercava di tornare al suo solito atteggiamento distaccato, ma notai un'ombra di rimpianto nei suoi occhi. Forse anche lei aveva desiderato di poter restare lassù, a sparlare di suo padre e a ridere per il resto della serata.

La seguii nel corpo buio del monumento. «Hai mai pensato di raccontare queste cose a qualcuno di importante?» le chiesi. «Qualcuno che possa togliere Alexander dalla circolazione, prima che faccia altri danni?»

Erica scosse la testa. «Non ci crederebbero mai. Mio padre ha coperto troppo bene le sue tracce. E ha amici molto altolocati. Mi considererebbero solo una ragazzina capricciosa che ha dei problemi col papà. E a quel punto potrei salutare la *mia* carriera.» Lo disse con un tono così abbattuto che non sembrava tanto un'ipotesi da parte sua, quanto un'esperienza vissuta.

«Magari potresti non essere tu a passare l'informazione», proposi. «Potrebbe arrivare da un'altra fonte. Come per esempio da me.»

Erica mi fece uno dei suoi rari, inaspettati sorrisi, ma scosse la testa. «Non credo che anche tu ne usciresti bene. E comunque adesso abbiamo problemi più urgenti.»

Annuii, anche se a ogni gradino che ci avvicinava alla base del monumento avevo sempre meno voglia di uscire da lì. Innanzitutto, c'erano buone possibilità che gli agenti nemici avessero soltanto *finto* di andarsene, per attirarci allo scoperto. Ma, cosa ancora più importante, quello era l'unico posto dove Erica si fosse sentita pronta a confidarsi con me. Ero quasi certo che, una volta usciti, mi avrebbe di nuovo chiuso fuori.

«Dove siamo diretti?» chiesi.

«Torniamo a scuola.»

Mi bloccai a metà scala. «Ma mi hanno appena rapito da scuola! Anzi dal bunker più sicuro della scuola!»

«È esattamente per questo che ci torniamo. Credi che il direttore della CIA permetterebbe che succeda *di nuovo*? Avrai più difese del presidente.»

«Allora forse dovremmo andare direttamente alla CIA, dal direttore in persona.»

«No» disse Erica. «Andremo dall'unica persona di cui ci possiamo fidare.»

20

IDENTITÀ DI COPERTURA

Accademia di Spionaggio della CIA

Alloggi dei docenti

10 febbraio, ore 02:00

Ci volle un sacco di tempo per ritornare all'accademia. Seguimmo un percorso molto tortuoso, zigzagando per la città; usammo la metropolitana, i taxi e i nostri piedi, guardandoci costantemente alle spalle per assicurarci di non essere seguiti.

Quando arrivammo finalmente a un solo isolato dalla scuola, notai con sollievo che c'erano agenti della CIA appostati dappertutto. Tre presidiavano il cancello principale, sempre all'erta nonostante l'ora tarda, tracannando caffè e soffiandosi sulle mani per scaldarsi.

Mi avviai verso di loro, ma Erica mi trattenne. «Non così in fretta.»

«Cosa c'è che non va?», chiesi preoccupato. «Sono dalla nostra parte, no?»

«Non fare quella faccia ansiosa. Sono fidati. Ma probabilmente hanno l'ordine di portarti di corsa all'ufficio del preside per un interrogatorio e lo faranno non appena ti vedranno. Una volta lì, ti riempiranno soltanto di bugie. Se vogliamo la verità su quello che è successo stanotte, dobbiamo cercarla per conto nostro.»

Girammo intorno alla scuola, fino ad arrivare a una banca in fondo alla strada. Entrammo nella cabina dei Bancomat ed Erica digitò un codice su uno dei terminali. Subito sulla vetrina si abbassò una cortina d'acciaio, nascondendoci alla vista, e poi il terminale si staccò dal muro, rivelando una scala nascosta. La cosa più strana fu quanto poco lo trovai strano. A quel punto mi sarei stupito di più di entrare in un edificio con Erica *senza* trovare un passaggio segreto.

Le scale arrivavano al labirinto di gallerie sotterranee della scuola, solo che per accedere bisognava superare un'altra porta di sicurezza. «Questa è l'unica strada sotterranea che esce dalla scuola» mi spiegò Erica. «Quindi è super segreta.»

«E quindi, naturalmente, tu la conosci» commentai.

Per tutta risposta, Erica si limitò a sorridere.

Mi guidò nel labirinto sotterraneo senza esitazioni, come se avesse imparato a memoria ogni corridoio e ogni incrocio. Alla fine salimmo una scala e uscimmo dietro il distributore automatico di merendine in un edificio dove non ero mai stato. Eravamo nell'ingresso di quello che sembrava un dormitorio, solo più elegante. La sala era comoda e accogliente, anche se un po' logora. C'erano dei divani di pelle intorno a un fuoco con le braci ancora accese. Le pareti erano coperte di libri. Aleggiava un profumo confortante di tabacco da pipa e olio lubrificante per armi.

«Alloggi per i docenti?» chiesi. Molti professori avevano una casa propria, ma si sapeva che alcuni di loro vivevano all'accademia.

Erica annuì, poi mi guidò per un'altra rampa di scale fino a un breve corridoio con solo quattro porte. Usò la sua chiave per aprirne una e introdurci nella stanza.

Gli alloggi degli insegnanti erano molto più belli dei nostri – non che ci volesse molto: anche certe celle di prigione erano meglio dei nostri dormitori. Quello era un appartamento ben arredato con un soggiorno, una camera da letto singola e un cucinotto. Però era terribilmente in disordine, con giornali buttati dappertutto e bicchieri d'acqua mezzi vuoti appoggiati precariamente su ogni superficie libera.

Il professor Crandall dormiva in una poltrona reclinabile davanti alla televisione, con un accappatoio di spugna tarmato sopra un pigiama a righe. In grembo aveva un programma delle corse di cavalli. Quando entrammo, si svegliò con un movimento brusco e si guardò intorno disorientato. «Sei tu, Thelma?» chiese con aria piuttosto rimbambita. «Sei già tornata da Tuscaloosa?»

«Puoi piantarla con la scena del vecchio imbecille», disse Erica. «Ripley è a posto.»

All'improvviso Crandall diventò una persona completamente diversa. Il suo sguardo di solito confuso divenne acuto, la schiena si raddrizzò e per la prima volta da quando lo conoscevo assunse l'aria di chi sapeva esattamente che cosa stava succedendo. «Bene. Quindi sospetto che siate qui per capire quanto sia grosso il pasticcio.»

Questo riuscì a sorprendermi. «Un attimo», dissi. «La sua personalità di professore svitato è tutta una finta?»

«Ma certo.» Crandall sembrava un po' offeso. «L'unico modo per restare aggiornato su tutto è lasciar credere agli altri di essere completamente fuori di testa. Non avete idea della quantità di informazioni che la gente riesce a snocciolare quando vi crede un idiota senza cervello. E poi serve anche a confondere i nemici, e negli anni ne ho accumulati parecchi. Tendono a sottovalutarti, quando credono che ti manchi qualche rotella.» Buttò via il programma delle corse, scoprendo la pistola semiautomatica, carica e pronta all'uso, che teneva in grembo. «Qualcuno vuole una tazza di tè?»

«Se ce l'hai, prenderei quello all'arancia e zenzero» disse Erica.

«Faccia due» aggiunsi.

Crandall saltò su dalla poltrona e corse nel cucinotto. Ora che aveva smesso di fingere, si muoveva come se avesse cinquant'anni di meno, arzillo come un qualsiasi mio compagno di classe. «Erica, deduco dalla tua presenza qui che hai di nuovo coperto i disastri di tuo padre» disse.

«Sì», rispose Erica. «Se ne è accorto qualcuno di importante?»

«Che ha fatto un casino spaventoso?» chiese Crandall. «Certamente no. I grandi capi pendono dalle sue labbra. Uno degli agenti della sala comandi, però, aveva qualche sospetto – Fincher, credo – così tuo padre ha dato tutta la colpa a lui e ne è uscito alla grande, come sempre. Probabilmente gli daranno un'altra medaglia per questo… non appena sapranno che Ripley è vivo, naturalmente.»

«Però non lo sanno ancora, vero?» chiesi.

«No», ridacchiò Crandall. «Sospetto che in questo momento gli alti papaveri siano fuori di testa.»

«Com'è la situazione?» chiese Erica.

«Piuttosto pesante.» Crandall piazzò tre bustine in tre tazze da tè. «Non c'era mai stato un rapimento nella scuola. Sono già state aperte almeno tre diverse indagini interne. E interi plotoni di agenti sono stati mobilitati per rintracciare il signor Ripley. È come il D-Day. Il capo della CIA si è bevuto la tua storiella su Jackhammer ed è terrorizzato dalle possibili conseguenze, se cadesse nella mani sbagliate. Credo si sia completamente dimenticato che era stata sua l'idea di falsificare le credenziali crittografiche di Ripley, in origine.»

«Allora forse dovrei fargli sapere che sto bene» intervenni.

«Hai fretta di subire un interrogatorio?» Crandall versò l'acqua bollente nelle tazze. «Perché è questo che succederà, non appena ti farai vedere. Ti butteranno in una cella di detenzione e ti metteranno alla graticola in tutti i modi conosciuti dall'uomo.»

Aggrottai la fronte. «Non potrebbero solo chiedermelo gentilmente?»

«Forse, ma in questo modo si parerebbero il culo», mi spiegò Erica. «L'ultima cosa che l'amministrazione vuole è che tu ti presenti qui come un eroe per essere sfuggito al nemico e che racconti a tutti gli studenti la verità su quello che è successo stanotte. Gli serve tempo per limitare i danni ed elaborare la loro versione della storia, una in cui non fanno la figura degli idioti che hanno avuto bisogno di una ragazzina per salvarti.»

«Quindi, perché prima non ti riposi un po'?» Crandall mi porse il tè e mi offrì anche un piatto di biscotti al cioccolato fatti in casa.

Ne assaggiai uno. Era senza dubbio la cosa più buona che avessi mangiato alla scuola delle spie. «Ma è delizioso!»

«Ci metto un pizzico di scaglie di cocco, è il mio segreto», disse Crandall in tono orgoglioso. «Dunque, probabilmente dovremo farti qualche domanda anche noi, per farci un'idea di chi abbiamo di fronte. Puoi dirmi qualcosa dei tuoi rapitori, Benjamin? Che aspetto avevano, come parlavano... magari avevano un odore particolare?»

«Non posso dirvi molto», ammisi. «Sono rimasto svenuto per quasi tutto il tempo, con un cappuccio sulla testa. Tutto quello che so è che stavano ascoltando un programma sportivo alla radio. In inglese.»

Crandall inarcò un sopracciglio cespuglioso, incuriosito. «La teoria prevalente in questo momento, basata sulle intercettazioni, è che i nemici siano arabi. Stai dicendo che potrebbe essere sbagliata?»

«Potrebbe. Anche se è possibile che i miei rapitori fossero semplicemente appassionati di sport. Qui non ci sono molte stazioni radio in arabo. E subito dopo che Erica è saltata sul tetto del furgone, uno dei nemici ha parlato in una lingua sconosciuta.»

«Poteva essere un dialetto arabo?» chiese Crandall.

«Non saprei», ammisi tristemente. «Non sono riuscito a sentire molto. Erica li ha stesi molto velocemente.»

«Sì, è una sua abitudine.» Crandall guardò Erica con soddisfazione e tornò a sedersi in poltrona con la tazza di tè. «E tu, cara? Che impressione hai avuto?»

«Dall'aspetto sembravano sicuramente arabi», disse Erica. «Ma ero troppo occupata a cercare di non farmi uccidere per chiedergli da dove venivano. Però il commento di Ben sulla radio è interessante. Forse cercavano di *sembrare* arabi per fuorviare la CIA. Lo stesso vale per le intercettazioni in arabo, potevano essere fasulle.»

«Ma perché avrebbero dovuto trasmettere quelle frasi?» chiesi.

Crandall mi guardò incuriosito. «Ci trovi qualcosa di strano?»

«Sì» risposi. «Perché avvertire la CIA del fatto che stavano per venire a prendermi? Se conoscevano così bene la scuola, perché non infiltrarsi e portarmi via di notte, senza farsi notare?»

Crandall si girò verso Erica e inarcò di nuovo il sopracciglio. «È più furbo di quanto credevi.»

Erica scrollò le spalle. «Sta migliorando.»

Crandall riportò l'attenzione su di me. «Non hai tutti i torti. Ma tieni presente questo: la scuola pullulava già di agenti. I nemici avevano poco tempo per prenderti e non potevano conoscere la tua posizione con certezza. Ma con quell'indizio avrebbero saputo esattamente dove ti saresti trovato: nel bunker di sicurezza.»

«Ma questo non li avrebbe liberati degli agenti», risposi. «A meno che il nemico non *sapesse* che ci sarebbe stato un diversivo, e non potevano assolutamente prevedere che Mike stava venendo qui. Non lo sapevo neanch'io.»

Mentre parlavo, mi venne in mente una cosa. Non riuscii a nasconderlo granché bene. Crandall ed Erica si sporsero in avanti.

«Che cosa c'è?» chiese il professore.

«Hai ancora quel post-it?» chiesi a Erica.

Lei lo tirò fuori dalla cintura multitasche, ancora nella bustina di plastica. «Questo viene dal furgone usato per rapire Ben», disse a Crandall.

Glielo presi di mano. Sul foglietto c'era il numero 70.200, esattamente come mi ricordavo. Avevo solo bisogno di vederlo di nuovo, per assicurarmi che la mia mente non mi stesse ingannando.

«Allora sapevano che Mike stava arrivando» dissi.

Erica si sedette accanto a me. «Come lo sai?»

Per la prima volta avevo un'informazione che a lei mancava. Probabilmente avrei dovuto sfruttare meglio l'occasione, ma avevo troppa fretta di fare colpo. «È un orario. Solo che invece di scriverlo in ore e minuti l'hanno scritto in secondi. Probabilmente per impedire a chiunque di capire che si trattava di un orario. Settantamiladuecento secondi dopo la mezzanotte sono le sette e mezza di sera.»

«Esattamente il momento in cui il tuo amico è entrato nella scuola.» Crandall picchiò il bracciolo della poltrona.

«Sei sicuro di questo?» Cominciò a fare il conto su un pezzo di carta.

«Non ce n'è bisogno», gli disse Erica. «Le capacità crittografiche di Ben saranno anche false, ma sulla matematica non lo batte nessuno.»

Crandall mise giù la matita. «Quindi creano le false intercettazioni e costringono la CIA a metterti proprio dove vogliono loro. Poi dicono al tuo amico di venire a trovarti esattamente alle sette e trenta, per depistare la CIA.»

«Ma come?» chiesi.

«Se lo scopri, potresti scovare la talpa», disse Erica. «Dobbiamo parlare col tuo amico.»

«Un attimo, ma dov'è Mike?» Prima ancora di aver finito di parlare mi pentii di non averci pensato molto prima. Ero stato così preso dai miei guai da dimenticare completamente che anche il mio migliore amico aveva passato una notte terrificante. L'ultima volta che lo avevo visto, Mike stava fissando cinquanta canne di fucile puntate contro di lui. Non era la prima volta che aveva a che fare con le autorità, ma quell'esperienza doveva averlo spaventato a morte.

«Da quello che so è stato messo sotto chiave» disse Crandall.

«L'hanno mandato in prigione?» chiesi, sconvolto.

«No.» Il professore alzò una mano per calmarmi. «Lo stanno solo interrogando. Ma date le circostanze direi che gli ci vorrà un bel po' di tempo per dimostrare la sua innocenza. Per quanto ne sappiamo potrebbero non aver ancora finito con lui.»

Rabbrividii, immaginando che per Mike sarebbe stato tutt'altro che divertente. «E poi che cosa gli succederà?»

«Probabilmente un insabbiamento in piena regola», disse Erica.

«E cosa sarebbe?»

«Gli mentiranno», rispose Crandall. «Gli diranno le menzogne più elaborate che abbia mai sentito, per soffocare qualsiasi sospetto potrà avere su questo posto. Gli diranno che è davvero un'accademia di scienze, ma che l'avevano prestata ai Marines per un'esercitazione che lui ha interrotto... o che era in corso un'operazione sotto copertura dell'FBI... o chissà che altro. Faranno qualsiasi cosa per renderla credibile, tireranno in mezzo anche il capo delle forze armate se necessario.»

«E se Mike non se la beve?» Conoscevo bene il mio migliore amico. Nessuno aveva meno rispetto di lui per l'autorità. Cominciavo a pensare che il suo atteggiamento fosse più che giustificabile.

Crandall aggrottò la fronte. «Diciamo solo che è nel suo interesse bersela.»

Mi sporsi in avanti, preoccupato. «Lo ucciderebbero?»

«No», rispose Crandall. «I capi della CIA saranno anche incompetenti, paranoidi e mezzi matti, ma non sono dei maniaci assassini. Faranno semplicemente tutto ciò che è possibile per fargli dimenticare quello che ha visto. Ci sono molti metodi diversi, ma nessuno di questi è una passeggiata.»

Mi accasciai sulla mia poltrona e desiderai di non aver mai sentito parlare della scuola delle spie. Era già brutto trovarmi in guai così seri, ma almeno io mi ero offerto volontario. Adesso invece il mio migliore amico si trovava in grave pericolo, solo perché voleva portarmi a una festa a casa di Elizabeth Pasternak. Aveva cercato di farmi un favore e ne stava pagando le conseguenze. Cominciavo a capire perché Erica limitava al massimo i contatti umani: la sua famiglia praticava lo spionaggio da molto tempo e quindi sapeva già che, se ti affezioni a una persona, quella persona può finire per farsi male.

«Quindi il nemico ha praticamente doppiato la CIA» dissi. «E invece di fare qualcosa, loro perdono tempo a interrogare Mike.»

«Oh, è ancora peggio di così», disse Crandall. «Stanno valutando di avviare il Progetto Omega.»

Non avevo mai visto Erica davvero preoccupata per qualcosa, fino a quel momento. Si voltò di scatto verso Crandall, spalancando gli occhi. «Per *questo*? Ma perché?»

«Perché hanno paura», le rispose Crandall.

«Un attimo» li interruppi. «Che cos'è Omega?»

«L'ultima spiaggia, la misura estrema», disse Erica in tono amaro. «Chiudere l'accademia.»

«Non possono farlo!» gridai. Un minuto prima detestavo quella scuola, quindi mi stupii di quanto detestavo l'idea di vederla chiudere. Forse non era il posto giusto per me, ma senza quel posto dove sarebbe andata una persona come Erica? E come avrei potuto fare a rivederla?

«Certo che possono», rispose Erica in tono cupo. «Una sola talpa può rovinare decenni di lavoro. Non importa quanto sono brava: se il mio nome viene divulgato, come spia divento inutile. E lo stesso vale per tutti gli altri. E quindi perché sforzarsi di tenere aperta la scuola? È solo uno spreco di soldi...»

«Su, su», disse Crandall in tono rassicurante. «Ti comporti come se la decisione fosse già stata presa.»

«Be', perché non dovrebbero avviare Omega?» chiese Erica. «Il nemico ha già dimostrato di conoscere questa scuola come le sue tasche. Hanno rapito Ben dal bunker di sicurezza! Come può essere più compromesso di così, questo posto?»

«Ammetto che la situazione non è rosea», disse Crandall. Poi aggiunse in tono deciso: «Però i grandi capi non si riuniranno prima di oggi pomeriggio per discutere di Omega. Se prima di allora potessimo fare dei progressi significativi nella caccia alla talpa, forse si ricrederebbero».

«Quanto significativi?» chiesi.

«Dobbiamo trovare la talpa.» Erica si rivolse a Crandall. «A che ora è la riunione?»

«All'una», rispose il professore. «Proprio qui, nella sala conferenze principale.»

«E dove si trova?» chiesi.

«Nel Padiglione Hale, accanto alla biblioteca» mi disse Crandall.

Controllai l'orologio. Erano le due e mezza del mattino. Avevamo meno di dodici ore per catturare una talpa che la sera precedente aveva surclassato l'intera CIA. Non sembrava possibile.

Erica però era imperturbabile. A quel punto era carica al massimo, determinata a fare tutto ciò che poteva per salvare l'accademia. «Qual è la nostra ipotesi migliore?» chiese.

Mi ci volle un attimo per realizzare che lo stava chiedendo a me, non a Crandall. Mi arrabattai per dare un senso a tutto ciò che era successo nella giornata precedente. Un nome mi balzò in mente fra tutti. «Ehm... Chip Schacter.»

«Chip?» Crandall si mise a ridere. «Quel ragazzo è un idiota.»

«O forse vuole che noi *pensiamo* che lo sia» risposi. Crandall accusò il colpo e tacque. «Voleva incontrarmi qualche ora fa.» Trovai in tasca il biglietto accartocciato e lo mostrai agli altri: *Vediamoci stasera in bibloteca. Mezzanotte. Ne va della tua vita.*

Erica lo lesse e poi mi guardò, sorpresa. «È vero, è la scrittura di Chip. Perché non me lo avevi detto?»

«Mi è passato di mente», risposi. «Con il rapimento e tutto il resto.»

«Hai un'idea di che cosa si tratti?» mi chiese Erica.

«No», ammisi.

Crandall posò la tazza con un sospiro. «Senza offesa, Benjamin, ma questa non è un granché come traccia...»

«Chip è collegato all'ultima bomba piazzata sotto la scuola» disse Erica. «L'ha installata lui, oppure l'ha trovata. Questo lo colloca più vicino di chiunque altro ai piani dei nemici. E adesso cerca di mettersi in contatto con Ben.»

«Se questo biglietto viene davvero da lui», commentò Crandall in tono prudente. «La calligrafia non è difficile da imitare. Potrebbe essere una falsa pista, studiata per farci perdere tempo prezioso.»

«C'è un'altra cosa su Chip», aggiunsi. «Sta con Tina Cuevo.»

Erica e Crandall si voltarono di scatto verso di me, stupiti da quell'informazione – e dal fatto che l'avessi avuta prima di loro.

«Come fai a saperlo?» mi chiese Erica.

Feci per rispondere, ma Crandall all'improvviso si mise un dito sulle labbra, facendomi segno di tacere.

Nel silenzio che seguì, sentii il suono distante di passi che salivano la scala principale. Era molto leggero, mi stupii che Crandall l'avesse sentito mentre parlavamo.

Crandall accese il televisore. Aveva un aspetto antiquato, ma in realtà era collegato al sistema di sorveglianza della scuola. Crandall trovò rapidamente la telecamera sulla scala dell'edificio. Sei uomini armati fino ai denti si stavano avvicinando.

Soffocai un'esclamazione: «I nemici!»

«Peggio», disse Crandall. «I dirigenti scolastici.» Si girò verso di noi. «Se vi prendono, la vostra indagine è finita. Andate! Trovate Chip!»

Erica aveva già aperto la finestra.

La seguii fuori. Dopo il tepore dell'appartamento di Crandall, l'aria fredda mi colpì come uno schiaffo in piena faccia. Saltai a terra dal primo piano.

All'esterno ci stavano aspettando. L'edificio era circondato.

Si accesero di colpo una dozzina di riflettori, accecandomi. Dall'ombra si staccarono sagome scure che correvano verso di me. «Ripley!» gridò una di loro. «Non scappare! Vogliamo solo assicurarci che tu stia bene!»

«Non dargli retta!» mi avvertì Erica entrando in azione, in un vortice di calci e piroette. Molti dei suoi assalitori caddero subito, stringendosi diverse parti del corpo e levando gemiti di dolore. Ma ce n'erano troppi perché potesse salvare anche me.

Dopo il suo attacco gli agenti smisero di fingersi preoccupati per me e mi circondarono. Feci del mio meglio per scappare, ma fu praticamente inutile. Riuscii solo a mettere a sghimbescio gli occhiali di un agente, prima che gli altri mi saltassero addosso. Nel groviglio di braccia e gambe riuscii a vedere di sfuggita Erica che spariva fra gli alberi, inseguita da un'orda di agenti.

Poi qualcuno mi schiacciò la faccia per terra e mi sibilò nell'orecchio: «Vieni con noi. Il consiglio vuole parlarti».

INTERROGATORIO

Centro Cheney – Acquisizione Informazioni

10 febbraio, ore 12:00

Trascorsi le successive nove ore in una stanza per gli interrogatori.

Nei film le stanze per gli interrogatori sono sempre posti freddi e terribili, piccole celle di cemento con dentro soltanto delle sedie di metallo e uno specchio unidirezionale, che tutti riconoscono immediatamente per quello che è. Anche all'accademia le sale interrogatori erano posti terribili, ma almeno erano arredate in modo un po' più comodo. La mia aveva un divano soffice, un pavimento in fibra di cocco e una piccola fontana zen. Un altoparlante nascosto diffondeva della musica new age. Era come la sala d'attesa di una spa – forse per indurre una sensazione di falsa sicurezza e convincere i sospettati a confessare i loro segreti.

Davanti a me passò una processione di agenti, ciascuno dei quali cercava di scoprire che cosa sapevo. Erano persone di ogni età, aspetto fisico ed etnia e usarono una gamma di approcci da manuale (esisteva davvero un manuale, il Mattingly: *Metodi avanzati di interrogatorio.* Lo avevo letto per il seminario di Acquisizione Informazioni). In generale si trattava di variazioni sul tema dell'«agente buono/agente cattivo», anche se sarebbe stato più appropriato descriverli come «l'agente incompetente/l'agente ancora meno competente». Pochissimi di loro sembravano vagamente interessati a ciò che sapevo a proposito del nemico. Per lo più erano preoccupati di scoprire da che parte stavo, come se il vero problema fossi io.

Fondamentalmente, nessuno credeva a ciò che era successo davvero: che ero stato liberato da una compagna di scuola – per di più una quattordicenne – senza alcun aiuto aggiuntivo. Nessuno metteva in discussione l'incredibile bravura di Erica: avevano il suo dossier a disposizione, anche se non Erica stessa. Infatti non solo era scappata, ma continuava a non farsi trovare, il che avrebbe dovuto essere un'ulteriore prova della sua bravura, mentre invece li aveva fatti dubitare anche della *sua* lealtà. Per i miei inquisitori aveva molto più senso che io fossi in combutta con il nemico, che mi aveva liberato volutamente, per seguire qualche oscuro e macchinoso disegno.

«Come ha fatto esattamente Erica a orchestrare la tua liberazione?» mi avevano chiesto mille volte.

«Perché non hai cercato di metterti in contatto con noi, una volta libero?»

«Che cosa hai fatto, invece?»

«Che tipo di rapporto hai con la signorina Hale?»

«Ami l'America?»

«E questo che cosa c'entra?» avevo chiesto.

«Rispondi alla domanda», aveva insistito l'agente che mi stava interrogando.

E così avevo ubbidito. Avevo risposto a quella domanda e a tutte le altre con sincerità – ma poi, inevitabilmente, nella stanza entrava qualcun altro e ricominciava da capo.

Avevo parlato anche con un sacco di persone che si comportavano come agenti, ma sospettavo in realtà fossero avvocati. Sembravano molto preoccupati dall'idea che, se davvero ero innocente, potessi decidere di fare causa all'accademia per negligenza grave (cioè, per aver consentito la mia cattura e poi per non essere riusciti a salvarmi). Mi avevano chiesto di sottoscrivere dozzine di moduli pieni di gergo legale incomprensibile. Non ne avevo firmato neanche uno.

Invece avevo insistito con decisione perché la smettessero di farmi domande e di darmi moduli da firmare e provassero ad *ascoltarmi*. Bisognava rintracciare Chip Schacter. Se c'era qualcuno che doveva essere interrogato, quello era lui. Stava con Tina Cuevo. Tina Cuevo era l'unica studentessa che aveva ricevuto il mio primo dossier – e l'unica che Erica aveva messo in copia nell'e-mail su Jackhammer. Chip avrebbe avuto facile accesso alle informazioni tramite Tina e avrebbe potuto passarle al nemico. Oppure era stata proprio Tina a farle trapelare. In ogni caso c'erano fondati motivi per interrogarli.

Mi ignorarono praticamente tutti. L'unica che non lo fece fu una donna robusta e rubiconda, con tanto di quel gel nei capelli che la sua acconciatura era probabilmente antiproiettile. E più che ascoltare davvero, aveva preso le mie richieste come un'offesa.

«Vuoi forse insegnarci come condurre le indagini?» mi aveva chiesto con rabbia.

«Sto cercando di condividere delle informazioni», avevo risposto. «Pensavo che fosse per questo che mi stavate interrogando.»

«Perché a me sembra che tu voglia insegnarci qualcosa», aveva sbottato lei. «Tu. Una matricola. Che non sa un bel niente di spionaggio. Perché non lasci le investigazioni ai professionisti?»

«L'ultima volta che ci ho provato, mi hanno rapito», avevo risposto.

La donna era diventata ancora più rossa di rabbia e se ne era andata pestando i piedi.

Dopo quell'episodio, non era più entrato nessuno per parecchio tempo. Non volevano che sapessi esattamente quanto, perché nella stanza non c'erano orologi, e il mio era stato confiscato. Probabilmente era una tattica, ma è anche possibile che non avessero idea di che cosa fare di me. Per un po' avevo gridato alle persone dietro lo specchio che stavano sprecando tempo prezioso, ma non ricevendo risposta avevo dovuto rassegnarmi a restare seduto sul divano con aria seccata.

Alla fine, dopo quelle che mi sembrarono lunghe ore, la porta si aprì ed entrò Alexander Hale.

Anche se nella giornata precedente l'immagine che avevo di Alexander si era parecchio offuscata, faceva ancora la sua figura. Indossava un completo grigio su misura, con un candido e impeccabile fazzoletto da taschino. Invece di sedersi, tenne la porta aperta e lanciò un'occhiata furtiva verso lo specchio unidirezionale. «Vieni Ben. Muoviamoci.»

Non me lo feci dire due volte. Saltai in piedi e lo seguii. Solo quando ci trovammo fuori dalla stanza, in quello che riconobbi come il labirinto di gallerie sotterranee della scuola, osai chiedere: «Sono libero di andarmene?»

«Non esattamente», rispose Alexander. «Ma per quanto mi riguarda, sì. Ho chiesto di rimanere un po' da solo con te, da uomo a uomo. In via ufficiosa, senza osservatori.»

«Quindi mi sta facendo scappare? Non finirà nei guai per questo?»

«Diciamo solo che ti dovevo un favore. E poi Erica dice che sei molto più utile fuori che dentro.» Alexander mi guidò rapidamente nel groviglio di gallerie, mettendosi anche a correre quando nessuno ci vedeva, finché tornammo all'entrata segreta dietro il bancomat che Erica mi aveva mostrato la notte precedente. Aprì la porta che dava sulla scala nascosta, ma si limitò a farmi cenno di passare.

«Lei non viene?» chiesi.

«Devo tornare indietro e coprire le tue tracce.» Alexander mi diede un buffetto paterno sulla guancia. «Ma non preoccuparti. Sei in buone mani.»

Prima che potessi dire un'altra parola, richiuse la porta alle mie spalle.

Corsi su per le scale e riemersi dietro il bancomat nella finta cabina della banca. Poi uscii sul marciapiede – e mi ritrovai libero. Il muro di pietra dell'accademia incombeva dall'altra parte della strada, ma io ero sul lato esterno.

«Bentornato, Ben», disse Erica.

Sobbalzai, stupito, poi mi resi conto che la voce veniva dall'interno della mia testa. Alexander mi aveva infilato nell'orecchio una ricetrasmittente.

C'era un sacco di gente in giro. I nemici mi avevano portato via il cellulare, ma mi appoggiai una mano all'orecchio e finsi comunque di parlare al telefono. Nessuno mi degnò di uno sguardo: erano praticamente tutti impegnati a parlare, appunto, al proprio cellulare. «Mi senti?» chiesi.

«Forte e chiaro», rispose Erica.

«Dove sei?»

«Sono ancora a scuola, a indagare. Ma ho bisogno che tu segua una persona per me.»

«Chip?»

«No, credo che sia pulito.»

«Cosa? Ma – »

«Ti spiego dopo. Adesso devi seguire Tina. È lei la talpa… e si è messa in moto.»

22

IMBOSCATA

Washington, DC

Strade nella zona dell'Accademia di Spionaggio

10 febbraio, ore 12:30

Erica mi aveva detto che Tina stava per uscire dal cancello principale dell'accademia, quindi costeggiai di corsa il muro esterno per arrivare prima di lei. A un isolato dal cancello rallentai e mi accodai a un gruppo di persone in attesa alla fermata di un autobus.

Due limousine con targa diplomatica percorsero la strada e svoltarono al cancello dell'accademia. Gli agenti di guardia fecero il saluto e le lasciarono passare.

«Sembra che gli alti papaveri stiano arrivando per discutere di Omega», dissi.

«Oh sì. Oggi qui c'è tutto il gotha dello spionaggio americano», rispose Erica. «Abbiamo i direttori della CIA, dell'FBI e dell'NSA, i presidenti delle commissioni parlamentari per l'intelligence, un paio di funzionari della Casa Bianca e, naturalmente, non poteva mancare mio padre... okay, ecco che arriva Tina.»

Dopo un secondo Tina Cuevo uscì dal cancello, avvolta in un giaccone elegante, con un cappuccio di lana calato sulla testa. Si guardò intorno con fare circospetto, non sapevo se per paura di essere seguita o semplicemente per un riflesso condizionato, abituale per qualsiasi studente all'ultimo anno della scuola delle spie. In ogni caso non mi notò e attraversò in fretta la strada.

«Dalle mezzo isolato di vantaggio e poi seguila», mi ordinò Erica. Evidentemente sapeva che non avevo mai pedinato nessuno, anche se avevo studiato la tecnica. Le esercitazioni pratiche negli inseguimenti clandestini non erano previste fino a primavera.

Feci esattamente quello che mi aveva detto.

Tina si spostava rapidamente per le vie della città, sbirciando l'orologio ogni minuto, come se avesse poco tempo. Ogni tanto si guardava alle spalle rapidamente, ma erano occhiate così veloci che avrebbe potuto vedermi, forse, solo se avessi indossato un costume da gorilla. Mi sentivo abbastanza sicuro da continuare a fingere di parlare al telefono con Erica. «Hai qualche idea di dove stia andando?»

«No, ma ha ricevuto un messaggio ed è scappata all'improvviso, poco dopo l'inizio della riunione. È molto sospetto.»

«Abbastanza sospetto da pensare che sia lei la talpa?»

«Oh, ho molto di più su di lei. Grazie al nostro amico Chip.»

«Chip?»

«Già. Dopo aver seminato i gorilla della CIA, l'ho rintracciato e gli ho chiesto di che cosa voleva parlarti la notte scorsa. Ho scoperto che voleva chiedere il tuo aiuto.»

«Il mio aiuto?!» Non riuscii a nascondere la sorpresa. «Io sono arrivato solo da poche settimane. Perché non si è rivolto a te?»

«A quanto pare le persone hanno paura di me. Temeva che lo avrei denunciato.»

«Per che cosa?»

«Indagini non autorizzate. Non è stato Chip a piazzare quella bomba sotto la scuola. Lui stava cercando di scoprire il colpevole.»

Tina attraversò la strada di corsa, appena prima che il semaforo diventasse rosso. Io rimasi sul marciapiede sbagliato e dovetti destreggiarmi nel traffico per arrivare dall'altra parte sano e salvo.

«Perché non è andato da un insegnante?» chiesi.

«Per prima cosa, non era sicuro che fosse una bomba. Una bomba vera, comunque. Ha pensato che potesse essere un test. È la tipica paranoia sofisticata che ti viene instillata dopo quattro anni di scuola di spionaggio. Inoltre, Chip temeva che, se la bomba era vera e la sua prima reazione era semplicemente di dirlo a qualcun altro, l'amministrazione lo avrebbe giudicato inefficiente.»

«Anche se avesse salvato delle vite?»

«Ti ricordo che stiamo parlando di Chip. È abituato ad affidarsi ai ragionamenti degli altri. È per questo che ha cercato di mettersi in contatto con te. Ti eri guadagnato il suo rispetto per non averlo denunciato al preside.»

«Non l'ho fatto perché mi aveva minacciato.»

«Ti ripeto che il nostro amico non è esattamente Albert Einstein. Era anche rimasto molto colpito quando hai insultato l'autorità scolastica. Pensava che tu cercassi di fare bella figura davanti a lui.»

Tina si infilò in una banca. Eravamo a sei isolati dalla scuola. Era una banca qualsiasi, normale, troppo piccola perché potessi seguirla all'interno senza farmi notare. Così mi appostai fuori dalla vetrina e osservai Tina in coda allo sportello.

«È entrata in una banca» riferii.

«A fare cosa?»

«Non lo so. È in coda allo sportello.»

«Immagino che tu non abbia un telemetro, vero?»

«No, mi dispiace. Mi hanno confiscato tutto. Non ho neanche il telefono. Sto facendo finta di parlare in una mano.»

«Okay. Tienila d'occhio.»

«Insomma, che cosa aveva da dire Chip?»

«Che lui non è la talpa. La talpa è lei.»

«E tu gli hai creduto sulla parola?»

«Certo che no. Mi prendi per una dilettante? L'ho torchiato a dovere. Ma chiunque sia la tua fonte, ha capito male. Chip non sta con Tina. In realtà stava indagando su di lei.»

«E Chip aveva ragione?»

«Be', non può essere un completo idiota. Dopotutto, è stato ammesso alla scuola delle spie.»

E io invece no, pensai. «Che cosa aveva scoperto su di lei?»

«Ha un bel po' di materiale, roba forte: e-mail, foto eccetera. Un sacco di prove. Non ho avuto il tempo di esaminarle a fondo, ma credo che Chip possa dimostrare che è stata lei a piazzare la bomba nel sotterraneo. E in più ha delle prove circostanziali. Sto approfondendo questo aspetto.»

«Dove sei? Ci sono delle interferenze.» Stavamo perdendo la connessione radio, sentivo delle scariche di energia statica.

«Sono nelle gallerie sotto il Padiglione Hale. Ho una teoria sui piani del nemico.»

Prima che potessi chiedere a Erica della sua teoria, qualcuno mi afferrò da dietro.

Mi girai di scatto, in posizione da combattimento.

Davanti a me c'era Mike Brezinski. Fece un balzo indietro, non tanto per paura dei miei pugni quanto perché era ancora scosso dall'assalto in massa da parte degli agenti della CIA, la sera precedente. «Wow, calma! Sono solo io!» esclamò.

Ero felice di vedere che stava bene – però la sua presenza mi creava delle inquietudini. «Che cosa ci fai qui?» chiesi.

«Volevo parlarti», disse Mike.

«Che cosa hai fatto, mi hai seguito fin dalla scuola?»

«Sì. Perché l'ultima volta che ho provato a cercarti *dentro* la scuola, mi hanno quasi crivellato di proiettili.»

«Ben, non puoi metterti a chiacchierare col tuo amico adesso», mi avvertì Erica. «Farà insospettire Tina. Devi liberartene.»

«Lo so» dissi, dimenticandomi completamente che non dovevo rispondere a Erica ad alta voce in presenza di altre persone.

«Davvero? E come fai a saperlo?» Mike pensava che avessi risposto a lui.

«Ehm... adesso non posso parlare», dissi tristemente. «Non è un buon momento...»

«Ma mi hai sentito?», insistette Mike. «Ieri sera mi hanno quasi ammazzato! Perché ho cercato di portarti a una festa!»

«Lo so», ripetei. «E mi dispiace. Ma hanno avuto dei problemi con la sicurezza a scuola e penso che la pattuglia si sia lasciata un po' prendere la mano.»

«Ben, mi prendi per scemo?» scattò Mike. «Quegli idioti hanno cercato cento volte di rifilarmi questa panzana, ieri notte. Con loro ho fatto finta di crederci, in modo che mi lasciassero andare. Ma non farò lo stesso con te. Voglio dire, sinceramente, per quanto grave sia la situazione, nessuna ronda di quartiere è dotata di visori notturni. Quelli erano professionisti, vero?»

«Vero», ammisi. Non aveva più senso mentire.

«Quale parte di «liberati di quel tizio» non hai capito?», mi chiese Erica.

Sapevo che Erica aveva ragione, ma non me la sentivo di mollare Mike. Era stato manipolato e traumatizzato a causa mia e mi sentivo terribilmente in colpa. E poi Tina sembrava immersa in una complicata conversazione con il cassiere della sua banca e non si sarebbe mossa per un po'.

«Quella non è una normale accademia di scienze, vero?», mi chiese Mike.

Non sapevo bene come rispondere, con Erica che sentiva tutto, così cercai di cambiare argomento. «Che cosa ti hanno fatto?»

«Intendi *dopo* che mi hanno quasi ucciso? Be', per cominciare non si sono neanche scusati. Invece mi hanno chiuso in una stanza con della musica new age e uno stupido specchio unidirezionale e mi hanno fatto il terzo grado fino a notte inoltrata. E anche se ho fatto finta di non aver capito niente, non mi hanno liberato prima dell'una. Poi mi hanno portato a casa e hanno spifferato tutto ai miei genitori. Così non solo mi sono perso la festa della Pasternak, ma sono anche in punizione.»

«E allora come mai sei qui, adesso?»

«Ho marinato la scuola, che altro?»

«Senti Mike, mi dispiace tantissimo.»

«L'hai già detto. Ma è la verità?»

«Come?» chiesi, scioccato da quell'accusa. «Perché dici una cosa del genere?»

«Perché da quando mi hanno catturato mentre cercavo di venirti a prendere, ieri sera, mi hai ignorato completamente», rispose Mike. «Ti ho chiamato, mandato messaggi, e-mail... non hai mai risposto.»

«Non avevo il telefono e – »

«E ieri sera hai fatto finta di non vedermi.»

Fino a quel momento avevo cercato di tenere d'occhio Tina, ma a quel punto concentrai la mia attenzione su Mike. «Quando?»

«Fuori dalla scuola. Ti ho visto dall'auto, mentre andavo via. Eri insieme a una pollastra e stavi entrando nella cabina di un bancomat. Ti ho chiamato, ma hai fatto finta di niente.»

Feci un gemito, mentre capivo che cosa era successo. Anche se quella notte la scuola brulicava di agenti della CIA, nessuno di loro mi aveva individuato. Era stato il mio migliore amico a farlo. Per questo sapevano che io ed Erica eravamo tornati. L'unica ragione per cui gli agenti ci avevano messo tanto a trovarci era che nessuno sospettava che potessimo andare da Crandall.

«Mike, ti giuro che non ti ho sentito, davvero» dissi.

Mike alzò le mani e fece un passo indietro. «Va bene, te lo concedo. Capisco perché tutta la tua attenzione era concentrata su quella ragazza. Era Erica?»

«Come fa a sapere il mio nome?» chiese Erica, sospettosa.

«Come fai a sapere il suo nome?» chiesi.

«Amico, me l'hai detto tu», rispose Mike. «Al telefono, qualche settimana fa. Ti sei vantato che era venuta in camera tua dopo il coprifuoco.»

«Glielo hai detto?» Erica sembrava sconvolta.

«Non era una questione sentimentale», dissi in fretta. «Voleva solo che lavorassimo a un progetto insieme.»

«Non è quello che mi hai lasciato intendere, in quel momento», disse Mike ridendo. «E francamente non sembrava così neanche ieri sera. Ve ne andate in giro insieme per la scuola, di nascosto, all'una e mezza di notte, ma non state insieme? Ben, ammettilo. Dovresti esserne orgoglioso! Quando mi hai detto che Erica era stupenda, pensavo che esagerassi, ma avevi ragione. Quella pollastra è favolosa!»

«Ben, dobbiamo parlare», disse Erica in tono gelido.

«Allora, l'hai già baciata?» chiese Mike.

Guardai di nuovo dentro la banca, sperando che Tina stesse per andarsene. Ero alla disperata ricerca di qualsiasi possibile diversivo che potesse interrompere quella conversazione. Piuttosto che Erica sentisse un'altra frase, avrei preferito una sparatoria. Per fortuna Tina si stava dirigendo verso la porta.

«Mike» dissi. «Non sto con lei. Davvero.»

L'atteggiamento di Mike passò dall'allegria all'offesa. «Posso accettare le bugie di quei fanatici con gli scarponi militari, Ben. Ma tu sei mio amico. O almeno lo eri. Da quando sei venuto in questa stupida scuola però non ti comporti più come tale.»

«È complicato…»

«No, è semplice: stai facendo lo stronzo. Mi ignori e mi prendi in giro.»

«Non è vero!» protestai.

«Mi hai detto di venirti a prendere, ieri sera, e poi quando sono finito nei guai mi hai abbandonato a me stesso.»

Tina stava uscendo dalla banca con un pacchetto sotto il braccio. Sapevo che avrei dovuto seguirla, però mi voltai verso Mike. «Aspetta. Come sarebbe che ti ho detto *io* di venirmi a prendere?»

«Mi hai mandato un messaggio!»

«Non è vero.»

«E allora che cos'è questo?» Mike tirò fuori il suo telefono e cominciò a cercare qualcosa.

Tina stava per girare l'angolo e sparire alla mia vista.

Mi aspettavo che Erica mi sgridasse per non averla seguita, ma sembrava distratta da qualcosa dal suo lato del collegamento radio.

Così rimasi dov'ero. Fu una decisione ragionata, basata su quello che mi aveva detto Erica quella mattina: se scoprivamo come il nemico aveva manipolato Mike, forse avremmo preso la talpa. Ora Mike diceva che io gli avevo mandato un messaggio che in realtà non gli avevo mandato. All'improvviso capire che cosa fosse successo sembrava la chiave di tutto.

Mike trovò quello che cercava e mi piazzò il suo cellulare in mano. «Ecco qua. Una prova inconfutabile.»

Aveva ragione. C'era un messaggio proveniente dal mio telefono.

Ok per la festa. Vieni a prendermi. 19:30 precise.

Seguivano indicazioni stradali dettagliate. Il punto esatto in cui scavalcare il muro. Che percorso seguire fino al dormitorio. L'avvertimento di evitare le telecamere. Tutto per usare Mike come diversivo.

E l'orario in cui era stato spedito il messaggio: le 13:23.

Per una volta, la mia capacità di sapere sempre l'ora esatta trovò un'applicazione pratica. Sapevo con certezza che cosa stavo facendo alle 13:23 del giorno precedente. E quindi sapevo chi aveva usato il mio telefono.

Tutti i pezzi andarono al loro posto. Di colpo capii qual era il piano del nemico.

Non era più necessario seguire Tina. Era stata usata come diversivo, proprio come Mike. Per distrarre l'attenzione da ciò che era davvero importante.

Il che significava che dovevo tornare a scuola il più rapidamente possibile.

Restituii in fretta il telefono a Mike. «Mi dispiace davvero. Ma ora devo andare. Ti prometto che mi farò perdonare. Sei il mio migliore amico, per me non c'è nulla di più importante.»

«Wow.» Mike fece un passo indietro, a disagio avanti a quel sentimentalismo. «Scuse accettate. Non c'è bisogno di scadere nel patetico. Qual è l'emergenza?»

«Devo trovare Erica», risposi.

«E allora che cosa ci fai ancora qui?» Mike fece un sorriso da lupo. «Vai a prenderla, Tigre.»

Partii a razzo lungo la strada, diretto verso l'accademia. Avevo troppa fretta per fingere di parlare a un telefono immaginario.

«Erica!» dissi. «So chi è la talpa!»

Lei non rispose. Però sentii un colpo secco, e poi il gemito di Erica che cadeva svenuta.

RIVELAZIONE

Accademia di Spionaggio della CIA

Sotterraneo, livello 2

10 febbraio, ore 13:00

Per tornare a scuola usai l'ingresso segreto dietro il bancomat. Avevo valutato l'idea di presentarmi all'ingresso principale e chiedere l'assistenza degli agenti di guardia, ma temevo che mi avrebbero di nuovo incarcerato. Ultimamente avevo usato i sotterranei abbastanza spesso da cominciare a orientarmi e sbagliai strada soltanto una volta.

Ero consapevole che buttarmi a testa bassa ad affrontare il nemico era una mossa incosciente. Avrei dovuto trovare dei rinforzi, ma non sapevo di chi fidarmi e senza il cellulare non avevo idea di come individuare qualcuno senza perdere tempo prezioso. Non c'era neanche il tempo di passare in armeria. Ci volevano almeno cinque minuti per riempire i moduli di richiesta per un'arma, ed erano cinque minuti che non avevo. A quel punto ogni secondo era cruciale.

Erica mi aveva detto di essere sotto il Padiglione Hale. Non sapevo esattamente in che punto, ma immaginavo che stesse indagando sotto la sala conferenze dove si stava svolgendo la riunione sul Progetto Omega. C'erano tutti i principali rappresentanti dello spionaggio americano. Con una sola bomba il nemico avrebbe potuto eliminarli tutti quanti.

Ma dov'era la bomba? Sotto la biblioteca c'erano due livelli di sotterraneo – o almeno erano quelli di cui conoscevo l'esistenza: potevano anche essercene altri dieci, là sotto. E ogni livello era un dedalo di gallerie, condotti di aerazione e stanze chiuse a chiave. Non sapevo neanche dove si trovasse esattamente la sala conferenze del Padiglione Hale, che era un edificio immenso, il più grande della scuola, con l'estensione di un campo da football. Potevano esserci un migliaio di posti diversi dove nascondere una bomba, laggiù.

Mentre mi avvicinavo al Padiglione Hale, però, sentii un fievole segnale acustico intermittente. Proveniva dalla ricetrasmittente e cresceva di intensità a ogni passo che facevo.

Erica, pensai. Doveva aver attivato un sistema di tracciamento prima di svenire. Ovviamente funzionava solo a corto raggio, ma a me non serviva altro. Mi lasciai guidare dal segnale lungo le gallerie, fino al Livello 2 del sotterraneo, dove mi trovai davanti a una porta d'acciaio con la scritta LOCALE CALDAIA. Laggiù il segnale era così forte che dovetti togliermi la trasmittente dall'orecchio.

Di fronte alla caldaia c'era uno sgabuzzino per gli attrezzi, con la porta chiusa ma piuttosto fragile. Bastarono tre calci per sfondarla.

Gli scaffali erano carichi di detersivi industriali: perfetti per ottenere un'arma chimica, se avessi seguito il corso di Chimica 5: *Come costruire armi a base di detergenti*. Purtroppo non lo avevo ancora fatto e dovetti optare per qualcosa di più semplice: spezzai un manico di scopa sul ginocchio e lo trasformai in una mazza con la punta relativamente appuntita. Poi tornai alla porta dell'impianto di riscaldamento.

Non era chiusa a chiave. Si aprì con un lieve cigolio, coperto dal rumore dell'immensa e antiquata caldaia, che sbuffava e sferragliava fragorosamente nello sforzo di riscaldare l'edificio sovrastante.

Erica giaceva svenuta contro una parete, con un rivolo di sangue che scorreva dietro l'orecchio.

Sulla parete di fronte c'era la bomba. Sembrava quella che avevo visto seguendo Chip nella galleria sotterranea, ma centinaia di volte più grande. Il blocco di esplosivo C4 era grosso come uno schedario, abbastanza per radere al suolo l'intero Padiglione Hale. Da lì partiva un groviglio di fili che arrivavano a una sveglia digitale, attivata proprio in quel momento...

Da Murray Hill.

Mi voltava le spalle, ma sapevo che era lui. Lo avevo saputo fin da quando avevo visto il messaggio sul cellulare di Mike. Era stato spedito nel momento esatto in cui Murray era andato a prendere la torta, il giorno prima.

Mi aveva preso il telefono dalla tasca della giacca, aveva spedito il messaggio a Mike e poi aveva cancellato il testo inviato dall'archivio. Niente di particolarmente difficile. Non doveva aver fatto molta fatica a scoprire il mio codice di accesso: nelle ultime settimane probabilmente lo avevo digitato davanti a lui senza pensarci, convinto che fosse mio amico. Murray non aveva dovuto fare altro che tenere gli occhi aperti e ricordarselo. Una volta incastrato Mike, per usarlo come diversivo, aveva detto a qualche complice di piazzare le intercettazioni, aveva preso tre fette di torta e mi aveva rimesso il telefono in tasca. Poi, quando Alexander mi aveva portato via dalla mensa, Murray era andato a organizzare il mio rapimento.

L'unica cosa che non aveva potuto fare era cancellare il messaggio dal telefono di Mike. Probabilmente pensava che Mike non me lo avrebbe mai mostrato – o che comunque, quando lo avesse fatto, il Padiglione Hale sarebbe già stato ridotto a un cratere fumante.

Da quello che riuscivo a vedere, Murray non aveva ancora finito di innescare la bomba, anche se non potevo esserne sicuro. Non sapevo molto di bombe, ma sapevo una cosa fondamentale su Murray: non ci si poteva minimamente fidare di lui.

Portai il manico di scopa sopra la spalla, come una mazza da baseball, e mi avvicinai di soppiatto, concentrandomi sul punto alla base del cranio – lo stesso dove probabilmente lui aveva colpito Erica per abbatterla – con l'intenzione di colpirlo con tutte le mie forze e farlo svenire. Il frastuono della caldaia copriva i miei passi mentre lo raggiungevo...

«Se fossi in te non lo farei, Ben.» Murray non si voltò neanche. Invece sollevò la mano sinistra, che stringeva un pulsante a rilascio. «Se mi mandi al tappeto, lo lascerò cadere e... kaboom!»

«Allontanati dalla bomba», dissi col tono più minaccioso che riuscivo a fare.

«Certo. Dammi solo un secondo. Ah! Ecco fatto.» Murray inserì l'ultimo cavo nella sveglia digitale e si voltò a guardarmi con un sorriso. «Perché non metti giù quell'arma, così possiamo fare una chiacchierata da persone civili? Dai, ti offro un gelato.» Si avviò verso la porta.

«Fermati o ti faccio male», dissi.

Murray si fermò e mi lanciò un'occhiata infastidita. «No, non lo farai. Perché altrimenti farai saltare in aria tutti, compreso te stesso. E non è questo che vuoi.»

«Farei saltare in aria anche te», gli feci notare. «E non è questo che vuoi *tu*. Quindi a quanto pare siamo bloccati qui.»

«Non esattamente.» Murray estrasse una pistola da sotto il giaccone e me la puntò alla pancia. «Pistola batte bastone. Ho vinto io.» Buttò via con disinvoltura il pulsante a rilascio, che si rivelò un pezzo di plastica inutile. Come dicevo, non ci si poteva mai fidare di lui.

Ormai era troppo lontano per riuscire a colpirlo con il manico di scopa. Lo abbassai, sconfitto, e gli lanciai un'occhiata carica di odio.

«Non guardarmi così», disse lui. «Se avessi voluto, ti avrei già sparato.»

«E perché non l'hai fatto?» chiesi.

«Perché ho una proposta d'affari per te.» Con la pistola mi fece cenno di andare verso la porta. «Ti spiace se ne discutiamo in un posto più comodo? Non scherzavo su quel gelato.»

«Preferirei stare qui» dissi.

«Pago io. Puoi avere anche le scagliette di cioccolato.»

«L'ultima volta che mi hai offerto il dolce, era una montatura per organizzare il mio rapimento.»

Murray sospirò, esasperato. «Ti rendi conto che lì c'è una bomba, vero? Certo, non farà bum finché non lo decido io, ma comunque più ci allontaniamo e più saremo al sicuro.»

«Se vuoi parlare con me, fallo adesso.» Non sapevo bene perché sentivo la necessità di restare in quella stanza, ma mi sembrava che, se fossi uscito, avrei perduto qualsiasi possibilità di impedire l'esplosione. O di salvare Erica. «Qual è la proposta?»

«Ti piacerebbe fare il doppio gioco?» mi chiese Murray.

Mi aspettavo che provasse a cogliermi di sorpresa, ma questo mi sbalordì completamente. «Mi stai offrendo un lavoro?»

«Non io, i miei superiori. Hanno visto il tuo dossier, naturalmente. Gliel'ho passato io. E gli è piaciuto… anche se sappiamo tutti che quella storia del genio della crittografia è una panzana.»

«Questo lo avevo capito.» Feci del mio meglio per sembrare ammirato, sperando di fargli abbassare la guardia. «Siete solo stati al gioco mentre organizzavate l'operazione Scorpione, giusto? Prima fate capire alla CIA, senza ombra di dubbio, che nella scuola c'è un agente che fa il doppio gioco. Fate trapelare qualche informazione, mandate un sicario in camera mia per dimostrare che siete in grado di entrare nella scuola. Poi, quando Erica gioca la carta di Jackhammer, mandate i vostri uomini a rapirmi. E tutto solo per mettere paura al governo, in modo che prenda in considerazione il Progetto Omega. Perché sapete che solo una crisi del genere potrebbe riunire tutti gli alti papaveri dello spionaggio in un solo posto, creando l'occasione perfetta per eliminarli in un colpo solo.»

«L'hai capito tutto da solo?» chiese Murray. Sembrava colpito, ma poteva anche essere una finta. «Sapevo di aver ragione su di te. Sono proprio queste capacità deduttive che ci interessano.»

«Oh, ma ho capito molto di più», risposi. «Tu hai manipolato tutti quanti. Per esempio, hai finto di lasciarti sfuggire che Chip stava con Tina per sviare su di lui la mia attenzione, ma in realtà eri tu che la stavi usando.» Ricordai i manuali per tutor ammassati in camera di Tina. «Non ti sei fatto bocciare in tutte le materie per ottenere un lavoro dietro una scrivania. Lo hai fatto perché Tina ti desse ripetizioni.»

Murray sorrise. «Mi dichiaro colpevole.»

«Era così che raccoglievi le informazioni. Le sottraevi a lei. Ma poi quando proprio Chip, fra tutti, si è reso conto che qualcuno stava preparando un attentato dinamitardo, hai fatto in modo che i suoi sospetti ricadessero su di lei.»

Murray alzò le spalle. «Devo ammettere che sono stato un po' negligente. Ma lasciami dire che non è affatto facile contrabbandare tutto questo materiale esplosivo in una struttura della CIA. Me ne è caduto un po' nelle gallerie. Per fortuna è stato quell'imbranato a trovarlo, e non una persona intelligente.»

«Però hai fatto un errore», dissi.

«E quale?»

«A te piace davvero Tina. Quindi le hai chiesto di fare una commissione per te, oggi, in modo da allontanarla dalla scuola prima dell'esplosione.»

«Non l'ho fatto per proteggere Tina.» Murray alzò gli occhi al cielo. «L'ho fatto per allontanare *te* dalla scuola. Non pensavo di fare questa conversazione prima del grande kaboom, ma tu hai mangiato la foglia prima del previsto. Ti ripeto che saresti un fantastico agente sotto copertura.»

«Da quanto tempo lo fai?» chiesi. «Facevi già il doppio gioco quando sei entrato qui?»

«No. Ricordi quando ti ho detto che prima ero come te, ma che poi qualcuno mi aveva illuminato? È stata la persona che mi ha reclutato. Un agente sotto copertura all'interno della CIA, di grande successo. Mi ha fatto cambiare casacca un anno fa, più o meno in quest'epoca.»

«Per chi lavori?» insistetti. «I sauditi? I russi? I jihadisti?»

«Meglio», rispose Murray in tono orgoglioso. «Sai che adesso l'America delega le operazioni di mantenimento della pace, assoldando organizzazioni indipendenti per gestire certi progetti? Be', i cattivi stanno facendo la stessa cosa.»

Feci un passo indietro, sconvolto. «I cattivi stanno subappaltando il male?»

«Be', noi non lo chiamiamo precisamente "il male", però è così. Io lavoro per un consorzio internazionale di agenti indipendenti che possono creare caos e devastazione dietro pagamento. Lauto pagamento. Ci chiamiamo SPYDER.»

«Perché?»

«Perché suona bene. E francamente sarebbe troppo lungo presentarci come "un consorzio internazionale di agenti indipendenti che possono creare caos e devastazione dietro pagamento".»

Ero sconvolto dalla naturalezza con cui ne parlava.

Era come se mi stesse descrivendo un club del doposcuola, invece che un'organizzazione criminale che lo aveva arruolato per pianificare la morte di decine di persone. «Sai almeno chi vi ha assoldato per questa operazione?» chiesi.

Murray alzò di nuovo le spalle. «Che importa, se l'assegno è coperto? Ora so che cosa stai pensando: che sono uno stronzo crudele ed egoista. Ebbene sì, è la verità. Prima ero un Fleming proprio come te, volevo fare solo il bene del mondo. Ma poi ho imparato che, anche se tu vuoi fare sempre la cosa giusta, non significa che lo stesso valga anche per i tuoi superiori. Il fatto è che *nessuno* è buono. Cioè, certo, un paio di persone lo sono… ma non le organizzazioni. Non i governi. Prendiamo la buona vecchia America, baluardo della democrazia e della libertà, vero? Se non contiamo però i colpi di stato che abbiamo finanziato nel terzo mondo, le guerre inutili in cui abbiamo investito e i danni ambientali che abbiamo causato. Guarda a questa stessa accademia. Come hanno trattato *te*? Ti hanno usato come esca. Ti hanno mentito fin dal primo giorno. Ti hanno manovrato come una pedina e messo in mostra come bersaglio per il nemico...»

«Ma il nemico siete voi!» protestai.

«E noi non ti abbiamo ucciso, neanche quando ne avevamo la possibilità», disse Murray. «Ora, pensa a quanto ti tratteremo meglio quando lavorerai addirittura per noi. Lo sai quanto guadagnerai come agente della CIA, quando dovrai girovagare nei peggiori bassifondi del terzo mondo facendo il lavoro sporco per i nostri politici? Una miseria. Invece la SPYDER paga molto bene. E tutto in nero, esentasse. La maggior parte dei nostri dipendenti va in pensione da milionario entro i quarant'anni. Naturalmente prima dovrai fingere di morire per depistare tutti, ma poi potrai passare il resto della vita su un'isola tropicale, immerso nel lusso. Come ti sembra?»

«Niente male», ammisi. E non stavo fingendo. A parte gli scopi malvagi, il discorso di Murray conteneva un sacco di validi argomenti. «E che ruolo dovrei avere?»

«Oh, questo è il momento ideale per arruolarsi», disse Murray. «La maggior parte degli agenti sotto copertura comincia dalla gavetta, come me, facendo la talpa alla scuola delle spie. Ma dopo oggi, quando avremo decapitato simultaneamente tutte le organizzazioni di spionaggio, il mondo americano delle spie precipiterà nel caos. Non riusciranno a raccapezzarsi per mesi! E la SPYDER ha agenti ad alto livello in tutto il governo: da oggi avranno molto più potere. Potremmo farti avere uno stage alla CIA, all'FBI o al Pentagono, e tutti garantiranno l'accesso a documenti sensibili e top secret. O magari potremmo procurarti un lavoro estivo come fattorino al Campidoglio. O forse addirittura alla Casa Bianca. E da lì, chissà fin dove potresti arrivare! È un po' che la SPYDER parla di piazzare un agente sotto copertura nel ruolo di presidente. Potresti anche essere tu. Potresti avere il mondo in mano, Ben. Devi soltanto dire di sì.»

Murray abbassò leggermente la pistola e mi guardò, ansioso di sentire la mia risposta.

Ripensai attentamente a tutto quello che mi aveva detto.

«Sì», dissi.

«Davvero?» Murray sembrava entusiasta.

«Davvero», ripetei. «Hai ragione. In questo posto sono stato trattato come spazzatura.» Non ero sul serio interessato alla SPYDER, facevo solo finta, in modo che Murray abbassasse la guardia. Ma la mia frustrazione nei confronti della scuola delle spie era autentica. Riuscivo a malapena a trattenermi. «Mi hanno portato qui per usarmi come esca, sapendo che avrei rischiato la vita, e non hanno avuto neanche la decenza di dirmelo. Sono stato manipolato, umiliato, minacciato dai bulli, chiuso nella Scatola e assalito dai ninja.

Hanno lasciato che venissi rapito e poi, quando sono scappato, mi hanno trattato come se il cattivo fossi io. Se questo è il modo in cui andrà la mia vita quando diventerò una vera spia, fa veramente schifo. E quindi facciamolo, questo doppio gioco. Dove devo firmare?»

Murray fece un sorriso radioso. «Hai fatto una scelta molto saggia, amico mio. Andiamo. Prendiamoci un gelato e godiamoci i fuochi d'artificio.» Mi voltò le spalle e si avviò verso la porta.

Io lanciai il manico di scopa verso il retro della sua testa.

Per tutto quel tempo avevo sperato che, a un certo punto, Erica sarebbe balzata in piedi all'improvviso dietro la schiena di Murray – rivelando che aveva solo finto di essere svenuta – e lo avrebbe messo al tappeto. Invece non l'aveva fatto. Quindi ero costretto a occuparmene io, e quella era l'occasione migliore per provarci.

Sfortunatamente, Murray lo aveva capito: aveva solo fatto finta di essere entusiasta, per vedere se fingevo anch'io. Quando menai il colpo, lui lo evitò. Il manico di scopa mancò il suo cranio per una frazione di millimetro.

Barcollai, come un giocatore di baseball che ha mancato una palla veloce, e quando recuperai l'equilibrio Murray mi stava puntando addosso una pistola e due occhi pieni di delusione.

«Non posso crederci, mi hai mentito!» mi disse.

«Tu non hai fatto altro, con me!» gridai.

«Quelli erano affari», disse lui con rabbia. «Niente di personale. Ti ho appena offerto l'occasione della tua vita, ed è così che mi ringrazi? Sei proprio un Fleming.»

«Sempre meglio che un doppiogiochista», ribattei.

«Almeno io sarò un doppiogiochista *vivo*», sogghignò Murray. «Mentre, dopo oggi, tutti penseranno che tu sia un doppiogiochista morto. Hai appena preso la peggiore decisione di quella che sarà una vita molto breve.»

Sempre puntandomi la pistola, premette un pulsante sulla sveglia digitale, avviando il conto alla rovescia da cinque minuti. Poi corse fuori dalla porta e se la sbatté alle spalle, chiudendo a chiave me ed Erica in una stanza con una bomba innescata.

DISINNESCO DI ESPLOSIVI

Padiglione centrale Nathan Hale

Sotterraneo, livello 2

10 febbraio, ore 13:15

La prima volta che ti ritrovi chiuso in una stanza con una bomba a orologeria innescata, una gran quantità di pensieri attraversa la tua mente.

E una gran quantità di liquido minaccia di attraversarti la vescica.

Quindi uno dei pensieri più impellenti è sicuramente questo: *spero davvero di non farmela addosso.*

Morire è già abbastanza brutto, ma lasciarsi dietro un cadavere con una grossa macchia umida sui pantaloni è decisamente imbarazzante.

Mi sforzai di ignorare l'impulso a urinare e di concentrarmi sull'emergenza in corso. Il mio primo – e unico – piano era di svegliare Erica: probabilmente disinnescava bombe dall'età di tre anni. Mi precipitai al suo fianco e cominciai a scuoterla gentilmente, poi visto che non funzionava la scossi violentemente. Poi le urlai frasi come: «Erica! Se non ti svegli adesso, moriremo!» Nonostante tutto lei rimase testardamente svenuta.

Così la lasciai nell'angolo e corsi a esaminare la bomba. Nei film le bombe sembrano sempre collegate a due soli fili, uno verde e uno rosso. Strappando il filo giusto la bomba non esplode, strappando quello sbagliato esplode. Era comunque il cinquanta percento di possibilità di sopravvivenza, già meglio di quelle che avrei avuto se non avessi fatto nulla.

Sfortunatamente, scoprii che una bomba reale era un aggeggio molto più complicato. C'erano centinaia di fili intorno all'esplosivo C4, in sfumature di colore che andavano dal verde acqua al magenta al ceruleo. Conoscendo Murray, probabilmente la maggior parte non serviva a niente: li aveva aggiunti solo perché il tentativo di disinnescare la bomba sembrasse un compito assurdamente complicato. Non sapevo neanche da dove cominciare.

Allora decisi di provare a scappare. Certo, questo non avrebbe impedito alla bomba di esplodere e distruggere l'edificio, ma se trascinavo via Erica, almeno noi saremmo sopravvissuti. Però Murray aveva bloccato la porta dall'esterno.

Infilai il manico di scopa nel varco fra il battente e la parete, provando a fare leva. Il legno mi si sbriciolò in mano.

Il conto alla rovescia era arrivato a novanta secondi. Avevo sprecato tre minuti e mezzo senza fare il minimo progresso.

Entrai nel panico. Non avevo idea di come disinnescare una bomba e non avevo modo di contattare qualcuno che lo sapesse fare. E il tempo stava per scadere.

Cercai di calmarmi con tutte le mie forze. Perdere il controllo di me stesso – o della mia vescica – non sarebbe servito a niente. Cercai di ripensare alla settimane trascorse alla scuola delle spie, per vedere se riuscivo a ricordare qualsiasi elemento che potesse tornarmi utile in quella situazione, ma non mi venne in mente niente.

Finché non ripensai all'ultima conversazione che avevo avuto. A un certo punto, lì dentro, Murray aveva detto una cosa strana. Una cosa che non aveva senso. Mi sforzai di ricordarmela.

La sveglia digitale era a quaranta secondi dall'esplosione.

In un attimo mi venne in mente il commento di Murray. Era praticamente l'ultima cosa che aveva detto, prima di precipitarsi fuori dalla porta. *Almeno io sarò un doppiogiochista vivo. Mentre, dopo oggi, tutti penseranno che tu sia un doppiogiochista morto.*

Che cosa voleva dire? mi chiesi. Perché gli altri avrebbero dovuto pensare che *io* facevo il doppio gioco?

La sveglia era scesa a trenta secondi.

La sveglia!

Tornai alla bomba per esaminarla di nuovo. Prima mi ero concentrato così tanto sui cavi che non avevo prestato attenzione al timer. Ma adesso capivo di che cosa stava parlando Murray.

Aveva usato la mia sveglia come timer.

Un'altra delle sue mosse insidiose. Non solo aveva progettato di uccidermi, ma anche di incastrarmi. Dopo l'esplosione, il governo avrebbe chiamato una squadra della Scientifica per recuperare ogni più piccolo frammento rimasto. E a un certo punto, in mezzo ai detriti, avrebbero ritrovato i resti deformati e bruciacchiati della mia sveglia, che li avrebbero portati a me. Ancora una volta Murray avrebbe sviato l'attenzione da se stesso, per addossare la colpa dei suoi crimini a qualcun altro. Poi, probabilmente, sarebbe tornato alla sua vita normale.

Ma c'era un dettaglio di cui Murray non aveva tenuto conto: la mia sveglia era da buttare.

Non può essere così semplice bloccare la bomba, pensai. Eppure c'era un'unica cosa che potevo fare.

Mancavano dieci secondi.

Diedi una manata alla sveglia.

Si bloccò a sette secondi.

I successivi sette secondi furono un'agonia, avevo il terrore che il timer non c'entrasse niente con la bomba e che sarei saltato in aria comunque.

Ma non fu così.

La bomba non esplose.

«Che succede?»

Mi voltai di scatto e vidi Erica seduta, che si teneva la testa con aria disorientata.

«E tu ti riprendi *adesso*?», chiesi. «Non potevi farlo cinque minuti fa?»

Erica si guardò in giro e capì che cosa era successo. In un attimo fu in piedi e prese il controllo della situazione. «Hai fermato la bomba?»

«Credo di sì.»

«Come?»

«Ho bloccato il timer» risposi, cercando di sembrare disinvolto.

Erica la guardò e poi si voltò verso di me, ammirata. «Bel lavoro. Però la bomba è ancora innescata.»

«Sai come disinnescarla?» chiesi.

«Ma certo. Lo faccio da quando avevo tre anni.»

«Lo immaginavo.»

Erica si mise subito al lavoro: prese un paio di tagliacavi dalla sua cintura super accessoriata, esaminò i fili che arrivavano al timer, seguì il percorso che li collegava alla bomba e scelse quelli da tranciare.

Arretrai per lasciarle spazio. «Come sei finita quaggiù?»

«Mentre parlavo con te controllavo le prove raccolte da Chip contro Tina.» Erica tagliò un cavo color acquamarina. «Ma i conti non tornavano, era come se fossero state create apposta per mettere Tina in cattiva luce. E poi ho cominciato a pensare, che senso aveva mettere una bomba nelle gallerie sotterranee? Quaggiù non c'è nulla che valga la pena distruggere… a meno che non sia una bomba così grande, come questa monellaccia, da far saltare l'intero edificio soprastante.» Tagliò altri due fili, color guscio d'uovo e vermiglio. «E subito ho capito che non c'era obiettivo migliore della riunione sul Progetto Omega. Così sono venuta quaggiù per vedere se trovavo qualcosa. Purtroppo Murray mi ha sorpreso alle spalle. Ero un po' distratta dalla conversazione che tu e il tuo amico stavate facendo su di me.»

Mi sentii avvampare le orecchie. «Perché non mi hai detto che cosa stavi facendo? Avrei potuto aiutarti.»

«Temo di essere stata presuntuosa. Mi conosci, ho il complesso del supereroe.» Erica tranciò un groviglio di cavi color fucsia e poi tirò un sospiro di sollievo. «Ecco qua. La bomba è disinnescata.» Per dimostrarmelo diede un colpetto al C4.

Sobbalzai d'istinto, ma Erica aveva ragione. Senza il detonatore era pericoloso quanto un blocco di pongo.

Erica ne prese una manciata e si avviò verso la porta.

«Che cosa fai?» le chiesi.

«Vuoi uscire da qui o no?» Infilò l'esplosivo nella crepa intorno alla serratura, si allontanò e sollevò una gamba del pantalone, rivelando una fondina da caviglia. Fissai la pistola. «Sarebbe stato carino saperlo quando Murray era ancora qui.»

«Perché? Ha cercato di ucciderti?»

«Ehm... no. Mi ha offerto un lavoro.»

Erica si voltò verso di me, sorpresa. «Interessante.» Poi mi indicò la caldaia. «Ti converrebbe metterti al riparo.»

Lo feci. Lei si accucciò accanto a me e sparò verso l'esplosivo intorno alla serratura.

Ci fu un'esplosione. Quando sbirciai da dietro la caldaia, la porta era spalancata, con un buco grosso come una palla di cannone al posto della serratura.

«Andiamo», mi disse Erica mettendosi a correre. «Prima che Murray riesca a scappare.»

La seguii a ruota. «Davvero vuoi il mio aiuto?»

«Direi che oggi hai dimostrato di essere all'altezza.» Erica tirò fuori dalla tasca una ricetrasmittente – un'altra cosa che sarebbe stato carino sapere prima – e cominciò a parlare. «Papà, sono io. C'è una bomba nel locale caldaia... Ehi, non ti angosciare. È stata disinnescata. Ma qualcuno deve andare giù a rimuoverla. Io e Ben siamo al livello sotterraneo 2, stiamo inseguendo la talpa. Il suo nome è Murray Hill... No, non sospettavo di lui... Perché no, ecco perché. Non è questo il momento di discutere le mie capacità analitiche. Ora chiudo.» Spense la radio e fece un sospiro esasperato. «I genitori. Non farmene parlare.»

«Hai idea di dove possa essere Murray?» chiesi.

«Non esattamente. Ma scommetto che si trova ancora a scuola. Una buona talpa non fuggirebbe prima dell'esplosione, sarebbe un comportamento sospetto. Ma adesso il nostro amico sa che qualcosa è andato storto. La bomba non è esplosa, il che significa che io e te siamo ancora vivi – e sappiamo chi è. Adesso è obbligato a scappare. Ma lo sa soltanto da…» Erica controllò l'orologio.

«Tre minuti e tredici secondi» risposi.

«Giusto. Quindi ci basterà controllare le telecamere.» Arrivammo alla sala comandi da dove ero stato rapito la sera precedente. La porta era ancora divelta: una squadra di manutenzione la stava riparando. Erica si lanciò nel varco dove prima c'era la porta e si immobilizzò. «Maledizione.»

Il sistema di sicurezza era spento. Tutti i monitor erano neri. Una degli agenti ai terminali stava sfogliando freneticamente il manuale di istruzioni. L'altro era in attesa con l'assistenza telefonica.

«Che cosa è successo qui?», chiese Erica in tono feroce.

«Si è spento», disse l'agente col manuale.

«Circa tre minuti e quindici secondi fa?» chiesi.

Come risposta ci bastò la sua espressione di stupore.

«Murray», esclamammo io ed Erica contemporaneamente.

Erica diede un calcio rabbioso a un cestino. «Questa scuola si estende per più di un chilometro quadrato e lui ha un grosso vantaggio su di noi. Non lo troveremo mai, senza le telecamere.»

«Non è del tutto vero», risposi. «Hai un cellulare con te?»

25

CATTURA

Campo di addestramento dell'Accademia

10 febbraio, ore 13:40

Uno dei vantaggi di avere un talento per la matematica è che non dimentichi mai un numero di telefono. Chiamai subito Zoe, perché sapeva sempre tutto quello che succedeva a scuola. Rispose al terzo squillo. «Pronto?» Era ora di pranzo, sentivo il solito frastuono della mensa in sottofondo.

«Zoe, sono Ben.»

«Cortina di fumo! Dove sei finito? Stamattina ti sei perso una fantastica conferenza sulla guerriglia psicologica!»

«Hai visto Murray negli ultimi minuti?»

Erica mi guidò su per una rampa di scale e attraverso una porta nascosta, che si apriva dietro una rastrelliera per fucili nell'armeria. Greg Hauser, che lavorava al bancone, si svegliò di soprassalto e cercò di nascondere che si era addormentato in servizio, anche se aveva un filo di bava appeso al labbro.

«Perché stai cercando Murray?», mi chiese Zoe.

«Perché è una talpa!» risposi.

«Disastro? Impossibile. È troppo pigro.»

«È una copertura. Ha appena cercato di far saltare in aria il Padiglione Hale e adesso è in fuga. Lo sai o no dove si trova?»

«Io non l'ho visto, ma aspetta un attimo.» La sentii urlare a squarciagola. «Qualcuno ha visto Murray?» Una voce gridò una risposta e Zoe tornò al telefono. «Cintura Nera dice che l'ha visto uscire dalla Bushnell Hall due minuti fa e che si stava dirigendo al campo addestramento.»

Era logico. Il campo per le esercitazioni era dalla parte opposta rispetto all'ingresso principale, dove la sorveglianza era più stretta. Murray probabilmente voleva attraversare il bosco senza farsi notare e poi scavalcare il muro di cinta.

«Campo addestramento», dissi a Erica.

Lei aveva già preso due fucili M16 dalla rastrelliera. Me ne lanciò uno, insieme a due cartuccere piene. «Andiamo.»

«Aspettate!», protestò Hauser. «Non potete prenderli se prima non riempite il modulo di richiesta per armi semiautomatiche H-33!»

«E dai, stiamo dando la caccia a una talpa», gli dissi.

«Davvero?» Hauser sembrava un bambino a cui avevano appena regalato un cucciolo. «Fantastico!»

Erica mi guardò storto, ma non perse tempo a discutere e si lanciò fuori dalla porta. Io la seguii. Sentii che Hauser si affrettava a prendere un'arma per sé.

Tornai al telefono. «Zoe, raduna tutti quelli che puoi e raggiungeteci al campo addestramento. Dobbiamo trovare Murray prima che scappi.»

«Sto già mobilitando le truppe», rispose lei. «Spariamo per uccidere?»

«Ehm... non credo sia necessario» dissi. «Magari giusto per azzoppare.»

Erica sfrecciò attraverso il cortile interno. Ci volle tutta la mia energia per tenerle dietro. Lei non aveva neanche il fiatone. «Vuoi invitare qualcun altro alla festa?», mi disse in tono di rimprovero. «Magari tua nonna?»

«Non possiamo coprire un chilometro quadrato da soli», ansimai. «Più occhi avremo là fuori e meglio sarà.»

Erica cercò di lanciarmi uno sguardo di disapprovazione, ma sapeva che avevo ragione.

Dall'altra parte del cortile, le porte della mensa si spalancarono. Gli studenti si riversarono fuori e si misero a correre verso il campo per le esercitazioni. La mobilitazione era stata velocissima. Del resto non c'era tanto da stupirsi: era la prima vera chiamata alle armi in una scuola piena di aspiranti spie.

Io ed Erica, comunque, avevamo un bel vantaggio sugli altri. Ci lanciammo nel bosco di corsa.

Nei due giorni seguiti alla guerra simulata aveva fatto molto freddo e la neve rimasta sul terreno era diventata più dura del cemento. Quindi Murray non poteva aver lasciato tracce fresche.

«Okay, genio dei numeri», mi disse Erica. «Murray probabilmente sta andando dalla Bushnell Hall al punto più vicino del perimetro esterno e ha un vantaggio di due minuti su di noi. Quindi, quale vettore ci garantisce la migliore probabilità di intercettarlo?»

Considerai tutte le variabili e poi indicai la direzione ovest, ma leggermente spostata verso nord. Erica corresse la rotta e continuò a correre, io la seguii ubbidiente.

Procedevamo in fretta fra gli alberi, saltando tronchi caduti, evitando rami invadenti e scivolando sul ghiaccio. Erica restava in silenzio, per conservare il fiato e l'energia, così feci lo stesso. Molti dei nostri compagni erano decisamente meno professionali. Li sentivo strillare e ululare nel bosco, come se quella fosse una festa invece che una missione di vitale importanza.

Arrivammo al canale dove Zoe mi aveva salvato due giorni prima, quindi ci stavamo avvicinando al perimetro esterno. Non vedevo alcuna traccia di Murray davanti a noi. Né un'impronta, né un movimento brusco, né una nuvoletta bianca di fiato nell'aria fredda. O aveva raggiunto il muro di cinta prima del previsto, oppure –

Una raffica di proiettili fece esplodere il terreno davanti ai miei piedi.

«Imboscata!» Mi tuffai al riparo di un tronco caduto.

Erica si appiattì contro un albero davanti a me.

«Vedi dove si trova?» le chiesi.

«Gli spari non venivano da Murray», borbottò lei. «Quello era fuoco amico!» Poi urlò, rivolta verso il bosco: «Abbassate le armi, idioti! Siamo Erica e Ben! Noi siamo i buoni!»

«Scusa, colpa mia!», sentii urlare Warren di rimando.

Erica ripartì di corsa.

Mentre mi rialzavo barcollando, però, la crosta di neve gelata cedette sotto i miei piedi e scivolò nel canale, trascinandomi giù. Rotolai come un sasso, andai a sbattere contro un cespuglio di ginestra spinosa ricoperto di neve e mi schiantai sul letto del ruscello ghiacciato.

In alto, sull'argine, Erica proseguì senza voltarsi un attimo. Sapevo che fermandosi ad aiutarmi avrebbe perso qualsiasi possibilità di catturare Murray, ma ci rimasi male lo stesso.

Cercai di rimettermi seduto ma il mio M16, che avevo legato in spalla, si era incastrato fra i sassi. Mentre cercavo inutilmente di liberarlo, il resto della mandria di studenti passò rumorosamente lungo l'argine, lasciandomi indietro.

«Tutto bene?»

Mi voltai e vidi Chip che scivolava nella neve verso di me.

«Sì, sono solo incastrato», risposi. «Come hai fatto a...»

«Mi ha chiamato Hauser. Ero al campo di tiro per l'artiglieria. Tina sta scappando?» Chip allungò una mano alle mie spalle, liberò il fucile con uno strattone e mi aiutò a rialzarmi.

Quando mi raddrizzai, il chilo di neve che si era raccolta nel colletto del mio giaccone scivolò giù per la schiena fino ai pantaloni, congelandomi il sedere. «Non è Tina. È Murray Hill. Ha fatto ricadere i sospetti su di lei.»

La mascella di Chip cadde praticamente fino alle ginocchia. «Murray Hill? Impossibile. È un fannullone di prima categoria.»

«No, è bravissimo a farsi sottovalutare da tutti...» Mi interruppi, ascoltando le mie stesse parole. Murray aveva disatteso le nostre aspettative, tutte le volte. Aveva convinto tutti di essere un disastro, aveva sviato le nostre indagini con false informazioni e ci aveva messo gli uni contro gli altri. Ogni volta che pensavamo di poter prevedere le sue mosse, aveva agito in modo diverso.

Mi arrivò un'illuminazione. «Non sta andando verso il muro di cinta! È tornato indietro!»

Mi arrampicai su per il bordo del canale più veloce che potevo.

«Aspetta!» gridò Chip. «Come lo sai?»

«Lo so e basta!» Non c'era tempo di spiegargli. Mettevo insieme i pezzi mentre correvo. Murray sapeva di essere stato visto mentre correva verso il campo per le esercitazioni. Conoscendolo, magari si era addirittura fatto vedere *apposta*. Però Murray non era molto atletico. Sapeva di non avere molte possibilità di arrivare al muro di cinta prima di Erica, ma se le lasciava credere – come a tutti gli altri studenti – di essere diretto là, allora avrebbe avuto via libera per arrivare all'ingresso principale. Un'altra manovra diversiva. Non avrebbe dovuto fare altro che trovare un nascondiglio, aspettare che tutti gli passassero davanti di gran carriera, e poi andare dalla parte opposta.

Attraversai di nuovo il bosco di corsa. Dietro di me sentivo Chip che incitava gli altri a modo suo: «Tornate indietro, idioti! Ben dice che Murray ha fatto dietrofront!»

In lontananza, davanti a me, intravidi Murray che scendeva da una grossa quercia. Anche lui mi vide, si fermò a valutare la situazione… e poi scappò come un vigliacco.

Quando arrivai al limite del bosco, lui aveva già attraversato il cortile e stava aggirando il Padiglione Hale, diretto al cancello principale.

«Murray! Fermati!» Prima ancora di rendermene conto, avevo imbracciato il fucile. «Non costringermi a usarlo!»

Murray si bloccò e si girò verso di me, in modo che vedessi che anche lui aveva un'arma da fuoco. Puntata dritta su di me. Quando parlò, ogni traccia di amicizia che mi avesse mai dimostrato era svanita dalla sua voce. Il suo tono era freddo e sprezzante. «Arrenditi e lasciami andare, Ben. Non ti conviene fare un duello contro di me. So bene che da quella distanza non riusciresti a colpire neanche una casa.»

Sentii una scarica di adrenalina. Il cuore mi batteva all'impazzata. «Metti giù la pistola, Murray! Sei sotto – »

Murray non mi lasciò finire. Aprì il fuoco. I primi proiettili colpirono un albero mezzo metro alla mia destra.

Riuscii a sparare solo due colpi, prima di mettermi al riparo. Mentre mi tuffavo sentii un proiettile che mi strappava la stoffa della manica e mi sfiorava il braccio sinistro.

Nessuno dei miei due colpi arrivò vagamente vicino a Murray.

Però io non miravo a lui. Perché su una cosa si sbagliava: da quella distanza *riuscivo* a colpire una casa. Meglio ancora, riuscivo a colpire il tetto del Padiglione Hale.

Il ghiaccio su quel tetto a punta aveva formato una crosta spessa diversi centimetri. I miei proiettili ci si erano infilati, creando un reticolo di crepe. Qualche ghiacciolo si staccò e rotolò giù dal tetto, facendo staccare altre decine di ghiaccioli più grossi.

Murray era troppo impegnato a spararmi per accorgersene. Il ghiaccio precipitò per quattro piani e lo prese in pieno. Cadde nella neve a faccia in giù, svenuto.

Mi rimisi in piedi, stringendomi il braccio. Nei film, quando i protagonisti vengono feriti al braccio da un proiettile fanno una scrollata di spalle e vanno avanti, come se li avesse punti una zanzara. In realtà faceva un male del diavolo. Era come se qualcuno mi avesse strisciato sul braccio con un attizzatoio incandescente e poi avesse aggiunto un paio di pugni, tanto per gradire. Per fortuna la ferita non era profonda e non sanguinava troppo.

Il cuore mi batteva così forte che non sentii arrivare gli altri studenti finché non mi raggiunsero. Chip fu il primo, ma li precedette di poco.

«Hai sconfitto il nemico?», chiese Chip. «Bravo!» Alzò la mano per darmi il cinque.

«Scusa ma adesso non ci riesco proprio», risposi indicando il braccio ferito.

«Ti ha sparato?» Zoe era comparsa al mio fianco, con gli occhi più enormi del solito. «Favoloso! Sei il primo della nostra classe con una cicatrice di guerra!»

«Non sono stato io, vero?» chiese Warren. «Voglio dire, là nel bosco sembravi proprio Murray.» Si fermò e guardò Murray dall'altra parte del cortile. «Porca vacca! L'hai ucciso.»

Dalla folla si alzò una serie di esclamazioni soffocate.

«Per l'amor del cielo, rilassatevi», sospirò Erica uscendo dagli alberi. «Ripley non è un assassino. Murray è svenuto.» Si fermò accanto a me e diede un'occhiata rapida alla ferita.

«Bah, è solo un graffio. Starai bene. Basta che mantieni la pressione.»

Guardò oltre la distesa di neve, verso il corpo della talpa, osservando ogni dettaglio. Per qualche minuto mi sembrò tornata al suo solito atteggiamento distaccato: mi chiesi se l'avevo fatta arrabbiare, abbattendo un agente nemico davanti a tutta la scuola quando avrebbe voluto farlo lei. Ma poi si girò verso di me, mi diede una pacca sulla spalla e sorrise. «Bel lavoro.»

La folla lanciò un'altra serie di esclamazioni soffocate, stavolta per via del comportamento di Erica. Era la prima volta che la vedevano toccare un altro essere umano, al di fuori dei combattimenti corpo a corpo. Credo che per molti miei compagni far sorridere Erica fosse un risultato ancora più fantastico che scoprire la talpa.

Io ricambiai il sorriso. In quel momento tutti i miei dubbi sull'Accademia di Spionaggio evaporarono. Certo, era mal gestita, fatiscente e a volte si rischiava la vita, ma ormai sentivo che era il mio posto. Avevo dimostrato quanto valevo, mi ero fatto degli amici, mi ero guadagnato il rispetto della ragazza più bella che avessi mai conosciuto... e avevo sventato i piani di un genio criminale che voleva decapitare l'intera comunità spionistica degli Stati Uniti d'America.

La scuola normale non reggeva il confronto.

Per la prima volta da quando ero arrivato a scuola pensai che la mia vita lì poteva funzionare.

Dall'altra parte del cortile, Alexander Hale uscì da dietro i laboratori di chimica, con la pistola in pugno. Si avvicinò con cautela al corpo accasciato di Murray e gli diede qualche colpetto col piede, per assicurarsi che fosse davvero svenuto.

Poi una porta si spalancò di colpo e una dozzina di uomini in completo elegante o divisa militare si riversò fuori dal Padiglione Hale. Fra le facce riconobbi quella arrossata del preside. «È lui il ragazzo che ha piazzato la bomba?», gli chiese.

«Sì, ma non ci darà più problemi.» Alexander appoggiò un piede sull'anca di Murray e si mise orgogliosamente in posa, come se Murray fosse un grizzly che aveva appena abbattuto. «L'ho neutralizzato.»

Gli alti papaveri dello spionaggio e i capi militari reagirono con entusiasmo. Gridarono «Ben fatto!» e «Bravissimo!» Qualcuno arrivò anche ad applaudire.

Alexander fece un inchino teatrale, godendosi gli elogi.

Io mi voltai verso Erica, sbalordito. «Per caso tuo padre si è appena preso il merito della mia impresa?»

«A quanto pare.» Erica mi mise un braccio amichevole intorno alle spalle e sorrise. «Benvenuto nel magico mondo dello spionaggio.»

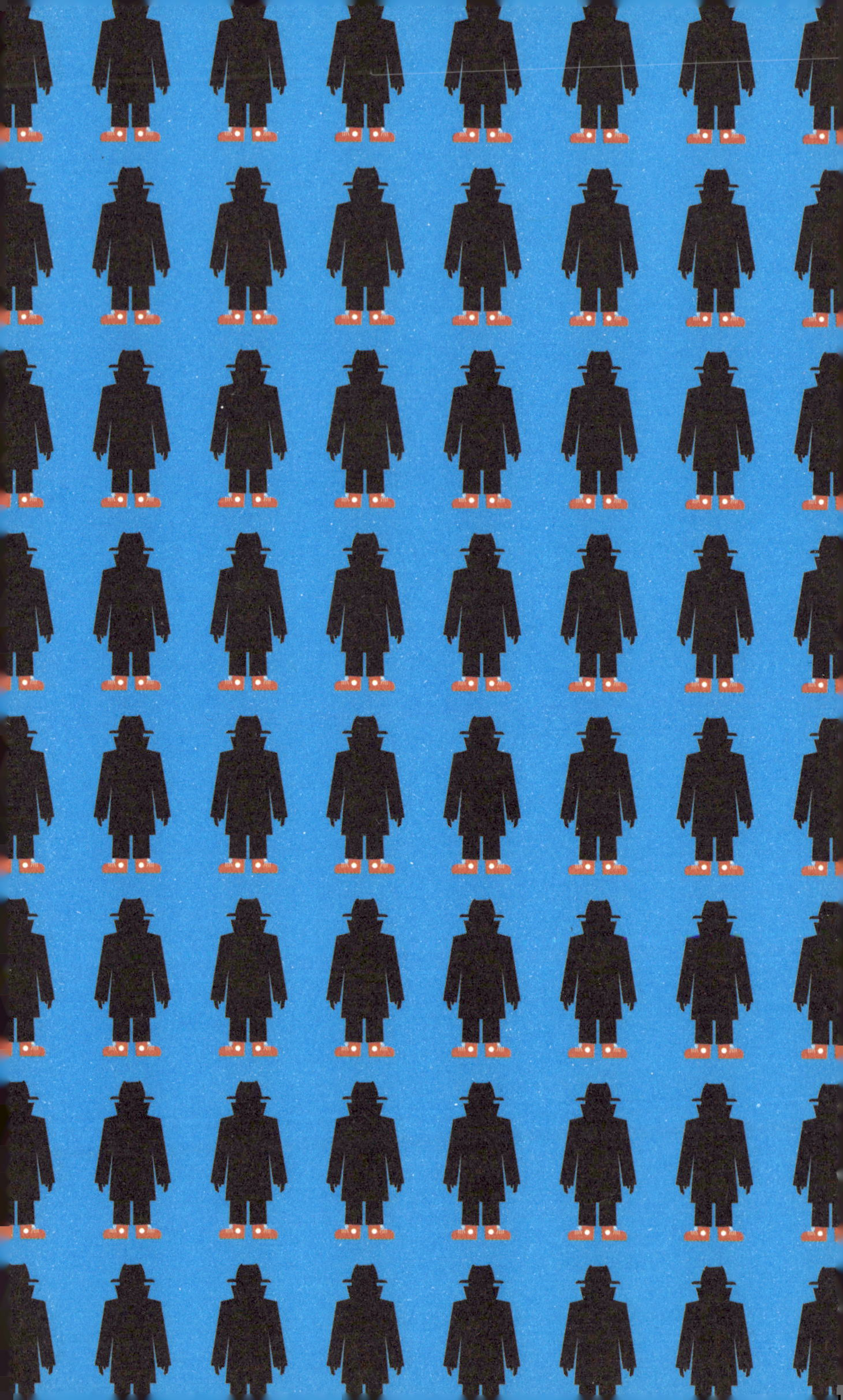